김멜라
장편소설

없는 층의
하이쎈스

창비

차례

3부

없는 층의
간첩 훈련   **223**

1부

그리기
좋은
아세로라

매일 나는 점 밖으로 나간다
그 점은 어디에 있을까

봄, 는개

바람이 불자 벽에 걸린 유리 새가 흔들렸다. 1층 화단에서 라일락 향기가 풍겨왔다. 역겨웠다. 역겨워서 돼지갈비를 굽고 싶어지는 날이었다. 숯불에 구운 돼지갈비를 먹고 옷에 밴 냄새를 지우려고 뿌리는 방향제 같은 봄. 나뭇잎이 넘실거리는 화단에서 개는 오줌을 싸고 부스럼 난 고양이는 뒷발로 귀를 긁고 사람은 꽃을 배경으로 사진을 찍었다. 아세로라는 이 향긋한 봄을 어떻게 망칠까 궁리했다. 휘두를 때마다 고무 손잡이가 밀리는 싸구려 도끼를 버리고 스위스산 군용 도끼를 살까. 그립감이 살아 있다는 히코리나무 도끼를 살까. 사서 저 라일락의 옆구리를 찍어버릴까. 드레드레 핀 철쭉을 베어버리고 목련과 모과나무를 쓰러뜨릴까. 저 타워를 찍어버릴 만한 도끼는 없나.

는개가 내리는 날에 창문 밖 남산타워가 흐릿했다.

하늘은 뿌옇고 산은 그림자처럼 거무틱틱하고 서울의 남산타워는 잣스러웠다. 잣, 짯, 짭. 생긴 게 참 잡스럽네. 아세로라가 거울을 볼 때 하는 생각이었다. 저런 건 애초에 생기질 말았어야 했는데. 생겼으면 하루라도 빨리 사라져버려야 하는데.

연푸른 유리 새가 바람에 흔들렸다. 기다란 줄 끝에 매달려 시멘트 벽에 몸통을 부딪쳤다. 창을 열어젖힌 실내로 눅눅한 바람이 불어왔다. 화단에서 교미에 혈안이 된 온갖 새들이 울어댔다. 아세로라는 다리를 떨며 동거인이 화장을 끝낼 때까지 기다렸다.

"오케이, 나이스. 화장은 흐름."

거울 앞에서 집게로 속눈썹을 올리던 동거인이 말했다. 입가에 미소를 띤 채 아세로라를 돌아보았다.

"점심으로 뽀요 쁘리또 먹을래?"

동거인

"여긴 상가잖아. 왜 여기 살아?"

아세로라가 동거인에게 물었다. 교습소에 온 뒤 처음으로 동거인에게 한 질문이었다. 그날은 뽀요 쁘리또를 처음 먹은 날이기도 했다. 오렌지소스에 재워 기름에 튀긴 닭고기를 씹으며 아세로라가 동거인에게 말했다.

"할머니는 왜 이런 데 사느냐고."

동거인이 아세로라를 보며 흰색 냅킨으로 입술 끝을 두들겼다. 단골 음식점에서 온두라스식 닭고기 요리를 사 온 동거인은 식사를 시작하기 전 순면 냅킨을 무릎에 올렸다. 포크와 나이프를 접시 위에 가지런히 놓고서 먹어도 좋다는 뜻으로 마주 앉은 아세로라를 보았다. 그러거나 말거나 아세로라는 벌써 나초를 와작거리고 있었다. 걸쭉한 치즈에 나초를 찍어 입을 크게 벌리고 먹었다.

"얘, 세상에 멋진 말이 얼마나 많은데 그렇게 부르니?"

동거인이 말했다. 그러면서 스프레이로 고정한 옆머리를 매만졌다. 먹물에 묻혔다가 뺀 오래된 붓처럼 푸석한 회색 머리카락이 정수리에 불룩 솟아 있었다. 뒷머리는 한껏 뽕을 세우고 앞머리는 S자 컬을 만들어 스프레이를 뿌려대는 게 동거인의 스타일이었다. 뺨에 바른 밝은 베이지색 파운데이션 때문에 목주름이 더 도드라져 보였고, 연갈색으로 그린 양쪽 눈썹은 대칭이 맞지 않았다. 동거인은 마늘그린소스를 얹은 닭고기를 은색 나이프로 잘라 조금씩 입에 넣고 씹었다. 살사소스로 만든 샐러드도 먹었다. 사워크림을 찍어 나초를 먹었다. 그런 걸 먹는데도 입술에 바른 살구색 립스틱이 조금도 지워지지 않았다.

"내가 너한테 이봐요, 청소년, 이러면 좋겠어?"

동거인이 말했다.

"뭐, 뭐가, 할머니잖아. 아냐?"

"나이도 어린 애가 생각이 경직됐구나. 경직은 사후에나 하는 거야."

동거인이 말했다. 또 냅킨을 들어 입가를 두들겼다. 손톱에 들인 봉숭아물은 색이 빠져 김치 국물이 묻은 것 같았다. 바람이 불자 벽에 걸린 유리 새와 족자가 흔들렸다. 진한 화장품 냄새가 풍겨왔다. 아세로라가 고개를 돌려 숨을 참았다.

펜 바로 쥐는 법
사랑을 부르는 펜팔
영혼이 담긴 사인

글자마다 가로획이 길게 뻗은 붓글씨가 족자에 적혀 있었다. 그 아래에는 동거인의 펜네임인 '하이쎈스'가 역시나 잘난 척하는 흘림체로 쓰여 있었다. 액자도 없이 벽에 붙여둔 종이들은 모서리가 우그러들었다. 삭은 종이 냄새와 오래된 가구 냄새, 실내를 떠도는 짙은 스프레이 향. 아세로라는 손에 묻은 나초 가루를 털며 일어섰다.

"어머, 얘. 먹다 말고."

동거인이 아세로라를 올려다보며 말했다. 아세로라는 대꾸하지 않았다.

"사회성이 부족한가봐."

동거인이 말했다. 아세로라는 문을 열고 나가려다 동거인을 돌아봤다. 동거인이 아세로라의 박박 민 머리를 눈으로 훑었다. 네 머리 꼴 좀 보라는 듯.

"덥다니까?"

아세로라가 말했다.

"4월인데?"

동거인이 말했다.

"내 머리통 만져봐."

아세로라가 동거인에게 머리를 들이밀었다. 동거인이 벌레를 쫓듯 손을 휘저었다. 아세로라는 자신의 머리 스타일을 동거인이 괜히 트집 잡는다고 생각했다.

"지금 나한테 복수하는 거야?"

아세로라가 말했다.

"무슨 말이야?"

"내가 경비원한테 똥물이라고 해서?"

아세로라의 말에 동거인은 손을 크게 내저었다. 가라 가, 네 방으로 가. 그렇게 말하듯이.

그날 밤, 아세로라는 동거인에게 문자메시지를 받았다.

밤에 깎지 마. 다 들려.

무릎에 턱을 대고 발톱을 깎던 아세로라는 나무 벽 너머 동거인의 교습소에 대고 소리쳤다.

"그쪽 방귀나 조심하세요!"

침묵.

아세로라는 동거인의 휴대전화 번호를 수신 차단했다. 밖에서는 오후의 는개가 세찬 비로 바뀌어 내렸다. 폭우, 폭우, 폭우, 비보라가 휘몰아쳤다. 초콜릿을 먹다 잠이 든 아세로라는 바닥이 흔들리는 진동에 눈을 떴다. 흰 벽지를 바른 천장이 쿵쿵 박자에 맞춰 흔들렸다. 상가 복도 끝에서 무거운 짐 더미를 내려놓는 소리가 들렸다. 정육 창고에서 땡땡 얼어붙은 소와 돼지의 부속물을 옮기는 소리였다. 쾅쾅 바닥이 울릴 때마다 부르르 널빤지 벽이 몸을 떨었다. 아세로라는 가슴에 손을 얹었다. 자다가 심장이 멈추면 그땐 내가 죽었다는 걸 어떻게 알지. 아세로라는 페퍼민트 스틱을 코에 대고 슉슉 들이마셨다.

동거란 뭘까

자정이 가까워져왔을 때 유리창을 때리는 빗소리에 다시 잠이 깬 아세로라가 스탠드를 켜고 겉옷을 입었다. 동거인이 나무 벽을 두들겼다.

"화장실 가니?"

아세로라는 대답하지 않았다. 문을 열고 나가자 밤색 나이트가운을 입은 동거인이 복도에 서 있었다. 작은 손전등의 빛을 아세로라에게 비췄다가 자기 턱 밑에 갖다 댔다.

"화장실 불 나갔더라. 이거 들고 가."

동거인이 손전등을 건넸다. 나일론 그물을 뒤집어쓴 머리에, 얼굴에는 보습 크림이 번들거렸다. 아세로라는 손전등을 받지 않고 휴대전화의 램프 기능을 켰다. 그 빛으로 발밑을 비추며 좁고 으스스한 복도를 지나 화장실로 갔다. 낮은 수돗가에 불그죽죽한 핏물이 고여 있었다. 정육 창고에서 칼을 닦은 흔적이었다. 그 핏물을 내려다보며 아세로라는 사과와 당근과 비트를 갈아 만든 주스를 떠올렸다. 아세로라의 동생은 그걸 순록의 피라고 불렀다. 순록의 피를 마신 동생의 피. 그애의 몸은 다 어디로 갔을까. 아세로라는 변기 칸으로 들어가 바지를 내렸다. 참았던 오줌을 싸며 어깨를 떨었다. 남산빌리지의 낡은 상가 건물이 비에 얻어맞고 있었다. 사방에서 총알을 쏘듯 우두두두 빗소리가 울렸다. 폭우, 폭우, 폭우. 거센 바람이 복도로 불어와 잠금장치가 없는 알루미늄 문을 거칠게 잡아당겼다. 아세로라는 눈을 감고 총알 꿈을 생각했다. 그저께 밤에 이어 또 같은 꿈을 꿨다. 열살 때였나, 열한살 때였나. 부엌 식탁에 있던 유리컵이 폭탄 터지는 소리를 내며 산산조각이 났다. 거실 소파에 앉아 있던 아세로라는 유리 파편이 흰 빛을 그으며 베란다로 날아가는 것을 보았다. 그후 얼마간 아세로라와 가족들은 걸을 때마다 바닥에 유리 조각이 있지 않은지 조심히 살폈다. 반짝이는 작은 점이 있는지 발밑을 보았다. 뭔가를 마실 때마다 컵을 들고 바닥을 봤다. 아세로라는 남산빌리지에 온 뒤로 그때 일을 반복해 꿈으로 꿨다. 꿈속에서는 유리가 튀어가는 장면이 영화의 느린 화면처럼 천천히 재생되었다.

겨우살이

아세로라가 동거인의 교습소로 왔을 때는 성탄절이 지난 한겨울이었다. 동거인은 교습소 바로 옆 202호로 아세로라를 안내했다. 한쪽 벽에 커다란 창이 이어진 그곳에 이글루처럼 지붕이 둥근 텐트가 설치되어 있었다. 텐트 안에는 세로로 길쭉한 전기장판과 자줏빛 침낭이 깔려 있었다. 동거인은 이걸 신고 자면 따뜻할 거라며 하늘색 구름을 수놓은 편직물 양말을 건넸다. 그러더니 해가 지면 실내의 커튼을 모두 치라고 했다. 여기에서 불을 켜면 경비실에서 환하게 다 보인다고. '경비 슨생님'은 호기심이 많다고 했다. 묻는 말에 다 답해주다보면 사생활을 보장받을 수 없다고 했다. 그날 밤, 기온은 빙점 아래로 떨어졌고 탁자에 올려둔 에너지 음료에는 살얼음이 끼었다.

퉁

퉁, 퉁

동거인이 널판때기 벽을 두들겼다. 동거인의 교습소인 201호와 아세로라가 있는 202호 사이는 나무로 된 판자 벽이 있었다. 벽에 등을 대고 있던 아세로라가 뒤를 돌아봤다.

"괜찮니? 거기 물 안 찼어?"

동거인이 물었다. 좀 나와보라는 동거인의 말에 아세로라는 침낭 안을 더듬어 안경을 찾아 썼다. 202호의 문을 열자 문턱까지 물이 얼어 있었다. 빙판 위에 선 듯 복도 바닥이 반짝였다.

아침이 되자마자 동거인은 수도 보수 업체에 전화를 걸었다. 얼마 뒤 갈색 워커를 신은 서너명의 남자들이 나타났다. 그사이 화장과 머리단장을 끝낸 동거인이 복도로 나가 벽을 짚고 섰다.

"어디서 샌 거예요?"

동거인이 물었다. 지퍼 달린 조끼를 입은 작업반장이 말했다.

"지난번처럼 1동 물이죠."

아세로라가 사는 상가의 위층은 남산빌리지의 1동이었다. 거기에서 샌 물이 복도를 물바다로 만들었다고 했다. 201호 교습소와 202호 아세로라의 방을 지나 정육 창고가 있는 복도 끝까지 빙판으로 변해 있었다. 연장통을 든 인부들이 얼음판 위를 오갔다.

"세숫물이나 뭐 그런 거죠?"

동거인이 물었다. 넙데데한 얼굴의 작업반장이 말했다.

"다른 물 같아요."

"설거지물이요?"

동거인이 묻자 턱살이 늘어진 작업반장이 목뒤를 긁으며 시선을 피했다.

"다른 물이요. 아랫물."

그 말에 립스틱을 바른 동거인의 입술이 벌어졌다. 동거인은 잠시 말을 잇지 못했다. 인부들이 얼음낚시의 미끼 구멍을 뚫듯 삽으로 바닥을 내리쳐 얼음을 깼다.

"어휴, 이 똥물."

등을 구부린 인부가 말했다. 그러자 또다른 인부가 소매를 걷어붙이며 말했다.

"녹는 게 더 문제야."

아세로라는 텐트 안에 들어가 페퍼민트 스틱을 코에 대고 슉슉 들이마셨다. 라즈베리맛 초콜릿을 입에 넣고 앞니로 으깨 새콤한 시럽을 혀끝에 모아 삼켰다. 천장 위에 다른 사람의 화장실을 얹고 사는 게 어떤 일인지 생각했다. 같은 수도관, 같은 배수관, 하나의 전봇대에서 나오는 고압전류와 그 전기가 넘나드는 집과 집, 방과 방.

퉁

퉁, 퉁

동거인이 판자벽을 두들겼다.

"다른 사람한텐 말하지 마. 누가 물어보면 1동 물이 샜다고만 해."

동거인이 말했다. 그러거나 말거나 아세로라는 그날 오후 남산빌리지의 경비원이 어떻게 된 거냐고 물었을 때 아는 대로 말했다.

"변기 물이 샜대요. 녹는 게 더 문제래요."

아세로라의 말에 금시계를 찬 경비원이 빌리지의 너절한 건물을 바라보며 챙이 달린 청색 모자를 비뚜름하게 다시 썼다.

"그런데 학생은 몇시에 집에 가?"

호기심 많은 경비원이 물었다. 밤 10시에 퇴근하는 경비원은 아세로라가 할머니의 교습소 옆에서 자습하다가 밤이면 집으로 돌아가는 줄 알았다. 동거인이 그렇게 말했다. 겨울방학 동안 낮에 공부하러 온다고. 아세로라는 동거인이 시키는 대로 해가 지면 커튼을 치고 불빛이 새어나가지 않게 했다. 하지만 거짓말을 하긴 싫었다. 거짓말을 할 바엔 입을 다무는 게 아세로라의 성미였다. 아세로라가 대답 없이 돌아서자 경비원이 중얼거렸다.

"참, 애들 버르장머리……"

얼마 뒤, 남산을 산책하고 빌리지로 돌아온 동거인이 경비원과 대화를 나누었다. 아세로라는 2층 창가에 서서 그 모습을 내려다보았다.

"똥물이 차서 어떡해요? 싹 다 허물고 새로 지어야지, 원."

경비원이 말했다. 똥물이란 말에 동거인의 얼굴이 굳었다. 마른오징어를 씹다 어금니에 씌운 보철물이 빠진 것처럼 턱을 비스듬하게 꺾은 채 눈을 깜빡였다. 동거인이 스프레이로 고정한 옆머리를 손으로 쓸며 말했다.

"한파엔 자주 있는 일이잖아요? 괜찮아요, 슨생님. 그럼, 일보세요."

교습소로 돌아온 동거인이 널판때기를 두들겼다.

퉁

퉁, 퉁

아세로라는 페퍼민트 스틱을 코에 대고 흡입했다. 다 먹은 라즈베리 초콜릿 봉지를 휙 내던지고서 블루베리맛 초콜릿을 새로 뜯었다.

남산의 가물치

    남산빌리지 입구에는 '탕탕탕'이란 이름의 가게가 있었다. 내장탕, 설렁탕, 곰탕, 탕탕탕. 손자국이 어지럽게 찍힌 가게 유리문에는 마치 이런 글귀가 붙어 있는 듯했다.

    손님 환영
    단, 인간은 사절

    탕탕탕 할머니는 발목까지 내려오는 국방색 방수 앞치마를 한 채 가게 앞에 의자를 놓고 앉았다. 끄트머리가 삭은 연두색 파리채를 들고서 누가 가게 앞에 차를 대는지 감시했다. 남산빌리지에 사는 주민이라 해도 탕탕탕에서 탕을 사 먹는 것이 아니면 차를 대선 안 됐다. 할머니는 배달 오토바이에도 관용을 베풀지 않았다.

    "이 눈깔을 빼서 남산 밑에 파묻을 늠, 누가 오도바이를 댔어!"

탕탕탕 할머니가 소리쳤다. 할머니의 목소리가 들리면 아세로라는 창가의 커튼 뒤에 숨어 밖을 내다보았다.

"오도바이, 오도바이, 싹바가지 오도바이."

탕탕탕 할머니가 파리채로 오토바이를 때렸다. 아세로라는 언젠가 자연 다큐멘터리에서 봤던 가물치가 떠올랐다. 저수지에 살면서 온갖 생물을 잡아먹는 토종 가물치. 개구리나 물방개는 물론이고 물가에서 쉬고 있는 작은 물새의 앞발을 입으로 낚아채 깊은 물속으로 끌고 가 한입에 삼켜버리는 힘 좋은 가물치. 탕탕탕 할머니는 남산빌리지의 가물치였다.

그날 할머니의 먹잇감은 돈맥부동산이었다. 머리숱이 휑한 돈맥부동산 아저씨가 허리에 찬 벨트에 손을 얹고 가게 앞을 지나가자 남산의 가물치가 외쳤다.

"저 육시랄 거, 안 떼? 안 떼?"

가물치가 '재개발 환영'이란 문구가 적힌 현수막을 가리켰다. 안 떼면 식칼로 확 그어버리겠다고 소리쳤다. 돈맥부동산이 게걸음을 치며 꿍얼거렸다.

"구청에서 다 허가받은 거예요."

가물치가 팔뚝을 걷어붙이며 맞섰다.

"밑구녕에 똥 끼는 소리허네. 나도 허가받고 배때기를

가를까? 갈라?"

가물치가 위로 콩콩 뛰어오르며 파리채로 현수막을 때렸다. 남산의 가물치는 자신만의 육두문자를 자유롭게 썼다. 저 작것, 부아 덩어리, 뼉따구를 추려 남산에 파묻을 늠. 아세로라는 남산의 가물치에게 많은 욕을 배웠다. 그중 가장 마음에 드는 욕은 '아랫도리가 츱츱한 늠'이었다. 누가 가게 앞을 지나며 엄지로 한쪽 콧구멍을 막고 콧물을 펭 발사하면 탕탕탕의 가물치는 참지 않고 소리쳤다.

"이게 아랫도리가 츱츱한 모지린가, 어따 데고 누렁물을 풀어!"

가물치의 목청이 크게 울리면 남산빌리지의 동물들이 깨어났다. 감나무 아래에서 털을 고르던 고양이가 놀라서 허리를 세우고, 덤불 속에 숨어 있던 참새들이 떼 지어 날아올랐다. 빌리지 안으로 들어가던 오토바이도 기우뚱 흔들렸다. 동거인은 교습소 창문을 닫고 클래식이 흘러나오는 라디오 볼륨을 높였다. 탕탕탕 앞을 지나갈 땐 손차양을 만들어 얼굴을 가렸다. 아세로라가 보기에 동거인은 가물치의 입가심거리도 안됐다. 그런데도 동거인은 가물치가 인사를 건네면 선글라스를 끼며 고개를 돌렸다. 가마솥에서 끓이는 탕 냄새가 교습소 안까지 퍼지면 꽃향기 방향제를 뿌렸다. 동거인이 말하길 자신은 여태껏 단 한번도 저 내장탕을 입에 대본 역사가 없다고 했다.

도끼 연습

일몰을 앞둔 자몽색 태양이 남산에 걸려 있었다. 아세로라는 창가에 서서 타워 끝에 찔린 태양을 바라보았다. 하늘이 김치찌개 색으로 물들어갔다. 칭퉁이가 봤다면 귤색과 빨간색 크레파스를 겹쳐 쥐고 하늘을 칠했겠지. 그애는 뭐든 확실히 그리는 애였다. 빗줄기를 그릴 땐 파란 물감을 종이에 들이붓다시피 했고, 눈 오는 밤을 그릴 땐 도화지를 까맣게 칠한 다음 흰색 크레파스로 바위만 한 눈송이를 그렸다. 잘 안 그려지면 크레파스 자국을 손으로 문질렀다. 아세로라 누나의 얼굴은 세상에서 제일 그리기 좋은 얼굴이라고 했다.

눈은 세모

코는 네모

턱은 하트

그럴 때 아세로라는 자기의 얼굴이 좋았다.

아세로라는 창가의 커튼을 치고 티셔츠를 벗었다. 브래지어도 벗고 바지도 벗어서 트렁크팬티만 남겼다. 옷을 입는 게 죄를 짓는 것 같았다. 맨발로 딸기색 요가매트 위에서서 도끼를 들었다. 알이 밴 종아리에 힘을 주고서 도끼를 휘둘렀다. 위에서 내리찍고, 대각선으로 올려 찍고, 오른쪽 어깨에서 왼쪽 겨드랑이까지 한 호흡으로 스윙 스윙.

벌거벗은 가슴에 땀방울이 흘렀다.

나무 벽 너머로 동거인이 연필깎이에 연필을 넣고 핸들을 돌리는 소리가 들렸다.

경비원이 깡통이 든 그물을 끌고 지나가는 왈강달강하는 소리가 울렸다.

가물치가 날뛰고, 개가 캉캉 짖었다.

아세로라는 도끼 연습에 열중했다.

동거인, 경비원, 가물치…… 노인은 어떻게 노인이 될 수 있었을까. 그 많은 질병과 사고와 위험들 속에서 가슴이 자몽색으로 물드는 나날을 지나 어떻게, 늙을 수 있었을까.

아세로라는 땀이 찬 겨드랑이를 손등으로 닦았다. 딸기색 요가매트에 땀방울이 떨어졌다.

아니야, 시간은 흐르지 않아. 아이 안에 노인이 있는 거야. 씨앗처럼. 그러다 함정에 빠지고 슬픔에 휩싸이면 웅크리고 있던 씨앗이 싹을 틔워 노인의 얼굴이 되는 거지.

아세로라는 앞으로 풀쩍 뛰며 도끼를 허공에 휘둘렀다.

앞서가는 사람을 공격하는 건 쉬워. 우뚝 선 타워도 쉽지. 냄새를 풍기는 라일락도, 남산빌리지의 유리창도 모두 깨부술 수 있어. 하지만 붕붕거리며 비정형으로 나는 큰 벌을 잡을 순 없지.

아세로라는 팬티 바람으로 걸어가 침낭 옆에 던져둔 초콜릿을 집었다. 라즈베리맛 초콜릿볼을 입에 넣은 채 알약을 삼키듯 에너지 음료를 마셨다. 밥을 먹는 게 죄를 짓는 것 같았다. 아침과 점심, 야식을 초콜릿으로 때우고 도끼 훈련을 거르지 않고 저물녘이면 매트 위에 엎드려 칭퉁이를 생각했다. 땀에 젖은 이마를 바닥에 대고 엉덩이를 높이 들었다. 그러면 엉덩이 사이에 벌침이 솟아나고 배는 솜털로 뒤덮이는 것 같았다. 머리엔 더듬이, 눈에는 커튼 같은 막. 차츰차츰 세상은 흐려지고 아세로라는 큰 벌, 칭퉁이가 되어 즈즈즈 세상을 날았다. 아니, 세상에서 나갔다. 굿바이, 잘 있어. 칭퉁이의 목소리가 어른거렸다.

누나, 차라리 나는 안 태어났으면 좋겠어.

아세로라는 바닥에 못을 박듯 이마를 찧었다. 코피가

나길 바라며 그렇게 한참을 엎드려 있으면 피 대신 콧물이 흘렀다. 어느 날엔 정말 코피가 나기도 했다. 머리에 피가 쏠려 목구멍으로 비린 액체가 넘어갔다. 피를 닦으면 죄를 잊을까봐 아세로라는 닦지 않고 삼켰다.

츱츱이

퉁

퉁, 퉁

나무 벽 두들기는 소리. 동거인이 신호를 보냈다. 아세로라는 이 사이사이에 녹아내린 초콜릿을 혀로 핥으며 복도에서 들려오는 소리에 집중했다. 착 착 착 슬리퍼 끄는 소리. 츱츱이었다. 츱츱이가 상가 계단을 올라오며 허공에 대고 코를 풀었다. 동거인이 교습소 문을 잠그는 소리가 들렸다. 없는 듯이, 있는데 없는 듯이.

"배달이요!"

츱츱이가 뻔한 수를 쓰며 교습소 문을 두들겼다. 택배요! 등기요! 경찰이요! 츱츱이는 육갑에 칠갑을 떨며 목청을 높였다. 교습소 문에 달린 아크릴 간판을 뚜드리다가 발로 걸어찼다.

"할머니!"

침묵.

없는 사람에겐 화를 못 내지. 아세로라는 동거인이 했던 말을 떠올리며 쫀득한 초콜릿볼을 입에 넣었다. 새콤한 오렌지 향이 입안에 퍼지며 침이 고였다.

"하, 노인네가 사람 환장하게 만드네?"

츱츱이가 말했다. 안달에 복달하는 소리. 주머니에 손을 넣고 열쇠뭉치를 짤그랑거리다 썩어서 구멍 난 어금니에 혀를 대고 쩍쩍거리고 엄지로 한쪽 코를 틀어막은 채코를 풀었다. 아랫도리가 츱츱한 천것. 아세로라는 휴대전화를 보며 시간을 확인했다. 어제는 오전 11시였고, 그제는 오후 5시였다. 츱츱이가 모는 석탄색 승합차가 남산빌리지에 들어서면 창밖을 보고 있던 동거인이 신호를 보냈다. 쉿, 지금이야. 없는 척, 못 본 척. 통, 통통.

남산빌리지의 입구는 하나뿐이고 그 입구 오른편 상가에는 동거인의 '명필 하이쎈스'가 있었다. 외벽 모서리를 따라 까만 곰팡이가 핀 상가 건물 2층에서 동거인이 쌍안경을 들고 아래를 보았다. 2층까지 자란 떡갈나무 가지 뒤에 숨어 츱츱이가 오나 지켜봤다. 언제, 어떻게 오든 츱츱이가 나타나면 동거인이 신발짝을 끄는 그 얼른 소리를 잡아냈다. 쌍안경으로 츱츱이의 셔츠 앞섶에 붙은 밥풀때기까지 포착했다. 그리고 언제나 없는 척이 승리했다.

착 착 착. 부아 덩어리 츱츱이가 교습소 문에서 멀어지고 있었다. 아니, 가는 척 속임수를 쓰며 층계참에 잠시 서 있다가 아무 기척도 없자 되돌아왔다.

"쥐새끼처럼 숨어서, 에?"

츱츱이가 교습소 문을 걷어찼다. 널빤지 벽이 울리고 천장이 흔들렸다. 아세로라는 발밑에 둔 도끼를 노려봤다. 츱츱이는 동거인을 쥐새끼라고 불렀다. 거지새끼라고도 했다. 벽에 걸린 우편함을 들어 바닥에 내동댕이쳤다.

"이보세요, 슨생님."

동거인이 소리 냈다. 동거인은 아무리 화가 나도 선생님이란 호칭을 포기하지 않았다. 누구든 선생님이라 불렀다. 경비 선생님, 배달 선생님, 수도 선생님. 동거인이 비음 섞인 높은 목소리로 말했다.

"약속도 없이 무작정 이러시면 곤란하지요."

긴장했는지 목소리 끝이 갈라졌다. 츱츱이가 문에 대고 소리쳤다.

"아주 상판대기가 두꺼워요, 에? 어디 그 얼굴 좀 봅시다, 에?"

"듣기 참 거북하네요. 거기 문에 난 발자국 다 지우시고 가세요. 우편함도 원위치해놓으세요."

동거인이 말했다. 문은 계속 열어주지 않았다. 아세로라는 페퍼민트 스틱을 흡입했다. 바닥에 있던 니코틴 껌을 찾아 씹었다. 껌이 어금니에 부서지며 역한 금속맛이 맴돌았다. 몸의 신경을 확 잡아당기는 느낌. 얼굴에 피가 몰리며 손바닥에 땀이 났다. 한번만 더 차봐라. 아세로라가 도끼를 들고 문 앞으로 갔다.

츕츕이가 어깨로 문을 밀치며 소리쳤다.

"확 불을 질러버릴까보다."

아세로라가 알루미늄 문에 대고 손목을 가볍게 튕겼다.

쿵

도끼날로 한번, 날 등으로 또 한번.

쿵, 컹

202호 문이 울렸다.

"뭐야, 여기 사람 있어?"

츕츕이가 202호 앞으로 갔다.

"누구 있어요?"

츕츕이가 말했다.

쿵, 컹. 아세로라가 껌을 질경이며 문에 대고 손목을 튕겼다. 쥐새끼다, 거지새끼다. 츕츕이와 아세로라가 더럽고 흠집 많은 문을 사이에 두고 맞섰다. 츕츕이가 손잡이를 잡고 흔들자 아세로라가 도끼로 문을 찍었다.

"어므나, 애, 로라야!"

교습소 문이 열리며 동거인이 소리쳤다. 아세로라도 문을 열었다. 동거인이 뛰어와 아세로라를 202호 안으로 밀었다. 돌아서 문을 닫으려는데 츱츱이가 동거인의 어깨를 붙잡아 자기 쪽으로 당겼다. 동거인이 바닥에 주저앉았다. 아세로라가 도끼를 들고 나가려 하자 동거인이 아세로라의 종아리를 붙잡았다. 도끼를 본 츱츱이가 주춤 물러섰다.

미세하게 퍼지는 복도의 쿰쿰한 냄새.

그때 먼바다에서 뱃고동이 울리는 듯 크고 굵은 외침이 퍼졌다.

누가

여기

차 댔어!

국방색 방수 앞치마를 한 가물치의 알알이 맺힌 울화가 4월의 봄바람을 타고 남산빌리지에 울렸다. 나뭇가지위에 앉은 새들도 풀숲의 고양이도, 단전에서 끌어올린 가물치의 분노에 귀가 뚫리고 맥박이 요동쳤다.

"2788 이 육시랄 거, 차 안 빼!"

착 착 차가차가 착. 슬리퍼를 신은 츱츱이가 뛰어갔다. 남산빌리지 입구에는 탕탕탕이 있었고 그 가게 앞에는 누구도 차를 댈 수 없었다. 탕탕탕에서 탕에 밥 말아 먹는 손님 빼고는 하느님도 차를 대서는 안 됐다.

"5분도 안 됐어요."

츱츱이가 차로 뛰어가며 말했다.

"5분이든 6분이든 왜 남의 영업집에 차를 대, 남의 영업집에!"

점점 빠르게, 점점 거세게, 화가 치솟는 가물치의 울분에 츱츱이가 반격했다.

"알았으니까 가서 창자나 삶아요."

차에 올라타는 츱츱이에게 가물치가 파리채를 내던졌다. 신고 있던 보라색 고무 슬리퍼를 앞 유리에 던졌다. 석탄색 승합차가 움직이자 보라색 슬리퍼가 범퍼 위를 굴러 땅으로 떨어졌다.

"누가 장사하는 집 앞에 차를 대, 누가!"

가물치가 맨발로 서서 장사하는 집의 신성함을 외쳤다. 다시 슬리퍼를 꿰어 신고서 차 댄 자리에 굵은 소금을 뿌렸다. 아세로라는 그 모습을 창가에 서서 내려다보았다. 동거인도 교습소 창가에 서 있었다. 나란히 붙어 있는 창문 밖으로 두 사람의 시선이 마주쳤다. 아세로라가 창문을 닫아버리자 동거인이 판자벽을 두들겼다.

통

틍, 틍

휘어지는 콧소리로 동거인이 말했다.

"오늘은 끝났다. 토바올치 사러 갈래?"

다한증 수배자

오

시원하게 한번에 쓰되 넓은 마음으로

따라 쓰시오.

　아세로라는 독서대 위에 놓인 바둑판 종이를 내려다보
았다. 동거인은 거울 앞에 앉아 고데기로 앞머리를 비틀
었다. 교습소 안에 머리카락 타는 냄새가 진동했다. 아세
로라는 다리를 떨며 교습소 안을 둘러봤다.

　새끼 코끼리 한마리는 들어가 잘 수 있을 것 같은 크고
거무칙칙한 자개장 위에는 둥근 거울이 얹어져 있었고,
그 옆으로 녹슨 손잡이가 달린 나무 지류함 두개가 틈 없
이 붙어 있었다. 보고 있으면 나무 쉰내가 나는 것 같았
다. 지류함 위에는 온갖 것들이 올려져 있었다. 별 모양 놋

촛대, 석고로 만든 천사 조각상, 황금빛 가루가 든 모래시계, 크고 작은 브로치가 담긴 유리병, 깨져 금이 간 유리병, 빈 유리병, 더러운 유리병, 촌스러운 지구본과 교습소와 어울리지 않는 빨간색 미니 축구공. 광목천이 깔린 라탄테이블 위에도 물건들이 가득했다. 굳어서 열리지 않을 것 같은 잉크병들과 도자기 컵에 빽빽하게 꽂힌 만년필들. 바닥에는 책과 오래된 노트들이 층층이 쌓여 있었고 벽에는 대형 거울이 붙어 있었다. 무용학원이나 댄스교습소에 어울릴 법한 전면 거울이었다. 교습소 어디에 있든 아세로라의 모습이 그 거울에 비쳤다.

"오케이, 나이스. 헤어는 흐름."

머리단장을 마친 동거인이 말했다. 아세로라는 칫솔과 때수건이 든 손가방을 열었다. 껌을 하나 꺼내 입에 넣었다.

"나도 줘."

거울에 비친 아세로라에게 동거인이 말했다. 아세로라는 대꾸하지 않았다.

"나도 하나 달라니까? 무슨 맛이니?"

"니코틴맛."

"뭐?"

동거인이 고개를 획 돌렸다.

"너 담배 태우니?"

동거인이 말했다. 그러다 손에 들고 있던 달군 쇠막대에 이마를 데어 아흑 소리쳤다. 울음을 터뜨릴 것 같은 표정으로 동거인이 말했다.

"끊었어? 그래서 씹는 거야?"

아세로라는 말없이 다리를 떨며 껌을 씹었다.

두 사람은 남산빌리지를 나와 좁은 인도를 걸어갔다. 점심을 먹고 돌아가는 정장 차림의 사람들로 거리가 붐볐다. 마주 오는 사람들이 아세로라의 박박 민 머리를 흘깃거렸다. 그러거나 말거나 아세로라는 손목에 건 작은 가방을 무릎으로 툭툭 치며 걸었다. 동거인이 느긋한 팔자걸음으로 뒤따랐다. 앞서 가는 아세로라에게 양산을 씌워주며 동거인이 말했다.

"육교 쪽으로 가자. 장미가든 봐야지."

아세로라가 몸을 숙여 양산에서 벗어났다. 사우나에 때를 밀러 가면서 왜 장미를 봐야 하는지 알 수 없지만 돈을 내는 건 동거인이니 군말 없이 가자는 길로 갔다.

"장미가든을 지나 토바올치를 먹고 쑥탕에서 반신욕하는 거야. 그게 코스란다."

동거인이 말했다. 장미가든은 서울역으로 가는 고가에 있는 장미 꽃길이었다. 동거인이 거기 있는 장미들의 이름을 소리 내 말했다.

"아틀99, 블루바조, 콤테사."

그러면서 아세로라를 봤다. 아세로라의 이름도 꽃에서 왔다. 아세로라는 그게 싫었다. 꽃보다는 꽃을 꺾는 힘을 원했다. 그런 힘이 필요했다. 함부로 손대거나 망가뜨릴 수 없는 힘.

"얘, 자연스럽게 가. 티 내지 말고 자연스럽게."

파출소 앞을 지날 때 동거인이 말했다. 아세로라의 옷을 잡아당기며 걸음을 빨리했다. 아세로라는 팔을 들어 동거인의 손을 뿌리쳤다. 파출소 앞에 있는 게시판으로 걸어가 공개수배 포스터를 보았다. 유리에 코가 닿을 듯이 가까이 서서 녹색 종이에 프린트된 사진들을 들여다보았다.

"그걸 뭐 하러 봐. 들키면 어쩌려고."

동거인이 곁눈질로 앞뒤를 살피며 아세로라의 티셔츠를 잡아당겼다. 파출소 문이 열리고 정복을 입은 순경들이 나오자 동거인은 당황해서 머무적거리더니 혼자 파출소 옆 골목으로 갔다. 아세로라는 수배범들의 얼굴을 살폈다. 이름도 나이도 저마다 달랐지만 어딘가 닮은 구석이 있었다. 강도살인, 강도살인, 강도살인, 상해치사. 맨 끝에 횡령죄가 있었다. 민머리에 **표준** 말씨를 쓰고 다한증이 있음. 아세로

라는 횡령죄를 저지른 수배자의 인상착의를 보며 자신의
아빠를 떠올렸다. 아빠도 대머리에 다한증이 있었다.

"있어?"

골목에 숨어 있던 동거인이 걸어오는 아세로라를 보며
물었다. 아세로라가 고개를 저었다.

"이게 다 무슨 일이니? 날은 또 왜 이렇게 찌물퀴?"

동거인이 손수건으로 얼굴에 부채질하며 말했다. 물기
를 머금은 공기가 끈적하게 살갗에 달라붙었다. 정오의
햇빛이 두 사람의 머리에 내리쬐었다.

"요즘도 전화 오니?"

아세로라에게 양산을 씌워주며 동거인이 물었다. 아세
로라는 대답하지 않았다.

받지 마

아세로라는 355로 시작하는 몇개의 번호를 그렇게 저
장했다. 경찰서 번호였다. 전화가 온다는 건 아직 아세로
라의 어버이가 붙잡히지 않았다는 뜻이었다. 아세로라는
양산을 벗어나 걸으며 공개수배 포스터에 자신의 어버이
사진이 붙은 걸 상상했다.

피의 뿌리

현실이란 어차피 막다른 길로 향하는 진창길이며 아무리 코가 빠지게 노력해봐야 하나의 비극에서 또다른 비극으로 옮겨가는 엇박자의 고행길이라는 것을 아세로라는 일찌감치 받아들였다. 사람들이 아세로라의 얼굴을 들여다보며 이렇게 물었을 때부터.

"남자애예요?"

아기인 아세로라를 유아차에 태워 나가면 사람들이 물었다. 아기 아세로라는 엄지를 빨아대며 자신을 바라보는 사람들의 표정을 눈에 담았다. 아세로라의 엄마는 아기를 안아올리고서 이렇게 말했다.

"울어. 누가 허튼 소리 하면 악쓰면서 울어."

그게 엄마의 방식이었다. 아빠는 달랐다. 아빠는 민둥한 아기 머리에 핑크색 머리띠를 해주었다. 사람들이 남자애냐고 물으면 "예쁜 공주님이에요" 하고 답했다. 아세로라의 엄마는 아기에게 파란색과 초록색 옷을 입히지 않았다. 갈색과 회색도 옷장에서 치워버렸다. 회색 옷을 입히면 절에서 키우는 아이처럼 보였다. 아세로라의 어버이는 기독교 재단에서 운영하는 학교의 행정실 직원이었다. 그들은 딸이 태어나자 교회 단상에 올라 유아 세례를 받았다. 매일 아침 어린이 찬송가를 틀어두고 분유를 먹였고, 밤마다 '하나님은 어떻게 해와 달을 만드셨을까'라는 제목의 동화책을 읽어주었다. 그래도 회색 옷을 입으면 비구니들이 대웅전 마룻바닥에서 업어 키우는 아기처럼 보였다. 그래서 아세로라에겐 턱받이도 회색은 금지였다.

아세로라의 아빠는 털보라고 불릴 만큼 털이 많았다. 턱과 정강이, 신체 중요 부위마다 빽빽한 모근을 자랑했다. 그러나 유독 한 부분, 머리에만 숱이 적었다. 보통 사람보다 한참은 부족했다. 반면에 아세로라의 엄마는 머리카락이 풍성했다. 수사자의 갈퀴처럼 길고 숱이 많은 머릿결에 윤기가 흘렀다. 하지만 겨드랑이와 신체 중요 부위에는 무모증을 의심할 만큼 털이 없었다. 부부는 서로 부족한 털을 메우듯 사이가 좋았다. 딸이 서로의 장점만 닮기를 바랐다. 소망은 이뤄지지 않았다. 아세로라는 털에 있어선 부계 혈통을 물려받았다. 얼마 없는 머리카락은 힘없이 나풀거렸고, 사춘기가 시작되자 겨드랑이에 굵고 까만 털들이 돋아났다. 털이 난 종아리는 방금 캐낸 칡뿌리처럼 튼실했다. 엄마의 하체를 닮은 것이었다. 아세로라는 모계 혈통에서 이어지는 두툼한 발목과 오돌토돌한 닭살을 물려받았다. 그러니 아세로라의 사전에는 일찍부터 각선미란 말이 없었다. 육체미나 섹시미도 끼어들지 못했다. 아세로라가 보기에 '미(美)' 자가 붙은 말치고 사람을 우습게 만들지 않는 말이 없었다. 청순미, 볼륨미, 과즙미.

그러나 본인이 깨닫지 못하는 아세로라의 미가 있었으니, 그것은 바로 비장미였다.

분노의 뿌리

대체로 바람 빠진 풍선처럼 느슨하게 풀려 있던 아세로라의 안면 근육은 이따금 재채기하듯 일그러지며 분노를 터뜨렸다. 열살 무렵의 봄, 성형외과 광고지를 봤을 때도 그랬다. 그 광고지는 아세로라의 등에 붙어 있었다.

여름방학 파격 할인 이벤트!
빠르고 감쪽같은 윤곽 3종

광고지를 손에 쥔 아세로라는 흥분하지 않았다. 급식판에 담긴 대량 조리 음식을 마저 먹고서 자신의 등에 광고지를 붙인 학우를 찾아갔다. 그 남아로 말할 것 같으면 집에서 키우는 동물을 때마다 갈아치우며 햄스터와 거북이를 저세상으로 보내는 걸 즐기는 작은 악마였다. 청소 시간이면 칠판에 '3반 여자 얼굴 웹 순위'를 쓰며 낄낄댔다.

아세로라는 그 남아에게 결투를 신청했다.

"정글짐 앞으로 나와."

봄날의 햇빛과 함께 흙먼지가 풀풀 날리는 오후, 아세로라는 무지개색 정글짐을 뒤로한 채 팔을 걷어붙였다. 비실비실 웃는 적에게 다가가 녀석의 허리춤을 붙잡았다. 그런 다음 엄마에게 물려받은 칡뿌리 다리로 버티고 서서 적의 몸통을 잡아 돌렸다. 얼어 죽은 고슴도치, 썩은 상추를 먹고 숨을 거둔 달팽이의 원한을 담아 쓰러뜨렸다. 거꾸러진 적의 가슴께에 궁둥이를 대고 앉아 멱살을 잡아올렸다.

"울어? 누가 뭘 어쨌다고 울어?"

아세로라가 말했다. 구경하고 있던 적의 동료들이 아세로라에게 달라붙어 발길질했다. 아세로라는 팔로 가드를 올리며 막다가 녀석들의 다리를 잡고 매달렸다. 그렇게 한 녀석에게 매달려 흙바닥을 끌려갔다. 4 대 1의 싸움이었지만 아세로라가 이겼다. 코피를 흘리고도 울지 않았으니 승리나 다름없었다. 아세로라는 흙투성이가 된 옷을 털고서 집으로 갔다. 그 뒤로 아세로라의 별명은 '패고 싶은 윤곽 3종'이 되었고, 학교생활 내내 혼자 점심을 먹었다.

생명의 뿌리

 아세로라의 비장미 형성에는 어버이의 역할이 컸다. 엇박자가 난 유전 형질, 모태신앙과 걸맞지 않은 외적 분위기 그리고 무엇보다 어버이의 그짓.

 구구단과 나눗셈을 깨우칠 무렵 아세로라는 티브이를 보다가 그짓의 위험성을 깨달았다. 티브이 화면에는 한 아이의 이야기가 나오고 있었다. 그 아이는 어버이가 그짓을 하는 걸 보고 한동안 말문을 닫았다고 했다. 뿌옇게 모자이크 처리된 화면에는 남자와 여자가 위아래로 겹쳐 있는 그림이 나왔을 뿐이지만, 아세로라는 그 자세가 어떤 행위를 뜻하는지 알았다. 그 무렵 아세로라의 엄마는 배꼽을 꿰맨다며 병원에 다녀왔다. 하지만 아세로라는 엄마가 아프다는 부위가 배꼽이 아닌 다른 곳이라는 걸 알았다. 엄마가 '애를 뗐다'는 걸 직감했다. 엄마가 줄기차게 먹어대는 미역국과 산부인과라고 적힌 병원 서류를 봐

도 충분히 짐작할 수 있었다. 무엇보다 큰 죄를 저지른 듯
한 아빠의 태도. 아세로라는 안방과 이어진 벽을 타고 들
려오는 어버이의 대화를 엿들었다.

좀 나아졌어?
미쳤어?
이리 좀 와.
미쳤어?
주물러줄까?
미쳤어?

엄마는 무슨 말이든 똑같이 반응했다. 그런데도 아빠
는 엄마를 만지고 싶어 했다. 아세로라는 터진 봉제인형
이 된 기분이었다. 그 뒤로 아세로라는 알파벳 'S'로 시작
하는 단어를 외울 때마다 그때의 불쾌감을 되새겼다. 섹
스에 석섹스하면 병원에 가는구나. 어쩌면 자신도 그렇게
떼어버릴 수 있었다는 사실을 담담히 받아들일 수밖에 없
었다. 살과 피로 이뤄진 자신의 몸뚱이에 모욕당한 기분
이었다. 칭퉁이가 생겼을 때도 벽 너머의 두 사람은 수술
을 고민했다. 초음파로 아이가 '정상'이란 걸 확인할 때까
지 아세로라에게 동생이 생겼다고 말하지 않았다.

아세로라는 나이 차이가 크게 나는 동생을 칭퉁이라 불렀다. 그애는 큰 벌이 나오는 동화책을 읽어주면 까르르 웃었으니까. 칭퉁이는 섹스의 결과가 아닌 그 주변을 맴도는 웃음 같았다. 아세로라는 한번도 동생이란 존재를 꿈꾸지 않았지만 칭퉁이 앞에선 어떤 가면도 쓰지 않고 웃을 수 있었다. 그애도 그렇게 웃어줬으니까. 그런데 왜 그애는 웃지 못하고 아파해야 했을까.

아픔의 뿌리

아세로라는 태양을 만든 신이 왜 햇빛에 두드러기가 나는 알레르기도 같이 만들었는지 이해할 수 없었다. 새와 물고기를 만든 신이, 뭐든 완벽하게 완성할 수 있는 절대자가 왜 먹으면 아픈 것과 아파도 먹고 싶어 하는 아이를 동시에 세상에 보낸 건지 그 변태 같은 심리를 받아들일 수 없었다.

엄마—아세로라—닭살

그런데 왜 칭퉁이는 엄마의 닭살 대신 고기를 먹으면 반점이 나는 피부를 갖게 된 것일까.

아빠—아세로라—민둥머리

그런데 왜 내 동생 칭퉁이의 두피는 초콜릿을 먹으면 열이 펄펄 끓어오르는 걸까.

칭퉁이는 예수님을 예술임이라고 불렀다. 빨간 자두 같은 입술로 아세로라에게 물었다.

"누나, 예술임은 전능하지?"

성경에 나오는 예술임은 아파서 죽은 아이를 다시 살리셨다. 칭퉁이를 만나러 오는 목사들이 칭퉁이 머리에 손을 얹고 말했다. 주의 보혈로 아이의 생명을 건지시사……

칭퉁이는 보혈이란 말을 무서워했다. 예술임의 피로 몸을 씻고 싶지 않다고 했다. 당근과 비트, 사과를 만든 건강 주스가 피 색깔이라서 싫다고 했다. 대신 딸기색은 좋다고 했는데, 딸기잼이 든 초콜릿을 먹으면 가려운 게 나을 것 같다고 했다. 아세로라는 속지 않았다. 고기류, 어패류, 각종 화학첨가물과 당류, 쑥과 콩, 정제곡물, 향이 강한 식재료, 탄산음료…… 칭퉁이는 그런 걸 먹으면 아팠다. 세상은 온통 칭퉁이가 먹으면 안 되는 것들로 이뤄져 있다. 닿으면 두드러기를 나게 하는 섬유와 합성소재들이 가득했다. 칭퉁이에겐 꽃도 위험했다. 강한 향은 독이나 마찬가지였고 벌침에 쏘이면 기도가 막혀 죽을 수도 있다. 아세로라는 칭퉁이와 같은 병을 앓는 사람들의 이야기를 읽었다. 엄마가 인터넷을 검색해 찾아낸 의학 논문이었다. 희귀하고 희귀하고 희귀한 사람들. 얼마 없는 사례들. 자신의 병명을 몰라 의사에게 당신이 아픈 건 거짓말이라고, 마음의 병이라고 무시당한 사람들. 제때 치료

받지 못한 칭퉁이들.

"아냐, 누나. 벌은 안 무서워."

칭퉁이는 꿀벌 모양 스티커를 아세로라의 손등에 붙여주었다. 샛노란 몸통을 가진 커다란 벌을 스케치북에 그렸다. 공룡 장난감을 갖고 놀고 미니 소방차를 바닥에 끌며 불이 난 곳으로 출동했다. 벌과 공룡과 불. 모두 칭퉁이가 무서워하는 것이었다. 하지만 칭퉁이는 그것들을 작게 만들어 갖고 놀았다. 그애는 알약과 주삿바늘을 잘 참았고, 그렇게 잘 참으면 나무처럼 크게 자랄 수 있을 거라고 믿었다.

하늘 향해 두 팔 벌린

나무들같이

무럭무럭 자라나는 나무들같이

그애는 무럭무럭을 물럭물럭이라고 발음했다. 신이 나면 글자에 리을 발음이 미끄러졌다. 팔다리는 가늘었지만 가슴에 품은 축구선수의 꿈은 굳셌고, 힘들고 지쳤지만 쉬지 않고 날아갔다.

"너무 지쳤지만은…… 윙윙! 쉬지 않고 날아가지요오!"

그애는 나무 노래와 꿀벌 노래를 좋아했다. 또 아세로라가 설명해주는 지렛대 원리를 잘 이해했다.

"그럼 누나, 길다랗고 길다랗고 기일따란, 시소에 타는
거야?"

칭퉁이는 지렛대를 시소라고 생각하며 이해했다. 아세
로라가 아르키메데스의 얘기를 해줄 때 땀에 젖은 얼굴로
눈동자를 반짝였다. 아주 아주 아주 긴 지렛대가 있으면
지구도 들어올릴 수 있다고, 대신 먼저 지구 밖으로 나가
야 한다고, 아르키메데스가 그렇게 말했다고. 아세로라가
책을 손으로 짚으며 말해주면 그애는 일어나 두 팔을 뻗
으며 지구를 들어올리듯 오! 오! 하고 뛰었다. 그럴 때 지
구는 공처럼 작았고 칭퉁이는 신보다 전능했다.

"치사해. 나만 빼놓고!"

하지만 단지 그애가 원하는 건 다른 사람들처럼 초콜
릿과 라면을 먹는 것이었다. 아이스크림과 젤리를 먹을
수 있는 평범한 몸이었다. 편의점 앞을 지날 때면 테이블
에 앉아 컵라면을 먹는 사람을 넋 놓고 바라봤다. 초콜릿
아이스크림을 들고 지나가는 아이는 단지 손에 흘러내린
아이스크림을 핥아먹을 뿐이었지만, 칭퉁이는 가슴에 총
을 맞았다. 총알이 심장을 뚫고 간 것처럼 멈춰 섰다. 그런
데도 밖에선 울지 않고 집에 와 아세로라에게 안겨 울었
다. 누나는 혼자 먹지만 말라고 부탁했다. 먹을 거면 자기

앞에서, 자기도 볼 수 있게 먹어달라고 했다. 어떤 맛인지 하나도 빼놓지 말고 말해달라고, 그럼 같이 먹는 게 되는 거라고.

아세로라는 약속했다. 사실 아이스크림이나 초콜릿은 맛도 없고 잘해봐야 차가운 지렁이 똥 맛이지만 네가 원하면 반드시 네 앞에서, 네가 볼 수 있게, 같이 먹겠다고 했다. 세상의 초콜릿을 다 먹어치우겠다고 약속했다.

집이 불타면

인간이, 다른 인간에게 이렇게 치사해도 되는 거야?
그깟 돼지갈비 때문에?

아세로라는 요구르트를 쥐고 몸을 떨었다. 엄마의 자
동차 글러브박스 안에 들어 있던 요구르트였다. 숯불 돼
지갈비를 먹으면 후식으로 주는 요구르트. 그 돼지갈빗집
은 아세로라가 어릴 때부터 가족이 함께 가던 식당이었
다. 가게 이름이 종이 포장지에 적힌 이쑤시개도 글러브
박스 안에 들어 있었다. 청퉁이가 아프고 나선 가지 않
지만 아세로라도 잘 아는 단골집이었다. 갈비를 먹고 나
면 주인아주머니가 냉장고에서 요구르트를 꺼내 건넸다.
아세로라는 녹색 요구르트 뚜껑에 찍힌 날짜를 확인했다.
하나를 보고, 두개를 본 다음, 더 볼 필요가 없어 안경을
벗어 뒷좌석으로 던졌다. 글러브박스 안에는 옷의 냄새를

지우는 라일락 향의 탈취제도 있었다. 역겨웠다. 역겨워서 인간의 모든 것이 한없이 사소해졌다. 섹스에 석섹스, 성공에 석섹스, 공부, 돈, 건강, 외식과 외모, 구원과 기도. 믿으려고 믿으려고 그렇게나 간절히 부르고 매달렸던 것들. 그것들이 점처럼 작아졌다. 엄마의 차 안에서 요구르트를 본 순간 아세로라는 세상 밖으로 나가 아주 아주 아주 긴 지렛대로 그것들을 날려버렸다. 그러자 텅 빈 느낌과 함께 허기가 몰려들었다. 아세로라는 글러브박스 안에서 껌을 꺼내 씹었다. 엄마가 씹는 니코틴 껌이었다. 몇번 씹으니 짧은 단맛이 사라지고 메스꺼운 쇠맛이 났다. 몸에 전류가 흐르는 것처럼 손가락 신경이 움찔거렸다. 아세로라는 턱을 빠르게 움직이며 껌 덩어리에 잇자국을 냈다. 속이 울렁거리며 구역질이 나고 누가 뒤통수를 잡아끄는 것처럼 머리가 무거웠다. 몸에 퍼지는 이물질이 심장을 방망이질하듯 가슴이 욱신거렸다. 차문을 열고 나가자 이불 없이 자다 깬 것처럼 으스스 떨렸다. 아세로라는 차가운 손끝을 다른 손으로 움켜쥐었다. 아기였던 칭퉁이가 아세로라의 손가락을 쥐었던 것처럼. 정수리 숨구멍에 연갈색 머리카락이 난 아기는 작디작은 손으로 아세로라의 손가락을 움켜쥐었다. 나쁜 꿈을 꿨는지 이마를 찌푸린 채 부르르 몸을 떨었다.

"꿈이야, 꿈일 뿐이야."

그럴 때 아세로라는 칭퉁이의 가슴을 토닥여주었다.

꿈이야, 꿈일 뿐이야.

하지만 아무것도 꿈처럼 사라지지 않았다. 이 악몽에서 깨어날 수 없었다. 칭퉁이는 떠났고 아세로라의 어버이는 둘이서만 돼지갈비를 먹었다. 그건 칭퉁이가 제일 싫어하는 건데. 그애는 비겁하고 잔인하고 쪽팔린 것보다 치사한 게 더 나쁘다고 했는데.

아세로라는 자동 센서가 꺼진 주차장 바닥에 웅크려 앉았다. 돌아갈 곳이 없었다. 아세로라의 집은 점보다 더 작아졌다. 칭퉁이가 떠나고 그애의 몸이 화장장에서 사라졌을 때 아세로라의 집도 같이 불탔다.

죄인들

칭퉁이가 떠났을 때 이렇게 됐어야 했다. 아세로라와 어버이도 뿔뿔이 흩어져야 했다. 그들은 그동안 칭퉁이 없이 잘 살았다. 그렇게 잘 사는 건 치사한 짓이었다.

어버이는 경찰을 피해 달아난다고 했다. 아세로라는 페퍼민트 스틱을 만지작거리며 아빠의 변명을 들었다.

"억울하게 누명을 썼는데……"

아빠는 여전히 털이 무성한 얼굴로 말끝을 흐렸다. 엄마의 태도는 달랐다. 엄마는 아빠처럼 한숨을 내쉬지 않았다. 역전패한 축구선수처럼 허벅지에 손을 얹고 분을 삭였다.

"이렇게 될 줄 몰랐어. 우리가 당한 거야."

엄마가 말하자 아빠가 엄마의 어깨를 어루만졌다.

"당신 잘못 아냐. 그 자식이 당신을 속였잖아."

아빠는 죄의 무게를 은근히 엄마 쪽으로 돌렸다. 엄마는 패배를 인정하고 책임을 떠안았다. 신문에선 두 사람을 부부 횡령단으로 보도했다.

모 중학교 행정실 부부, 수십년간 공금 슬쩍

기사에는 비열하게 한쪽 입술을 올리며 웃는 얼굴과 지폐 다발을 움켜쥐는 손이 참고 이미지로 실려 있었다. 익명의 내부고발자가 학교의 이중장부를 폭로했고, 횡령을 주도한 학교 목사는 잠적했다고 했다. 부부 사이인 행정실장인 아내와 회계 직원인 남편은 두번째 경찰 조사를 앞두고 있었다.

아세로라는 신문에 실린 교문 사진이 실제보다 잘 나왔다고 생각했다. 붉은 벽돌의 아치형 문이 아담하고 풋풋해 보였다. 기사 속 중학교는 아세로라가 다니던 학교였다. 그러니까 그 학교의 행정실장은 아세로라의 엄마였고, 엄마는 아빠를 시켜 공금을 학교 목사에게 전달했다. 교목은 학교 재단 이사장의 육촌 조카였다. 기사에 따르면 이들은 학생들이 금식하며 모은 사순절 헌금까지 알뜰하게 빼돌렸다.

"당신은 아세로라랑 같이 있어."

엄마는 집에서 가장 많은 연봉을 받는 사람답게 가족이 나아갈 길을 지시했다. 자기가 다 안고 가겠다고, 일개 직원인 당신은 내가 시키는 대로 했을 뿐이라고, 그렇게 진술하라고 말했다. 그러면서 핸드백에서 니코틴 껌을 꺼내 씹었다. 담배 생각이 간절해 보였다. 아빠는 아세로라가 듣는 데서 너무 자세히 얘기하지 말자고 했다. 아세로라도 일이 어떻게 돌아가는지 알았다. 공식적으로 엄마는 변호사를 앞세워 경찰 조사를 미루고 있었고 비공식적으로는 튈 준비를 하고 있었다. 엄마는 도망친 교목을 잡아야 한다고 했다. 남의 돈으로 술 먹고 도박한 그 눈태를 잡겠다고 했다. 잡아서 감옥이든 지옥이든 같이 가겠다고 했다. 엄마는 학교 목사의 별명을 알고 있었다. 눈으로 변태 짓을 한다고 해서 눈태. 학교 애들이 붙인 별명이었다.

엄마의 지시에 따라 아빠는 집에 남기로 했다. 하지만 막상 엄마가 짐 가방을 챙기자 불안한 기색으로 엄마 뒤를 따라다니더니 계획을 바꿨다.

"엄마 혼자 보낼 순 없잖아. 이해하지?"

아빠가 아세로라를 끌어안았다. 아빠가 바라는 다음 장면에는 나도 데려가라며 울먹이는 딸이 등장했다. 아세로라는 아빠를 떼어내며 말했다.

"알았으니까 이거 놔."

아빠가 아세로라의 팔을 잡았다.

"너도 같이 갈래? 셋이 다닐까?"

"둘이 낫지 않겠어?"

"혼자 있기 무섭잖아."

아빠의 말에 아세로라가 말없이 페퍼민트 스틱을 흡입했다.

"시간 없어. 각자 짐 챙겨."

엄마가 껌을 질겅이며 말했다. 세 사람은 각자의 가방에 귀중품을 챙겼다. 아세로라는 칭퉁이의 스케치북을 캐리어에 담았다. 칭퉁이가 색연필로 겉장에 제목을 쓴 그림 연습장이었다. 그 집에서 아세로라가 좋아하는 건 그것뿐이었다.

낙서 1000재 거루키 여김을 바드시오며

칭퉁이는 낙서 천재인 자신이 정성껏 그림으로 그리면 무엇이든지 거룩히 여김을 받을 수 있다고 믿었다. 칭퉁이가 그린 비 오는 날과 눈에 얻어맞은 밤거리와 아세로라의 얼굴이 그 안에 있었다. 아세로라는 칭퉁이와 한 약속을 지켰다.

우리 가족이 물에 빠지면 누구부터 구할 거야?

우리 집이 불타면 어떤 걸 들고 나갈 거야?

우리 집에서 누굴 제일 사랑해?

칭퉁이가 물으면 아세라로는 언제나 똑같이 대답했다.

너

강호

내 동생.

그러면 칭퉁이는 아세로라가 먹은 초콜릿 비닐을 코에 대고 냄새를 맡았다. 평생 누나의 얼굴을 그려주겠다고 했다. 비가 오면 비를 그려주고 눈이 오면 녹지 않는 눈사람을 그려주겠다고 했다. 누나의 얼굴은 세상에서 제일 그리기 좋은 눈 코 입이라고 했다. 눈은 세모, 코는 네모, 턱은 하트. 그럴 때만 아세로라는 자기 얼굴이 좋았다. 자신이 자신인 게 죽고 싶지 않았다.

내가 나인 걸 이제 어떻게 견디지?

아세로라는 집을 떠나는 게 아쉽지 않았다. 진작 이렇게 됐어야 했다. 칭퉁이가 떠난 뒤에도 엄마는 학교에서 권력을 휘둘렀고 아빠는 변함없이 엄마의 말에 따랐다. 그 학교에서 아세로라는 예술고 진학을 꿈꿨다. 영화감독이 되어 세상의 빛과 물을 다시 만들고 싶었다. 피부에 닿아도 두드러기가 나지 않는 태양을 만들고, 마셔도 배탈이 나지 않을 맹물을 창조하고 싶었다. 최강의 유전자를 조합해 인간을 다시 만들어야 했다. 다시 태어나, 칭퉁아. 기독교도 불교도 아닌 지렁이교를 만들어줄게. 지렁이처럼 똥도 버릴 게 없는 유전자를 줄게. 모든 고기류, 모든 어패류, 모든 씨앗류, 모든 가공식품을 쓸어버리고 더 강하고 안전한, 해롭지 않은 세상을 줄게. 가족은 네가 직접 골라.

어스름한 새벽, 아세로라는 캐리어를 끌며 어버이를 배웅했다. 엄마는 어두운 주차장에서 차 글러브박스를 열고 니코틴 껌을 챙겼다. 그냥 시원하게 한대 피우시지. 아세로라는 도로에서 택시를 잡는 어버이를 뒤에서 바라봤다.

"미안해. 졸업식도 못 챙기고."

아빠가 말했다.

"고등학교 입학 전까진 마무리할 거야."

엄마가 말했다. 아세로라는 대꾸하지 않았다. 택시가 멈춰 서자 아세로라가 말했다.

"먼저 타고 가."

쟤가 언제 저렇게 어른스러워졌느냐며 아빠가 눈시울을 붉혔다. 택시를 보내고 아세로라는 다시 아파트로 돌아갔다. 땅에서 올려다본 아파트는 검고 음침했다. 저렇게나 높고 캄캄했구나. 새도 아니면서 날개도 없으면서 인간인 주제에 저렇게 높은 데 살았구나.

아세로라는 달그락거리는 캐리어 바퀴 소리를 내며 아

파트 주변을 돌았다. 원수를 보듯 나무들이 자란 화단을 노려봤다. 이미 인생을 다 살아버려 늙고 지친 노인이 된 기분이었다. 집으로 돌아가 자신의 이불 속으로 숨고 싶었다. 아세로라는 자신이 원할 때만, 필요할 때만, 감당할 수 있을 만큼만 칭퉁이를 그리워한다는 걸 알았다. 그래서 눈물은 나지 않았다. 버스 첫차를 타고 남산빌리지에 도착했을 때 희붐하게 날이 밝아왔다. 동거인은 밤색 파자마 차림으로 복도에 서서 아세로라를 기다리고 있었다.

서울로

동거인은 서울로를 좋아했다. 서울역이 내려다보이는 육교에 오르자 가슴을 펴고 콧노래를 흥얼거렸다. 호텔 건물 뒤로 보이는 남산타워를 가리키며 팔꿈치로 아세로라의 팔을 건드렸다.

"저기, 남산도 보인다."

동거인은 어디서든 남산과 남산타워를 찾아냈다. 아세로라는 난간 가까이에 서서 아래를 내려다보았다. 서울의 복잡한 것들이 거기에 다 모여 있었다. 높은 빌딩들과 꾀죄죄한 길바닥, 휘어지고 갈라지는 차선들, 자동차 자동차 자동차, 오토바이, 그 사이를 건너가는 까만 머리통의 사람. 하늘은 꽉 닫힌 창문 같았고 어디를 봐도 뿌연 매연이 눈자위를 찔렀다. 보이지 않는 먼지 입자가 콧속으로 스며들어 뇌를 반죽하는 것 같았다. 모든 것이 너무 많았고 제멋대로 비명을 질러댔다. 아세로라가 서 있는 육교에는 커다란 콘크리트 화분이 줄지어 놓여 있었다.

두메부추

아세로라는 화분에 붙여진 이름표를 보았다. 진짜 부추였다. 날렵하게 뻗은 녹색 잎이 콘크리트 화분 안에서 빽빽하게 자라 있었다. 지금 바로 잎끝을 잘라 부추전을 해 먹어도 될 것 같았다. 저건 깻잎인가. 아세로라는 다른 화분 앞으로 갔다. 수국이었다. 깻잎 모양의 잎들이 축축 늘어져 있었다. 난삽하게 자란 억새는 버려진 무덤 같았다. 서울의 무덤. 연꽃 화분에는 탁한 물이 고여 있었다. 서울의 눈물. 그 화분들 사이로 목에 명찰을 건 회사원들이 커피 컵을 들고 오갔다. 서울 사람들의 점심 산책.

"좋지? 정원사들이 얼마나 살뜰히 가꾸는지 몰라."

동거인이 말했다. 양산을 쓰고도 땀이 나는지 손수건을 접어 관자놀이와 인중을 꾹꾹 눌렀다. 비가 쏟아질 것처럼 습한데도 볕이 내리쬐었다. 바람 한점 없는 날씨에 공기에 달라붙은 수분들이 무겁게 어깨를 끌어내리는 듯했다. 동거인의 얼굴에서 베이지색 파운데이션이 흘러내렸다.

"얘, 저기 좀 봐라."

동거인이 반대편 난간으로 갔다. 육교 아래로 나지막한 오르막을 따라 잡초가 무성했다. 서울 한복판의 공터, 한복판의 잡초밭, 그 벌판을 지나는 기차 선로에 녹슨 깡통

같은 열차가 쇳소리를 내며 지나갔다. 동거인이 난간에 손을 얹고 말했다.

"택배는 1층으로 하지?"

또 그 소리였다. 배달은 1층, 우편물도 1층. 2층 주소는 쓰지 마. 2층에 사는 티를 내면 안 돼.

"2층이라고 하면 찾기 힘들잖니."

동거인이 말했다. 거짓말이었다. 경비실 맞은편에 있는 꼬질꼬질한 계단으로 올라가면 상가의 2층이 나왔고, 거기에서 다시 외부 계단을 올라가면 남산빌리지 1동이 있었다. 배달물을 받을 때면 아세로라는 배달원에게 전화해 말했다.

"상가 2층, 202호요. 1동 올라가기 전에 상가 복도가 있어요."

먼지 뭉치가 바람에 굴러다니는 외진 복도였지만 그래도 찾을 순 있었다. 하지만 동거인은 2층엔 주소가 없다고 했다.

"처음부터 그랬어. 주소는 못 만들었어."

눈 코 입은 있는데 깜박하고 구멍은 못 뚫었다는 소리 같았다. 그래서 냄새도 못 맡고 숨도 못 쉬고 볼 수도 없는 상태. 상가 2층은 그런 장소였다. 아세로라는 거기에 살았다. 퉁, 퉁, 널판때기가 울릴 때마다 없는 척하면서.

"물 마실래?"

동거인이 양산을 접으며 말했다. 천 가방에서 은색 텀블러를 꺼냈다. 입술을 벌리며 동거인이 숨을 내쉬자 단내가 풍겼다. 입에 바른 립밤의 복숭아 향이었다.

"목이 마르기 전에 마시는 거란다. 갈증이 느껴지면 이미 탈수야."

동거인이 텀블러를 든 팔을 높이 들었다. 입술을 대지 않고 마시려다 텀블러의 고무 뚜껑에서 물이 샜다. 불그스름한 루이보스 차가 동거인의 얼굴로 쏟아졌다.

어흑.

물벼락을 맞은 동거인이 얼굴을 숙였다. 콧방울에서 찻물이 뚝뚝 흘렀다. 동거인은 허리를 구부린 채 꼼짝하지 못했다. 아세로라가 동거인의 옷자락을 잡고 화분 뒤로 데려갔다. 다홍색 꽃이 핀 작약 화분 뒤였다.

울지 마. 울 거 없어.

그렇게 자신을 다독이는 듯한 표정으로 동거인이 뺨을 닦았다. 가방에서 손거울을 꺼내 얼굴을 비춰 보았다.

"워터투르투라더니."

코를 훌쩍이며 마스카라가 번진 눈가를 손수건으로 문질렀다.

"프루프."

아세로라가 말했다. 아세로라는 짝다리로 서서 기차선로가 이어진 잡초밭을 흐릿한 눈으로 보았다.

"뭐라고?"

"프, 루, 프. 투르투가 아니라."

아세로라가 말했다. 동거인이 아랫입술을 깨물었다.

"그렇게 잘 아는 애가, 존댓말은 모르나봐?"

동거인이 무릎을 짚으며 일어섰다. 쥐가 났는지 다리를 절뚝였다. 아세로라는 난간에 세워둔 양산을 챙겨 들었다. 뜰보리수 화분이 지그재그로 서 있는 곳을 지나자 동거인이 말했던 장미가든이 나왔다. 동거인은 장미에 눈길도 주지 않고 곧장 걸어갔다. 노란 꽃잎의 아틀 99, 연한 핑크빛의 블루바조. 장미지만 장미색이 아닌 장미들. 아세로라는 꽃 사이를 날아다니는 벌이 있나 둘러봤다. 서울로엔 벌이 없었다. 지렁이도 없을 것 같았다. 있다 해도 아스팔트 바닥에 배를 긁히겠지. 아세로라는 콘크리트 화분을 깨부숴 흙들을 해방시켜주고 싶었다.

아세로라가 빠르게 걸어 앞서가는 동거인을 따라잡았다. 두 사람은 주목이 자란 화분들을 지나 육교를 내려갔다. 동거인의 단골 빵집이 가까이에 있었다. 동거인은 빵집 앞에서 다시 손거울을 꺼내 보더니 웃는 얼굴로 가게에 들어섰다. 토마토와 바질을 넣은 토바올치는 다 팔리

고 없었다. 아세로라는 초콜릿이 든 식빵을 손에 들고 입
으로 뜯어 먹었다. 동거인은 쑥탕으로, 아세로라는 냉탕
으로. 아세로라는 찬물에 들어가 오래 잠수했다.

빌리지의 개들

　남산빌리지의 사람들은 흰 개를 좋아했다. 하나같이 작고 하얘서 똑같은 개 한마리를 여러 사람이 번갈아 산책시키는 게 아닌지 의심스러울 지경이었다. 리드줄을 당기면 오래 버티지 못하고 끌려가는 작달막한 흰 털의 개. 안아서 들어올릴 수 있을 만큼 가볍고, 짖으면 더 큰 고함으로 제압할 수 있으며 다리가 짧아 보폭이 크지 않은 개. 서울의 개.

　아세로라는 뱀 여러마리가 똬리를 틀며 자란 듯한 향나무 옆에 서서 지나가는 개들을 보았다. 가벼운 발걸음으로 걸어가던 개들이 아세로라를 보면 캉캉 짖었다. 비켜서라는 뜻이었다. 개들은 향나무 가까이 다가와 시원하게 오줌을 갈겼다. 기분이 째진다는 듯 네 발로 흙을 헤쳤다. 그대로 흙바닥에 누워 뒹굴고 싶은 표정이었지만 사람이 줄을 잡아당기면 얼마 못 버티고 끌려갔다. 아세로라는 높이 자란 느릅나무와 언덕배기에 자란 감나무를 올려다봤다. 해봐야 자동차 서너대가 들어갈 만한 땅에 어떻게 온갖 식물이 이렇게 무성할까 의아했는데, 이제야 비밀이 풀렸다. 개와 고양이의 천연비료 덕분이었다. 화단 울타리와 가까이 서 있는 나무들은 개 오줌에 밑동이 마를 날이 없었다. 느릅나무는 고양이들이 발톱을 다듬는 곳이었다. 검은 점박이 고양이 한마리가 화단 뒤편의 둔덕에 엎드려 아세로라를 내려다보고 있었다. 아세로라가 손에 든 도끼를 들어올리자 찐빵처럼 넙데데한 고양이 얼굴에 희미한 비웃음이 스쳤다.

개와 고양이가 영역 표시를 하듯 동거인도 자기 땅을 가꾸기 위해 땀을 흘렸다. 식목일을 맞아 꽃을 심어야 한다며 아침부터 판자벽을 두들겼다.

"베초향, 히숍, 해바라기. 해바라기는 장미 뒤에 심고……"

돋보기를 쓴 동거인은 게슴츠레한 눈으로 종이봉투에 적힌 식물 이름을 읽었다. 선물받은 귀한 씨앗이라 잘 심어야 한다고 했다. 미안하지만 느릅나무 가지를 몇개 잘라내야겠다고, 새 아이들을 맞이하려면 덩치 큰 어른들이 비켜줘야 한다고 했다. 그러나 동거인의 화단 관리 계획은 팔 길이만 한 톱날에 걸려 시작도 못하고 있었다.

"얘, 이것 좀 도와줘."

동거인은 창백한 낯빛으로 톱의 손잡이를 붙잡고 있었다. 씨앗을 심기도 전에 몸져누울 판이었다. 아세로라는 동거인이 있는 느릅나무 가까이 다가갔다. 발밑으로 무성하게 자란 맥문동을 짓밟았다. 누르스름하게 때가 낀 목재 울타리를 따라 연보라색 라일락이 짙은 향기를 내뿜으며 늘어져 있었다.

"그건 뭐 하러 들고 왔어?"

동거인이 도끼를 보며 물었다.

"비켜봐."

아세로라가 동거인을 어깨로 밀어내며 말했다. 옆으로 뻗은 느릅나무 가지에 톱이 박혀 있었다. 단단한 줄기에 톱날이 물려 꼼짝하지 않았다. 아세로라는 한쪽 발을 나무에 올린 채 손잡이를 흔들었다. 그래도 빠지지 않자 타앙타앙 발로 나무를 걷어찼다. 그 소리에 지나가던 개가 아세로라를 향해 짖었다. 화단으로 뛰어들고 싶어 뒷발로 서서 앞발을 휘저었다. 엎드려 있던 고양이가 엉덩이를 세우며 기지개를 켰다. 타앙타앙, 아세로라가 나무를 발로 때리자 계단의 층계참까지 자란 느릅나무의 가지들이 흔들렸다. 직박구리가 날아오르고 흥분한 개가 더 크게 짖었다. 아세로라는 겨우 톱날을 빼내고서 자신의 연장을 들었다. 둔덕에 선 고양이가 꼬리를 세운 채 아세로라를 내려다봤다. 참새들이 측백나무 가지에 앉아 부리로 가슴 털을 다듬었다. 개는 목줄에 끌려가고 아세로라는 도끼로 느릅나무 가지를 내리쳤다. 손목부터 팔뚝까지 도끼질의 진동이 전해졌다. 얼굴이 달아오르며 콧구멍이 벌름거렸다. 봄날의 뜨듯한 바람이 화단으로 불어왔다. 아세로라는 기둥과 이어진 가지 안쪽을 도끼로 내리쳤다. 그러나 나무는 살아 있었고 아세로라의 도끼에 순순히 물러나지 않았다. 남산빌리지만큼이나 오래 버틴 나무였다. 아세로라보다 나이가 많은 나무였다. 나무는 도끼날과 반대 방향으로 몸을 틀며 도끼날을 꽉 무는 것 같았다. 아세로라가 가슴을 젖히며 도끼를 빼내려 했지만 안간힘을 줘도 빠지지 않았다. 힘이 풀린 아세로라는 흙바닥에 주저앉아 나무를 올려다봤다. 나뭇잎의 그림자와 그 사이로 비치는 빛 조각이 얼굴에 쏟아졌다. 둔덕에 있던 고양이가 감나무에 대고 발톱을 긁었다. 간장 찍은 만두처럼 이마에만 까만 털이 난 고양이. 그 만두 얼굴에 비웃음이 흘렀다.

빌리지의 웃음 많은 고양이들

아세로라는 상가 복도에서 고양이들과 자주 마주쳤다. 느긋한 털북숭이들은 아세로라를 무서워하지 않았다. 인간인 네가 구석으로 물러나 있으라는 듯 희고 가느다란 수염이 난 얼굴로 아세로라를 빤히 봤다. 대부분 흰색 몸통에 검은 무늬가 있었다. 양쪽 귀만 까만 고양이도 있었고, 검은 스타킹을 신은 것처럼 앞다리에만 까만 털이 난 고양이도 있었다. 남산빌리지에 사는 개들 열에 아홉이 흰색 털에 몸집이 작은 것처럼, 빌리지에 사는 고양이들은 열에 열마리 모두 흰 바탕에 검은 무늬가 있었다. 오래전 화단에 살았던 흰 고양이와 검은 고양이 암수 한쌍이 대대손손 번식한 것 같았다. 1동 하수관이 터져 복도 바닥에 얼어붙었을 때도 고양이들은 고고하고 우아한 몸짓으로 얼지 않은 가장자리를 골라 발을 내디뎠다. 잘 먹고 새끼도 많이 낳아서 비비추가 자란 풀숲에서 검은 점

무늬의 새끼들이 서로의 등을 타며 놀았다. 남산빌리지의 사람들은 개를 키웠지만 교습소의 동거인은 고양이를 키웠다. 키웠다기보다 화단에 놓은 고양이의 급식상자를 사수했다.

"아휴, 새끼를 얼마나 까는지 징글징글해요."

금시계 찬 경비원이 동거인에게 말했다. 발정기가 된 고양이 소리에 밤잠을 설친다는 민원이 들어온다며 먹이통을 없애자고 했다. 동거인은 단호했다. 화단 땅은 자기 소유이니 거기에 무엇을 두든 자신의 마음이라고 했다. 금시계 경비원이 모자를 벗었다 쓰며 안심한 듯한 표정으로 말했다.

"하긴, 여기가 산밑이라 쥐가 많아요. 괭이가 쥐도 잡고 좋지."

그말에 동거인이 눈을 크게 뜨며 질색했다.

"어므나, 슨생님, 즈히 나비들은 사료 먹어요."

동거인은 고양이들이 쥐와 바퀴벌레를 잡는다는 말에 언짢아했다. 화단을 오가는 고양이 무리를 전부 나비라고 부르며 새끼를 마주치면 토끼풀 덤불에서 네잎클로버를 발견한 듯 얼굴이 환해졌다. 하지만 꾀죄죄한 고양이가 간식을 원하는 눈으로 다가오면 훠이, 훠이, 손짓하면서 거리를 뒀다.

탕탕탕 옆의 측백나무 화단에도 급식상자가 있었다. 누가 차를 세우거나 가구를 내다 버리기라도 하면 가게에서 뛰쳐나와 파리채를 휘두르는 가물치도 고양이에겐 너그러웠다. 남산의 가물치는 화단의 고양이들이 쥐를 잡는다고 믿었다. 산밑이라 쥐가 득시글하니 쥐 잡는 고양이도 있어야 한다고 했다. 가물치는 고양이에게 물과 사료를 주러 빌리지에 오는 여자에겐 파리채를 휘두르지 않았다. 그 여자는 한밤중에 카트를 끌고 왔다. 경비원이 퇴근한 시간에 화단에 들어가 급식상자를 채웠다. 캉카랑캉캉. 아세로라는 카트의 작은 바퀴가 아스팔트 바닥을 굴러가는 소리가 들리면 창밖을 내다보았다. 커튼 사이에 서서 그 여자가 스파이처럼 화단을 오가는 걸 지켜봤다. 여자는 손전등을 들고서 풀숲에 들어가 고양이들을 불렀다. 점박아, 장군아, 호랭아. 여자는 고양이들에게 모두 이름을 붙여주었다. 장군이는 진드기 때문에 뒷발로 목덜미를 긁다가 귀에 피딱지가 생긴 고양이었다. 만두처럼 생긴 얼굴에 비웃음이 많은 고양이였지만, 여자에게는 냐아, 냐아, 높고 맑은 소리를 내며 보송보송한 하얀 배를 보여주었다.

그 여자

아세로라는 느릅나무 아래 서서 그 여자를 봤다. 그 여자도 화단 울타리 앞에 서서 아세로라를 보았다. 두 여자가 말없이 서로를 봤다. 여자가 시선을 돌리자 아세로라는 자신이 입고 있는 티셔츠를 훑었다. 겨드랑이에 땀자국이 났는지 팔을 들어 봤다. 그 여자도 자기의 머리를 매만졌다. 여자는 짧은 머리에 먹색 점프슈트를 입고 있었다. 화장기 없는 얼굴에 아세로라와 비슷한 밝은 은테 안경을 쓰고 있었다. 여자가 동거인에게 다가가 말했다.

"오늘이군요."

단단한 조약돌처럼 여자의 목소리에서 힘이 느껴졌다. 강바닥에 가라앉아 물살이 흐를 때마다 얼굴을 씻는 까맣고 반들반들한 돌. 반가워하며 웃는 입과 둥글게 가늘어지는 눈. 차양 모자를 쓴 동거인이 여자에게 다가가 팔을 살짝 쥐었다.

"식목일이잖아요. 날도 좋고."

두 사람은 화단 울타리 앞에 서서 서로의 팔을 쓰다듬
으며 말했다. 아세로라는 조약돌 목소리를 멀리 던져버리
고 싶었지만 귀가 목소리를 따라갔다. 낮에, 그렇게 가까
이에서 여자를 보는 건 처음이었다. 아세로라는 은밀하게
고양이들을 부르던 여자의 목소리와 때가 꼬질하게 낀 고
양이들의 등덜미를 부드럽게 어루만지던 여자의 손길이
떠올랐다.

"저도 꿀벌씨 가는 길이에요."

여자가 말했다.

"꿀벌씨? 그 씨 뿌리는 모임?"

동거인이 말했다. 그러자 조약돌이 몸을 돌려 자신의
등을 보여줬다. 먹색 등판에 노란 꿀벌 그림이 크게 붙어
있었다. 번뜩거리는 날개 부분이 조금 우그러졌지만 까만
줄무늬에 또랑또랑한 눈을 가진 통통한 벌이었다. 여자는
보디빌더처럼 팔을 들어 이두박근을 자랑하듯 니은 자를
만들었다. 그러면서 등에 붙은 꿀벌을 뽐냈다. 아세로라
가 입술을 약간 벌린 채 뚫어져라 여자를 봤다.

"어쩜, 벌침도 있네."

동거인이 말했다. 여자가 카트에 실린 가방을 열었다.
가방에 손을 넣고 뜸을 들이더니 입으로 두구두구두구 북

소리를 내다가 짠 하는 소리와 함께 손을 꺼냈다.

"어므나, 어머 어머."

동거인이 입을 벌렸다. 황홀감에 잠시 넋이 나간 아이처럼 뒤로 주춤했다. 여자가 커다란 수건을 펼쳤다. 수건 한가운데 커다란 벌이 수놓아져 있었다. 등에 붙인 꿀벌과 같은 벌집에서 나온 듯한 벌이었다. 역시나 총명한 눈에 매서운 벌침을 갖고 있었다. 여자가 동거인에게 수건을 건넸다.

"선물이요. 우리 로열 회원님께."

"내가?"

동거인이 말하자 여자가 고개를 끄덕였다.

"곱기도 해라. 내가 받아도 되는지 몰라."

그렇게 말하면서도 동거인은 수건을 받아 가슴에 안았다. 두 사람은 암수 정다운 꾀꼬리처럼 마주 보며 웃었다. 아세로라는 바닥에 뒹구는 돌멩이 하나를 주워 들고서 가지에 물린 도끼날을 툭툭 쳤다.

톱질하는 여자

나무는 살아서 도끼를 거부했다. 나뭇가지를 내어주고 싶어 하지 않았다. 살아 있으니 당연했다. 만약 누군가 도끼를 들고서 인간의 팔이나 다리를 자르려고 한다면……

"잔뜩 골이 났네."

여자가 말했다. 그러면서 화단에 깔린 마른 잎들을 밟으며 아세로라가 있는 곳으로 다가왔다. 아세로라는 눈꺼풀을 빠르게 깜박이며 여자를 보지 않으려고 애썼다. 내 탓이 아니라고, 도끼가 싸구려라 그렇다고, 동거인이 텐트랑 침낭 살 때 카드 할인 가격을 맞출 겸 형광색 도끼 자루가 예뻐서 산 거라 이렇게 된 거라고, 구구절절 변명하고 싶었지만 시선을 내려뜨린 채 숨만 내쉬었다. 가까이 온 여자에게서 빨랫비누 냄새가 났다. 아니면 행주를 삶는 냄새. 얼굴에 따뜻한 수증기가 와 닿는 것 같았다. 뱃속이 간질간질했다.

여자가 도끼날이 꽂힌 나뭇가지에 손을 얹었다. 눈을 감고 나무에게 말을 건네듯 소리 없이 입술을 움직였다. 정말 말을 거는 걸까? 나무한테? 아세로라는 눈 감은 여자의 옆모습을 봤다. 정중하고 부드럽게 요청하는 듯한 표정.

"제가 해볼까요?"

여자가 말했다. 몽실몽실. 여자가 웃었다. 목소리는 강바닥에 깔린 조약돌 같았지만 웃는 뺨은 만두 같았다. 여자가 장군이라 부르는 그 웃음 많은 고양이. 여자도 통통한 뺨에 고양이 수염 같은 주름을 만들며 웃었다. 조약돌 만두가 옷의 지퍼를 내렸다. 배꼽까지 지퍼를 내리고 상의를 벗더니 옷의 양 소매를 허리에 묶었다. 거침없는 그 손길을 따라 속에 입은 흰 티셔츠가 드러났다. 아세로라는 귀가 빨개져서 눈을 깜빡거리며 여자의 시선을 피했다. 여자가 나무 기둥에 한 발을 올린 채 톱질을 시작했다.

사사

사사

사사사

카누에 몸을 싣고 노를 저어 앞으로 나아가듯 여자의 몸이 앞뒤로 움직였다. 앞으로 밀고 뒤로 당기고. 톱과 하나가 된 듯 부드러운 리듬을 탔다. 별로 힘을 들이지도 않은 것 같은데 나뭇가지가 조금씩 패였다.

사사 사사 사사사

똥

깔끔한 소리를 내며 가지가 떨어져나갔다. 속살이 드러
난 느릅나무에서 은은한 향이 퍼졌다.

"하나 더 해볼까요?"

여자가 말했다. 아세로라가 고개를 끄덕였다. 이번에
는 도끼날이 박힌 더 두꺼운 가지였다. 가지에 매달린 잎
과 잔가지들이 무성했다. 톱의 신은 다시 자세를 잡고 톱
질을 시작했다. 사사 사사 사사사, 똥. 톱의 신이 몽실몽실
웃었다. 아세로라는 톱의 신이 시키는 대로 모종삽을 들
고 나무 아래 땅을 팠다. 톱의 신은 맨손으로 흙을 팠다.
아세로라와 이마가 닿을 듯이 가까이 마주 앉아 구덩이를
팠다. 여자가 씨 이름을 말해주었다. 베초향, 히솝, 해바라
기. 해바라기는 국화과 식물이고 베초향과 히솝은 꿀풀과
식물이었다. 꽃들의 개화 시기가 조금씩 달랐다. 여자의
설명을 듣는 아세로라는 옆구리가 간질거리고 뺨이 움찔
거렸다. 목과 얼굴이 발긋하게 달아오르는 게 느껴졌다.

"여기 또 골난 분이 계시네."

여자가 땅에 박힌 돌을 보며 말했다. 한두번 힘을 줘도
꼼짝하지 않자 여자가 돌 위에 손을 얹고 작은 혼잣말로
중얼거리며 눈을 감았다. 또? 이번엔 돌한테? 아세로라는

숲의 정령이 나무나 바위에게 말을 거는 동화를 읽고 있는 것 같았다. 그게 비법이었다. 대화를 건넨 여자는 땅속의 고구마 줄기를 뽑아내듯 수월하게 돌을 뽑아냈다. 돌 아래 까맣고 기름진 흙이 드러났다. 지렁이 한마리가 축축하고 기다란 몸을 비틀며 흙 속으로 파고들었다. 몽실몽실. 여자가 아세로라를 보며 웃었다. 뒤에는 물뿌리개를 든 동거인이 서 있었다. 흙투성이가 된 두 사람과 다르게 동거인은 양손이 뽀송했다.

"오케이, 나이스. 벌 나비 날아오소서!"

동거인이 웃음발을 띤 얼굴로 말했다. 쪼그려 앉은 두 사람이 씨를 심고 흙을 덮자 우아하게 서서 그 자리에 물을 뿌렸다. 바람이 불고 느릅나무의 우듬지가 흔들렸다. 구름이 긴 꼬리를 만들며 흘러갔다.

"차일구름, 건들바람."

동거인이 하늘을 올려다보며 말했다. 여자도 고개를 들었다. 흙에 범벅된 손을 엉거주춤하게 펼치며 콧등을 찡긋거렸다. 아세로라는 자신도 모르게 손을 뻗어 콧방울까지 흘러내린 여자의 안경을 올려주었다.

얼굴이 시드는 기분

배고파서 그런 거였어. 공복에 힘을 써서.

아세로라는 양상추를 씹으며 생각했다. 허기진 위장 때문에 자기답지 않은 친절함이 튀어나오고 망상이 떠오르는 거라고. 그 망상이란 이런 것이었다. 톱질하는 여자와 도끼를 휘두르는 여자. 두 여자는 톱과 도끼로 세상에 향긋한 봄을 지워간다. 지렁이가 가르쳐주는 흙 속의 길을 따라 돌과 나무를 구슬려 세상에 새로운 씨앗을 심는다. 교습소 안에서는 늘 다리를 떨며 거울을 노려보던 아세로라는 이제 왕성한 식욕과 함께 망상을 피워올렸다.

동거인은 벽에 걸린 달력 날짜에 빨간 동그라미를 그렸다. 5월 20일, 세계 꿀벌의 날. 그날 여자는 꿀벌씨들과 모여 꿀벌 춤을 춘다고 했다. 여자는 아세로라와 동거인을 꿀벌의 날 행사에 초대했다.

"그 여자도 이 동네 살아?"

자른 토마토를 포크로 찍어 먹으며 아세로라가 물었다.

"고양이 밥 주러 오니까 가까이 살겠지?"

양파와 버섯이 들어간 노란 볶음밥을 떠먹으며 동거인이 말했다.

"어디 사는지 몰라?"

"그런 게 중요하니? 우린 그런 사이 아냐."

동거인이 말했다. 아세로라가 다리를 떨며 물었다.

"둘이 무슨 사인데?"

"친구지. 꽃과 동물을 아끼는 걸음 동무?"

동거인이 말했다. 백포도주가 담긴 크리스털 잔을 흔들 듯 맹물이 담긴 유리잔을 둥글게 흔들었다. 기분이 좋아 보였다. 콧소리가 유독 높게 꺾이고 아세로라가 모르는 말을 쓰는 건 기분이 좋다는 뜻이었다. 아세로라는 걸음 동무가 무슨 뜻인지 생각했다. 생각하다 그렇게 추측하고 짐작하는 것이 싫어 다리를 세게 떨었다.

"할머니 친구는 탕탕탕이잖아."

아세로라가 말하자 동거인이 허리를 세우며 대꾸했다.

"그 여편네랑 누가 친구야?"

"탕탕탕 할머니가 그러던데? 큰별이랑 자기랑 고락을 함께한 지 40년이 넘었다고. 큰별이가 누구야? 할머니야?"

아세로라가 물었다. 가슴에 연달아 주먹질을 당한 사람처럼 동거인이 입술을 벌리며 숨을 참았다.

"언제 적 이름을……"

동거인이 의자에서 일어섰다. 아세로라는 자른 양상추를 포크로 겹겹이 찍었다.

아니야, 아니야, 아니야.

창밖에서 아이의 울음소리가 들렸다. 동거인이 창가로 걸어가 밖을 내다보았다.

"내일은 내장탕 먹어볼까."

아세로라가 말했다. 동거인이 아세로라를 돌아봤다. 그만해. 입 다물어. 그렇게 경고하는 듯 아세로라를 쏘아봤다. 아니야, 아니야, 아니야. 창밖에서 아이가 더 크게 울었다.

"큰별이는 소시지 부침을 좋아했다는데, 할머니는 내장탕 싫어?"

아세로라가 말했다. 입을 열면 열수록, 말을 하면 할수록 자신의 얼굴이 시든 양상추가 되는 기분이었다. 그 기분이 나쁘지 않았다. 희망에 찬 망상보다 자신과 더 잘 어울린다고 생각했다. 창가에 선 동거인이 손에 든 냅킨을 양손으로 비틀었다.

"큰별이가 누군데, 할머니 친척이야? 근데 왜 난 몰라?"

아세로라가 묻자 동거인은 말문을 닫듯 차갑게 말했다.

"알 거 없어. 어린애가 신경 쓸 일 아니야."

아세로라는 눈에 먼지가 들어간 것처럼 얼굴을 찌푸렸다. 그런 식으로 혼자만 내쫓기는 게 싫었다. 아둔하고 쓸모없는 멍청이가 된 기분이었다. 땅이 갈라지고 해일이 몰려 오는데 잠만 퍼 자고 있는 구제불능의 멍텅구리. 어차피 벽 너머로 다 들리는 소리를 숨기고 감추는 것이 역겨웠다. 아세로라는 가식적인 세상과 사이좋게 걸어갈 생각이 없었다. 걸음 동무? 아세로라는 먹고 말하고 숨 쉬고 있었지만 정말 그런지 확신할 수 없었다. 계속 사는 게 좋은 건지, 먹고 마시고 말하는 게 옳은 건지도 알 수 없었다. 확실한 건 기쁨을 느끼는 건 안 된다는 거였다. 그것만은 옳지 않았다.

"씹할."

아세로라가 말했다. 말이 아니라 침 같았다. 거리에 대고 푸는 콧물 같았다. 아세로라는 참지 않고 뱉어버렸다.

"좆도, 씹할."

"얘!"

동거인이 소리쳤다. 라탄 의자로 걸어와 등받이를 붙잡았다. 냅킨이 떨어져 동거인의 발에 밟혔지만 두 사람 모두 신경 쓰지 않았다. 아세로라는 동거인을 노려보다 시선을 떨궜다. 거기까지였다. 누군가를 계속 공격하기에 아세로라는 무르고 약했다. 그래서 욕이 나왔다. 더 깊이 자신을 찌르려고. 왜 그래야 하는지, 어째서 멈출 수 없는지 아세로라도 몰랐다. 모르는 것과 불확실한 것 사이에서 얼굴이 짓눌리는 것 같았다. 짓눌리며 이렇게 곁에 있는 사람을 물어뜯겠지. 남김없이 쥐어짜겠지. 끝도 없이 자기 탓을 하면서. 약한 사람은 그러니까.

창밖으로 심한 배기음을 내며 오토바이가 지나갔다. 벽에 걸린 금빛 족자가 타당타당 소리 내며 흔들렸다.

"난 커피를 마셔야겠는데."

동거인이 말했다. 아세로라는 초점 없는 눈으로 다리를 떨었다.

"너도 한잔 마셔. 진하게."

동거인이 높낮이 없는 음성으로 말했다. 그러면서 혼잣말로 중얼거렸다.

"담배보단 낫겠지."

동거인은 자개장 서랍에서 빨간 장지갑을 꺼내 들고 교습소를 나갔다. 냅킨이 발에 끌려 몇걸음 따라가다 라탄 의자의 다리에 걸려 구겨졌다. 문이 닫히고 아세로라는 닫힌 문을 바라봤다. 저 문으로 다시 누군가 들어올까. 아세로라는 자신에게 남은 시간이 가혹할 만큼 길다고 느

껐다. 아니야, 아니야, 아니야. 잠시 멈췄던 아이의 울음이 또 들려왔다. 저 아이는 왜 저기서 울고 있을까. 저 애도 되돌려놓고 싶을까.

아세로라가 한쪽 무릎을 의자에 대고 자개장으로 밀고 갔다. 츠一탕. 바닥에 끌리던 의자가 자개장에 부딪혔다. 아세로라는 신발을 신은 채 라탄 의자에 올라가 벽에 걸린 유리 새를 떼어냈다. 소파로 집어 던지자 유리 새가 쿠션에 처박혔다. 자개장 위에 놓인 미니 축구공을 집어 문으로 던졌다. 콩코로로롱. 고무공이 튕겨올라 다시 의자로 굴러왔다. 지구본을 들어 바닥에 던졌다. 파란색 지구를 고정하던 플라스틱 받침대가 깨졌다. 지구본과 축구공. 그건 칭퉁이를 위한 선물이었다. 하지만 그애는 선물을 받지 못했다. 햇살 아래에서 땀을 흘리며 공차기를 해본 적도 없었다. 그애의 유일한 공놀이는 거실 벽에 붙인 미니 골대에 작은 농구공을 넣는 것이었다. 칭퉁이가 작고 가벼웠을 때, 그애는 늘 또래보다 작고 가벼웠지만, 아홉살이나 많은 아세로라가 번쩍 들어 골대까지 들어올릴 수 있을 만큼 가벼웠을 때. 아세로라는 동생과 농구를 하면 공을 막는 척 두 팔을 뻗다가 그애가 슛을 쏘려고 하는 순간 그애를 높이 안아올려 골을 넣게 도와주었다. 골一인! 공을 넣으면 둘이 손바닥을 맞부딪쳤다. 그다음 아세로라는 다시 수비로 돌아가 그애의 공격을 막았다.

아세로라는 양손을 맞부딪쳤다. 그런 다음 자신의 뺨을 때렸다. 오른손으로 오른쪽 뺨을, 왼손으로 왼쪽 뺨을. 연달아 후려치자 얼굴이 화끈거리며 통증이 퍼졌다. 주머니를 뒤졌지만 페퍼민트 스틱도 니코틴 껌도 없었다. 아세로라는 주먹을 쥐고 자기 배를 때렸다. 때려줘. 죽도록 패줘. 안에서 소리치는 목소리를 떨쳐내듯 고개를 획 돌렸다. 주먹, 팔꿈치, 머리통. 차례로 벽에 대고 부딪쳤다. 손등이 까지고 어깨가 저릿했다. 기다려, 이 멍청아. 아세로라가 자신의 배를 내려다보며 말했다. 이 버르장머리 없는, 눈 뜨고 봐줄 수 없는! 배에 대고 주먹질했지만 세상 그 누구도 죽을 만큼 자신의 몸을 때릴 순 없었다. 아세로라는 지류함으로 손을 뻗었다. 납작하고 널따란 서랍을 열어 그 안에서 종이들을 꺼냈다. 가지런한 글자들이 적힌 한지를 꺼내 걸레 짜듯 비틀었다. 다른 서랍, 또다른 서랍. 자신의 몸속 심장을 끄집어내듯 종이와 얇은 노트를 꺼내 마구 구겨서 아무렇게나 던져버렸다. 종이들도 당하고만 있지 않았다. 종이의 뿌리는 나무였고 나무는 살아 있어서 사람의 마음대로 주무를 수 없었다. 종이가 반격했다. 코팅된 각진 모서리가 아세로라의 손을 물어뜯었다. 아세로라는 팔을 움츠리며 종이를 떨어뜨렸다. 손바닥에 그어진 빗금을 따라 피가 배어나왔다. 아세로라는 손을 오므린 채 바닥을 내려다보았다.

하이쎈스라고 불리던 沈氏가……

아세로라가 빳빳하게 코팅된 노란 종이를 집어 들었다. 테두리가 갈색으로 빛바랜 종이는 네모나게 접힌 자국이 있었다. '남산 보고'라는 붉은 글자 아래 '신문보도안'이라는 문구가 보였다. 뒷장에는 노트를 찢은 종이가 테이프로 붙어 있었다. 가로획이 길고 오른쪽으로 날아가는 듯한 필체. 동거인의 글씨였다. 아세로라는 노란 종이를 앞뒤로 보며 글자들을 비교했다. 동거인이 쓴 글자는 앞의 한자를 한글로 풀이해놓은 것이었다.

南山 아래 間諜 組織 一網打盡
남산 아래 간첩 조직 일망타진
下宿을 經營하며 소시지 반찬으로 下宿生을 包攝……
하숙을 경영하며 소시지 반찬으로 하숙생을 포섭

앞뒤를 번갈아 보던 아세로라는 동거인이 풀어 쓴 한글을 눈으로 따라 내려갔다.

문간방 하숙생에게는 보복으로 찬밥을 주었으며……

암호명 하이쎈스라고 불리던 사씨는 크게 뉘우쳐……

하이쎈스. 동거인의 필명 하이쎈스. 신문보도안에는 하이쎈스 사씨의 죄목이 이어졌다.

물가를 기록해 북괴에 보고토록 하는 등…… 상세히 적힌 기록 문건 1천 8백여점을 압수…… 공작금 1백 26만원…… 국민 동향 수집…… 평소 민화투를 즐기는 백합미장원의 미용원에게 접근…… 부러 돈을 잃어주며 환심……

아세로라는 첫줄의 '간첩'으로 되돌아갔다.

…… 간첩 사씨에게 어린 딸이 있어 훈방 조치하였으며……

그때 복도에서 귀에 익은 불쾌한 소리가 들렸다. 착 착 착 슬리퍼 끄는 소리, 츱츱이었다. 아세로라는 재빨리 무릎을 세우고 앉아 문을 잠그기 위해 손을 뻗었다. 하지만 츱츱이가 더 빨랐다. 문이 열리는 순간 아세로라는 반대

편 소파 쪽으로 몸을 틀었다. 거기에 아세로라의 도끼가
있었다.

2부

**사귀자의
하이쎈스**

한번 찍은 점은 되돌릴 수 없다
다만 빛나게 할 뿐이다

화장의 쎈스

사귀자는 새로 들인 자개장 앞에서 도자기를 문질렀다. 백합미장원 여자의 말대로 자기 얼굴을 조선백자라 여기며 보물 다루듯 조심스럽게 문질렀다. 남대문에서 산 미제 스킨이라 그런지 향도 진하고 촉촉하게 잘 스며들었다. 한방울이라도 흘릴까 사귀자는 통째로 들고 뺨에 조금씩 부었다. 토독토독 손끝으로 광대를 두들기는데 엊그제 문간방이 했던 말이 속을 잡아끌었다. 벽장코에 벌그뎅뎅한 얼굴의 문간방 하숙생이 아침 밥상에 느지막이 와 앉아 또 반찬 투정했다. 시금치가 맛이 갈락 말락 한다느니 밥이 질다느니 호랑이가 물어갈 소리를 지껄였다. 저 싹바가지가…… 사귀자는 돌아서서 행주를 빨며 화를 삭였다. 행주를 쥐어짜며 싹바가지의 대갈빼기랑 모가지를 비틀어 짜는 상상을 했다. 그때 문간방이 중얼거렸다.

"여수면 전라돈데."

사귀자는 자신도 모르게 어깨를 움찔했다. 저 인간도 전라도를 업신여기나. 등줄기가 서늘해지며 요에 오줌을 지린 것처럼 정신이 번쩍 들었다. 하숙 들어온 지 얼마 안 돼 아주머니 김치 맛이 죽여준다고, 고향이 어디냐고 묻기에 여수라고 했는데, 그 말이 난데없이 사귀자의 뒷덜미를 끄집어당겼다. 못 들은 척할까. 자다가 무슨 봉창이냐고 통바리를 줄까. 다 뺀 행주를 다시 물에 적시며 간을 보고 있는데, 문간방 화상이 또 지껄였다.

"고향 사람들이랑 좀 만나세요?"

사귀자가 웃는 낯으로 돌아섰다.

"아니, 난 여수가 어디 붙었는지도 몰라. 어릴 때 서울 와서 쭉 서울 살았어. 서울 사람이야, 난."

사귀자가 말했다. 그러면서 애 아빠도 서울 토박이라고 못을 박았다. 그러고도 성이 덜 차 자신이 태어난 데는 여수도 아니고 일본이라고, 아버지 일가붙이가 다 일본에 살아서 나도 거기서 태어나 갓난쟁이 때까지 살았다고 했다. 여수는 몇년 살지도 않았다고. 그러자 문간방이 불그죽죽한 입술을 비틀며 웃었다.

꼭 하숙비 밀리는 것들이 염병을 떨지.

사귀자는 새 화장품 뚜껑을 열었다. 피부 바란스를 지켜준다는 고급 크림이었다. 향긋한 크림을 검지에 찍어

주름을 펴듯 이마와 뺨에 골고루 문질렀다. 고향 어쩌고 하는 말에 기가 꺾여 하숙비 달란 말을 못했는데, 그 화상이 아무래도 그걸 노린 것 같았다.

"문간방 하숙비 받았어?"

사귀자가 거울에 비친 남편을 보며 물었다. 남편은 샛별이를 앞에 앉혀놓고 머리를 양 갈래로 따주고 있었다.

"다음 달에 같이 준대."

남편이 말했다.

"그 소리를 석달째 하는데 그걸 듣고만 있어?"

마누라가 성질을 내거나 말거나 남편은 딸내미 머리카락을 땋는 재미에 빠져 있었다. 거울로 남편의 뒤꼭지를 쏘아보던 사귀자는 손에 남은 크림을 목덜미에 착착 발랐다. 이럴 때일수록 꾸며야 했다. 밥하고 빨래하는 부엌데기로만 보니까 고향이 어쩌고 출신이 저쩌고 입에서 똥을 푸지. 사귀자는 서랍을 열어 화운데이숀을 꺼냈다. 기미가 싹 가려진다는 신상품이었다. 복숭아 향이 삼삼하게 나서 바르다가 한입 깨물어 먹어도 탈이 안 날 것 같았다. 겉모양도 조개껍데기처럼 앙증맞은 게 핸드백에 넣고 다니다가 착 꺼내 바르면 세련된 서울내기가 따로 없을 것 같았다. 사귀자는 동그란 쿠션으로 뺨을 문질렀다. 새로 산 자개장 거울이 반드르르해서 눈 밑에 난 기미가 더 잘 보였다. 바빠서 입술만 대충 바르고 살았더니 왕년에 동대문사거리에서 알아주던 미모가 다 죽었다. 돌아오는 휴일에는 백합에 가서 머리도 말아야지. 불편해도 가락지도 끼고. 가만, 그 금반지를 어디에 뒀더라. 사귀자는 엉덩이를 들고 일어나 장롱 문을 열었다. 분명 덧버선 사이에 숨겨뒀는데. 사귀자는 옷장 앞에 쪼그리고 앉아 때 묻은 버선 속을 여러개 뒤집어봤다.

"어디 가?"

아이를 무릎에 앉힌 남편이 물었다.

"소시지 조지러 가."

사귀자가 말했다.

"샛별아, 엄마 봐라. 저 사람이 엄마냐, 정윤희냐."

남편이 샛별이 팔을 들며 말했다. 사귀자는 신소리 말라는 듯 손에 쥔 앞치마를 펄럭였지만 마루로 나서는 얼굴에 웃음기가 배어 있었다.

이름의 쎈스

「별들의 고향」이란 영화만 아니었어도 사귀자는 하숙같은 건 쳐다도 안 봤을 것이다. 무슨 남자가 그렇게나 별을 좋아하는지 그 인기 영화를 아직도 안 봤느냐며 사람을 꾀더니만 하나뿐인 딸 이름도 샛별이라고 지었다. 사람이 입성이 좋고 말투나 행동거지가 어딜 보나 딱 서울내기에 다른 남자들하고 달리 말끝이 나긋하고 머리랑 코밑도 말끔했다. 사귀자 말고도 미용학원 아가씨들이 눈독을 들이는 총각이었다. 다림질한 군복 차림으로 학원 앞에 서서 사귀자를 기다리고 있으면 친구 말동이년이 어디 장교처럼 귀티가 난다며 애 아빠를 탐냈다. 보기에만 좋지 험한 일, 궂은일은 못하는 샌님인 걸 사귀자는 몰랐다. 살림 차리고 얼마 안돼 삼각지 벽돌공장에 막일 몇번 나갔다 오더니 그 뒤로 며칠을 앓아눕는 물렁뼈였다. 체질에도 안 맞는 노동일 시켜서 약값도 안 나오는 돈으로 살림하느니, 딸라 이자로 빚을 얻어서라도 미용실을 차리겠다고 사귀자가 말했더니 남편이 하숙집을 알아봐 왔다. 여자 혼자 종일 서서 고생시킬 수 없단다? 하숙을 하면 자기가 청소하고 연탄불 갈고 하숙생을 관리하겠다고 했다. 부부가 한집에서 날마다 얼굴 보고 일하니 금실도 좋지 않겠느냐며 일석이조라는 한자를 사귀자 손바닥에 대고 썼다. 사귀자가 한자나 고사성어에 약한 걸 알고서 하는 수작이었다. 듣기 좋은 칭찬에 귀가 펄럭이고 어려운 말 쓰는 사람 앞에선 말문이 막히는 것이 사귀자의 약점이었다. 남편은 그걸 알고 살살 사귀자의 귓속에 사탕발림을 불어넣었다. 얼굴이 고우면 손끝이라고 야물지 못하든가. 맛깔손에 음식 솜씨가 좋으면 장사 수완이라도 없든가. 얼굴은 미쓰코리아에 요리는 국가대표이니, 당신 같은 팔방미인은 하숙이 딱이라고 추켜세웠다.

저 남산 밑에 일본인이 지은 양옥집이 나왔다고 하니 가서 보고만 오자는 말을 애초에 듣지 말았어야 했다. 남편을 따라 골목에 들어선 사귀자는 높은 담벼락을 보고 참 으리으리하다 싶었다. 전봇대 저리 갈 만큼 훤칠한 담에 키 큰 나무가 우줄우줄 뻗어 있었다. 시퍼런 대문은 또 얼마나 철통같은지 문 옆에 붙은 초인종마저도 때깔이 고급스러웠다. 저 오르막길을 지나면 전국에서 제일로 큰 재수학원이 있다고 남편이 말했다. 거기 학생의 반의반만 받아도 하숙방이 다 찰 거라며 사귀자를 대문 안으로 이끌었다. 옥색 타일을 띠처럼 두른 이층집이 눈앞에 나타나자 사귀자는 여태껏 자신이 이 집을 만나기 위해 살아온 것처럼 별안간 목울대가 울렁였다. 대문을 열면 현관문, 현관문을 열면 높은 신발장, 거기서 또 한참을 들어가면 고급 유리를 끼운 미닫이문이 나왔다. 거기가 애랑 같이 살 안방이라고 했다. 안방에 난 여닫이창을 열면 집을 뱅 둘러싼 정원이 보였다. 문마다 구리인지 놋인지로 만든 번듯한 손잡이가 달려 있었고 마룻바닥은 어디 꺼진데 없이 말짱하고 깨끗했다. 동네 잔칫상을 차려도 될 만큼 널찍한 식탁에다 바람이 잘 통하는 부엌, 걸레를 빨거나 채소를 씻기에 좋은 수돗가, 그 옆에 이어진 서늘한 광까지 무엇 하나 마음에 차지 않는 게 없었다. 칸칸이 들어선 방들도 하나같이 번듯한 창이 나 있어 해가 환하게 비쳐 들었다. 아래층에 두개, 계단 올라가 위층에 하나 있는 화장실도 물이 시원하게 잘 내려갔다. 티브이에서만 보던 2층 계단을 올라갈 땐 천장에 달린 나팔꽃 모양 전등에 절로 눈이 멈췄다. 2층에도 아담한 방들이 몇개 있었다. 남편은 여기에 널면 금세 빨래가 마를 거라며 옥상 문을 열었다. 사귀자는 자신도 모르게 군침을 꼴깍 삼켰다.

맨가슴에 꽃바람을 맞아도 그렇게 들뜨진 않을 것 같았다. 아스라이 물안개가 낀 것처럼 세상이 부옇게 떠올랐다. 밀린 오줌을 풀숲에 대고 눈 것처럼 어깨에 소름이 돋고 아랫배가 지끈했다. 사귀자는 옥상 난간에 손을 얹고 서서 남산을 바라봤다. 서울의 남산이 옥상에서 한눈에 보였다. 그렇게 올려만 보던 남산의 뾰족 탑이 코앞에 앙증맞게 서 있었다.

"저거 남산 맞지?"

괜스레 눈꺼풀을 비비며 사귀자가 물었다. 남편은 가만히 사귀자의 손을 포개어 잡았다.

"우리가 안 하면 남이 채가."

그 말 또한 사귀자의 성미를 잘 아는 남편의 노림수였다. 이 집에 침 발라놓은 인간이 한둘이 아니라면서 사귀자의 조바심을 건드렸다. 코앞에 다른 하숙집이 들어설 거라며 그 집보다 우리가 앞서자고 경쟁심을 부추겼다. 이름도 다 지어놨다며 당신은 들어와 예쁜 앞치마만 두르면 된다고 꼬셨다. 큰별하숙. 남편은 이 집을 우리 자식처럼 여기며 살자고 했다. 사귀자는 가물가물 비구름이 흘러가는 남산을 건너다봤다. 대낮에 별이 뜰 리 없었으나 머리 위에 별님이 찾아 온 듯 뭔가가 반짝였다.

"샛별이, 큰별이. 고급스럽지?"

남편이 말했다. 그러면서 사파이어색으로 칠한 옥상 난간에 궁둥이를 살짝 걸쳤다. 산바람이 넘실넘실 불어와 두 사람의 이마를 쓸어넘겼다.

쎈스는 빌어먹을

건빵에 든 별사탕도 아니고, 누가 하숙집 이름을 '별'로
지어?

사귀자는 옥상에서 빨래를 걷으며 골목 건너편에 있는
'남산하숙'의 대문을 봤다. 남산이란 이름이 큰별이란 이
름보다 더 공식적인 것 같아 부아가 났다. 길 하나를 마주
하고 앞서거니 뒤서거니 들어선 하숙집이니 신경은 쓰여
도 잘 지내자고 마음먹었다. 사귀자 성격에 소금 얻으러
가거나 참기름을 꾸러 갈 일은 없겠지만, 도둑이라도 들
면 같이 고함쳐줄 이웃이라 여겼다. 남산하숙 남자가 동
네에 사귀자 욕을 하고 다니기 전까지 사귀자도 마음보를
곱게 썼다. 골목을 쓸면 그 집 대문 앞도 건성이라도 좀
쓸어주었는데 남산하숙 남자는 뭐가 그리 아니꼬운지 사
귀자를 보면 고개를 돌려 코를 풀었다. 사귀자가 무슨 해
코지를 한 적도 없건마는 그자가 사귀자에 관한 헛소문을

퍼뜨린단 말이 들렸다. 그래도 울화를 참고 반푼이가 반푼이 짓을 한다고 여기며 남편이 말한 대로로 불쌍히 봐주려 했다. 그런데 자다가 김일성이 탱크를 밀고 들어오는 것도 아니고, 난데없이 고향 얘기가 나왔다. 남산하숙 그 안달뱅이가 애 아빠랑 골목으로 들어서며 안식구 고향이 전라도냐고 물었다. 사귀자는 그날도 옥상에서 빨래를 걸으며 두 남자가 걸어오는 걸 내려다봤다. 38선 아래 살면 다 같은 새마을 국민이지, 육시럴. 그렇게 욕을 퍼부어도 모자랄 판에 애 아빠는 웃으며 뭐라고 꿍얼거렸다. 저게 뭐야. 그렇다는 거야, 안 그렇다는 거야. 사귀자는 손에 든 빨래통을 냅다 남편의 머리통 위로 던지고 싶었다.

"어디가 모질러서 전라도 여잘 델꼬 살어?"

남산하숙 남자가 자기 집 대문을 들어서며 말했다. 사귀자는 부들부들 떨며 옥상에 갖다놓은 누름돌을 돌아봤다. 그 돌을 내던져 남산하숙과 애 아빠의 대갈통을 조사놓고 싶었다. 내가 무슨 죄가 있다고, 아이고 어머니 아버지. 사귀자는 고개를 젖히고서 하늘을 봤다. 하늘에 계시거든 저 남산하숙 지붕에 벼락을 내려주세요. 돌 맞은 깨구락지처럼 급살을 맞아 뒤지게 해주세요.

그 뒤로 며칠간 사귀자는 남편과 눈도 안 마주쳤다. 잠결에 손등이라도 닿으면 이불을 탁탁 가르고 베개를 툭툭 치면서 돌아누웠다. 겉으로는 미쓰코리아네 정윤희네 아양을 떨면서 뒤로는 자기도 알주머니 찬 사내라고 밤낮없이 허리 꺾어가며 고생하는 여자를 똥바가지 취급해? 속은 것 같고 뒤집어쓴 것 같았다. 그러면서도 사귀자는 대놓고 따지지 못했다. 엎드려 마룻바닥을 닦다가도 내가 아들을 안 낳아줘서 그런가 하고 남편의 속마음을 되짚어봤다. 샛별이 동생을 낳자는 사귀자 말에 남편은 이발소 앞에 붙은 표어를 빌려와 "둘도 많지, 하나 낳아 알뜰살뜰이지" 하면서 손사래 쳤다. 그런데 뒤로는 저렇게 사람 속을 볶아쳐? 사귀자는 살림을 내팽개치고 그대로 샛별이를 업고 도망치고 싶었다. 서럽고 더러워서 밥알이 안 넘어가고 숨이 떨렸다. 그러다 어느 저녁 티브이에서 나오는 뉴스 소리에 얹힌 감정이 터졌다.

시래깃국에 밥을 말아 샛별이를 먹이던 사귀자는 뉴스에서 귀에 익을 이름을 들었다. 무슨 무슨 종목에 금메달리스트 강말동. 아나운서가 그렇게 말했다. 국제기능올림픽에서 메달을 딴 애국자들이 성대한 카퍼레이드를 하고 있다며 자랑스러운 한국의 낭자들이라고 했다. 화면에는 꽃목걸이를 목에 걸고 손을 흔드는 여자들이 나왔다. 그중에 말동이가 있었다. 동대문 미용학원에서 같이 파마를 말던 그 말동이. 사귀자보다 한참 못한 실력에 욕심만 많던 그 말동이.

"말동이?"

사귀자가 숟가락을 든 채 티브이를 봤다. 뒷머리에 뽕을
세운 것만 달라졌을 뿐 그 말동이의 눈코입이 확실했다.

"누구, 말동이?"

등에 베개를 대고 누워 있던 남편도 허리를 세웠다. 사
귀자와 남편은 머릿속으로 께저분한 말동이의 얼굴을 떠
올리며 서로를 봤다. 그사이 밥숟가락을 기다리던 샛별이
가 국그릇을 엎었다. 사귀자는 못 먹게 된 건더기를 손으
로 훔치며 중얼거렸다.

"누구는 하숙생들 팬티 빨고, 누구는 메달을 목에 걸
고."

잠자코 있던 남편이 다음 날 아침에 조간을 사와 방바
닥에 펼쳤다.

"봐, 좀 보라구."

남편이 말했다. 자개장 앞에 있던 사귀자가 돌아보자
남편이 손으로 신문을 짚었다.

"말동이는 강씨 아냐? 여기 이 사람은 김씨잖아. 봐, 쇠
금 자. 보라니까?"

"저리 안 치워?"

사귀자가 신문을 발로 밀쳤다. 한자엔 까막눈인 걸 알

면서도 저렇게 사람 약을 올렸다. 안 그래도 하숙생 입치다꺼리하느라 뼈가 삭는데, 한자 좀 안다고 사람 속을 건드려? 사귀자는 상글상글 웃는 남편 꼴이 얄미웠다. 딸애를 무릎에 앉히고 신문을 읽어주는 남편의 뒤통수에 대고 입술을 찌그러뜨렸다. 그러다 염병할이 튀어나오고 제미럴이 뒤따르다 갓난쟁이 때 엄마 등에 업혀 살았던 오사카도 튀어나왔다. 학교 가는 대신 언니 따라 나무하러 다니던 여수 시절이 나오고 진천 사는 이모와 제물포 사는 큰오빠도 불려나왔다. 사귀자는 남편의 궁둥이를 발로 차며 전라도 여자가 뭐 어떻냐고, 전라도 여자가 담그는 김치는 왜 처먹느냐고, 당신이 언제 날 데리고 살았느냐고, 청계천 판잣집에서 무 꽁다리 끓여 먹던 서울 촌뜨기를 내가 금메달도 포기하고 이날까지 데리고 사는 게 아니냐고 침방울을 튀며 말했다. 하숙생들 귀가 있으니 악은 못 쓰고 주먹을 쥐고 남편 등을 때렸다. 샛별이가 울음을 터뜨렸다. 사귀자를 돌아보는 남편의 눈에도 눈물이 가랑가랑했다.

"왜 울어, 부에가 나서 울어?"

사귀자가 쌕쌕 숨을 삼키며 말했다.

"당신, 언제 그렇게 욕이 늘었어?"

남편이 말했다. 그러면서 울어 제끼는 애를 내려놓고서

자리에서 일어났다.

"어디 가?"

사귀자가 말했다.

"연탄불."

남편이 말했다. 그제야 사귀자는 어린애 귀에 자기가
한 욕이 그대로 흘러들었다는 걸 깨닫고는 얼굴에 열이
훅 끼쳤다.

오케바리, 나이스바리

그날 새벽, 사귀자는 소변을 보러 방을 나섰다가 화장실 문턱에 걸려 엎어졌다. 전기세 아끼려고 불을 켜지 않았던 것이 화근이었다. 타일 바닥에 나자빠진 사귀자는 남편에게 업혀 동네 접골당에 갔고, 그 뒤로 사흘간 꼼짝 못 한 채 누워 지냈다. 도무지 등을 펴고 일어설 수가 없었다. 남편은 사귀자 대신 밥을 안치고 국을 끓여 하숙생들 상을 차렸다. 채소랑 고기 넣은 죽을 쒀 끼니마다 사귀자 입에 넣어주었다. 백화점에서 사 왔는지 '판탈롱'이라고 적힌 장미색 가방을 미도파 쇼핑백에 담아 사귀자 머리맡에 두기도 했다. 내추럴하면서도 스포티한 선구적 스타일. 사귀자는 혼자 방에 있을 때 가방을 끌어안고 그 안에 든 광고지를 더듬더듬 읽었다. 무슨 말인진 몰라도 세련된 여자들이 들고 다니는 최신 상품임에 틀림없었다.

"스포티가 뭐야?"

겨우 허리를 짚고 앉을 수 있게 된 날, 사귀자가 남편에게 물었다. 남편이 사귀자 손에 든 흑백 광고지를 건너다보며 말했다.

"몰라, 나도. 꼬부랑말은."

그러면서 나지막한 음성으로 덧붙였다.

"쎈스가 좋단 뜻이겠지."

그 말에 사귀자가 고개를 끄덕거렸다. 다른 건 몰라도 쎈스는 알았다. 그게 사귀자의 별명이었으니까. 한자는 못 읽어도 영어 단어 몇개는 알아들었다. 꼬부랑말은 남편도 자기도 다 같이 까막눈이라 '쎈스'나 '내추럴'이란 말이 좋았다.

사귀자는 엉거주춤 일어나 가방을 어깨에 걸고 자개장 거울에 비춰보았다.

"오케바리, 나이스바리!"

남편이 사귀자를 올려다보며 말했다. 멋지고 폼 나고 쎈스가 딱 맞는다는, 남편과 사귀자 사이의 추임새였다. 사귀자는 지르퉁한 얼굴로 코웃음을 치면서도 거울 앞에서 천천히 한바퀴 돌았다. 얼른 털고 일어나 맛있게 소시지 부침 부쳐줘야지. 사귀자는 며칠간 부실한 반찬을 먹었을 하숙생들이 보고 싶었다. 말동이의 금메달은 잊기로 했다.

소시지를 부치는 쎈스

큰별하숙의 자랑은 노릇한 소시지 부침이었다. 그 집 저녁상에는 달걀에 부친 분홍 소시지가 도마도 케찹이랑 같이 나온다며 재수학원에 입소문이 퍼졌다. 소시지 한줄이 돼지 앞다릿살보다 비싸던 시절이었다. 막 지은 밥에 마가린이랑 설탕, 고추장을 넣고 비빈 밥도 인기가 좋았다. 모의고사 기간엔 숟가락 뜰 시간도 아끼는 수험생들이라 사귀자가 그 마가린 설탕 밥에 달걀을 부쳐주면 학생들이 배추겉절이를 얹어 금세 먹고 나갔다. 사귀자는 돌김을 구워 들기름을 살살 발라 예쁜 하숙생들이 오면 몰래 상에 올려주기도 했다. 하숙비 안 밀리는 착실한 학생은 소시지 부침을 몇개 더 얹어주었다. 문간방 같은 화상이 부엌으로 오면 식탁에 있던 인기 반찬도 찬장에 넣어버렸다.

"하숙생들이 당신을 뭐라 부르는 줄 알아?"

어느 날 마주앉아 양말을 개던 남편이 사귀자에게 말했다.

"하이쎈스래. 당신더러."

댕글댕글 웃음을 띠며 남편이 덧붙였다.

"양말 하나를 개도 쎈스가 있다고. 당신 글씨 잘 쓰는 것도 소문이 다 낫데?"

"누가 그래, 순영 학생이 그래?"

사귀자가 묻자 남편이 고개를 끄덕였다. 사귀자는 코를 벌름거리며 비어져나오는 웃음을 참았다.

"그 학생이 참 매너가 굿이야."

사귀자는 복주머니처럼 잘 접은 양말들을 바구니에 넣으며 말했다.

"오케바리, 나이스바리."

일 맛의 가락을 타며 사귀자가 바구니를 들고 마루로 나갔다. 그런데 '하이'는 뭔 뜻일까. 하이, 안녕, 그런 건가? 사귀자는 속으로 생각하며 차례차례 양말 주인들의 방문을 두들겼다.

하숙방을 돌며

조선간장으로 황태뭇국의 간을 맞춘 사귀자는 설거지통에 숟가락을 던져놓고서 앞치마에 젖은 손을 닦았다. 저녁상을 차린 다음은 정기순찰 시간이었다. 사귀자는 실내 슬리퍼를 바닥에 착 착 끄는 소리를 내며 마루로 갔다. 하숙집 1층은 여자들만 있는 여탕이었다. 사귀자는 '방해금지'라고 써 붙인 여탕 1호방의 문을 두들기며 말했다.

"학생, 공부해? 나와 저녁 먹어요."

문 너머로 "네" 하는 짤막한 소리가 들렸다. 부엌에서 뭘 볶거나 끓이면 그 음식 냄새가 제일 먼저 1호방으로 가서 그간 1호방에 묵었던 하숙생들은 부러 찾으러 오지 않아도 알아서 나와 밥을 먹었다. 그런데 이번에 새로 온 재수생은 뭘 하는지 문 앞까지 부르러 와야 식탁에 와서 앉았다. 사귀자는 비어 있는 2호방과 방 주인이 씻으러 욕실에 들어간 3호방을 지나 여자 두명이 같이 쓰는 5호방으로 갔다. 안에 사람이 있나 까치발을 들고 창을 살피며 문을 두들기려는데, 2층에서 문 닫히는 소리가 들렸다. 남탕 2호가 들어온 모양이었다. 문 소리만 들어도 사귀자는 몇호의 누가 들어오고 나가는지 훤히 보였다. 사귀자는 서둘러 남탕으로 올라갔다.

이 계단을 이렇게 오르내리다가 내 도가니가 남아나질 않지. 사귀자는 나무 계단의 손잡이를 붙들며 중얼거렸다. 그래도 새로 칠한 계단 난간을 보니 마음이 환해졌다. 남편이 사귀자가 좋아하는 살구색 페인트로 새 단장을 해놔서 위로 휘돌아가는 손잡이가 반드르르 빛이 났다. 사귀자는 남탕 2호방에게 담배꽁초를 마당에 버리지 말라고 단단히 이를 참이었다. 끄지도 않은 꽁초를 창밖으로 던지는지, 애 아빠가 불이 살아 있는 꽁초를 몇번이나 밟아 꺼뜨렸다. 그러다 불이라도 나면 어쩌려고. 사귀자는 숨을 몰아쉬며 2호방 문을 두들겼다.

"학생, 밥 먹어요."

"먹었어요."

심드렁한 하숙생 목소리에 사귀자가 앞치마를 움켜쥐었다. 눈치가 빤한 2호방은 사귀자가 한소리를 하려는 걸 알았는지 문도 열어주지 않았다.

"빨래할 거 없어?"

"없어요."

철통방어였다. 분명 빨랫거리가 있을 텐데도 없다며 사귀자의 말문을 막았다.

"빤스 내놔도 돼. 다 동생이고 조카뻘인데 뭐."

"없다니까요!"

불퉁이를 내며 2호방이 말했다. 문간방이랑 짝을 지어 남산하숙으로 보내버리고 싶은 종자였다. 지금도 담배를 태우는지 문틈 사이로 냄새가 풀풀 났다. 저러니 삼수해도 대학에 못 가지. 학원 갈 시간에 담배 태우며 만화책만 보는데, 것도 모르고 아들내미 학원비에 하숙비 부치는 저 부모 속은 오죽할까. 사귀자는 바닥에 떨어진 머리카락과 담뱃재를 손으로 훔치며 생각했다. 그러다 마음을 고쳐먹고는 아니지, 저런 학생이 있어 내가 밥 먹고 사는 거지, 그렇게 입속말을 하며 허리를 세웠다. 샛별이가 나중에 커서 저렇게 속을 썩이려나, 그래도 담배로 속 썩을 일은 없겠지. 사귀자는 혼자 묻고 혼자 답하며 옥상으로 갔다.

"아주머니, 1층에 순영이 누나 왔어요?"

막 옥상으로 나가려는데, 3호방 문이 열리며 안경 학생이 말했다. 검은 잠자리 안경에 거뭇한 코밑으로 곱살하게 웃는 하숙생이었다.

"응. 아까 들어와서 썻던데?"

사귀자가 눈매를 곱게 뜨며 말했다. 안경 학생은 하숙 들어오기 전부터 1층 순영 학생이랑 아는 사이라 이따금 둘이 방을 오가는 모양이다. 엄연히 1층 여탕과 2층 남탕은 서로 간에 불필요한 출입을 엄하게 금하는 경계 구역이었지만, 빨갱이 잡으려고 방첩하는 것도 아니고 사귀자는 자기가 못 볼 때 슬그머니 오가는 정도는 눈감아주었다. 더구나 순영 학생은 놀러 가는 게 아니라 공부 가르치러 가는 거였다.

"학생은 밥 안 먹어?"

"먹고 왔어요. 근데 저기⋯⋯"

학생이 안경테를 만지작거리며 머뭇거렸다.

"왜, 빨래 있어?"

"아뇨, 이따 순영이 누나가 말씀드릴 거예요. 비 올 것 같은데, 빨래 걷으셔야죠."

사귀자는 웃는 낯을 하고서 옥상 문을 열었다. 안경 학생은 사람이 저렇게나 매너가 굿이었다. 먼저 먹으라고 안 불러도 시간 되면 식탁 앞에 와 앉아 있고, 안 나타나는 날은 밖에서 먹고 온단 뜻이었다. 반찬은 늘 맛있다고 칭찬하고 다 먹으면 빈 그릇을 설거지통에 담가놨다. 저런 학생만 있으면 사귀자는 하숙생을 백명이라도 받겠다 싶었다. 대학생인 자기 누나 친구도 여기 살아도 되느냐고 묻더니 작년 정월에 순영 학생을 데려왔다. 알고 보니 그 학생이 대한민국 최고 법대에 다니는 수재였다. 사귀자는 순영 학생이 밥 먹을 땐 시끄러운 그릇 소리가 나지 않게 설거지도 멈추고, 노릇하게 제일 잘 부친 소시지 반찬을 접시에 가지런히 담아 줬다. 명문대생이라서가 아니라 젊은 애가 예쁘지 않은 구석이 없었다. 하숙비 밀리는 법 없지, 외박도 자주 해서 물세랑 전기세도 아끼지. 여기 재수생들한테 돈도 안 받고 과외를 해준다니, 하숙생이 아니라 친동생을 삼았으면 싶었다. 세상에 해 뜰 때 일어나 마당을 비질하는 하숙생이 서울 바닥에 또 있겠나. 사귀자는 어린 샛별이도 저렇게 잘난 언니들 보며 남들이 우러러 보는 인생을 살기 바랐다. 사귀자가 남자만 득시글한 하숙집에 좀 번거로워도 여자도 받자고 물꼬를 튼게 순영 학생 같은 본보기를 바라서였다. 저 야물딱진 언니 좀 보라고, 저 언니가 엄마를 뭐라고 부르는 줄 아느냐고, 쎈스가 하이, 하이쎈스라고 부른다고, 사귀자는 샛별이를 잡고서 말했다. 마룻바닥을 닦을 때 순영 학생 방의 문이 열려 있으면 샛별이를 데려와 방 안을 건너다보게 했다. 저 책 좀 봐라, 저게 다 한자다. 사귀자는 하숙을 친 뒤 처음으로 돈벌이를 떠나 일 맛이 났다. 이래서 길에 오줌을 눌 때도 재수 트이는 방향으로 소변 줄기를 쏘라고 한 거구나. 사귀자는 어릴 때 들은 동네 어르신들 말을 떠올리며 옥상으로 나가 허리춤에 손을 올렸다. 청청한 남산의 봉우리가 사귀자 앞에 훤하게 솟아 있었다.

양봉과 음봉의 혈자리

　사귀자는 자기도 모르게 목이 오그라들면서 큰 트림이 꺼억 나왔다. 그러고는 누가 본 사람이 있는지 뒤를 흘깃 봤다. 아침저녁으로 남산을 보며 살아서 그런가, 트림하나를 해도 용트림이 나왔다. 사귀자는 빨래집게에 물린 바지를 딱딱 소리 나게 잡아당기며 산에 솟은 뾰족탑을 바라보았다. 대보름 추석 땐 노란 보름달이 콩가루 묻힌 경단처럼 탑 위에 꽂혀 있었는데, 그날은 비가 오려는지 보얀 물안개가 산등성이에 자욱했다. 용이 입김을 내뿜나. 사귀자는 어릴 때 뜀뛰기를 하며 부르던 입노래를 흥얼거렸다.

　"용용 죽겠지, 용용 죽겠지."

　그러면서 지난가을에 동냥 왔던 땡중을 떠올렸다. 이마빡에 옴딱지가 난 스님이 염소가 되새김질하는 것처럼 볼때기를 오그라뜨리며 대문 앞에서 염불을 외웠다. 사귀자가 문을 열어주자 그 중이 대뜸 집터가 예사롭지 않다며 대접에 물 한그릇을 떠 오라고 시켰다. 양은 대접에 수돗물을 떠다주었더니 그 중이 회색 승복 소매를 탁탁 털며 받아들고는 물은 입에도 안 대고 마당에 선 떡갈나무 앞에 내려놓았다. 그 땡중인지 뭔지가 말하길, 이 나무가 용의 수염이라고, 그러니까 이 집은, 사람으로 치면 용의 씨가 움트는 명기라고 했다. 목멱산의 양봉이 액을 떨궈 음봉의 사타구니에서 만나는 혈자리가 여기 딱 이 집인데……

"뭐요? 뭔 봉이요?"

사귀자가 부스럼 난 중을 보며 물었다. 중은 '떽' 하고 먹따는 소리를 내며 자기 말을 막지 말라고 했다. 도토리가 여물기 시작한 떡갈나무를 올려다보며 중이 계속 말했다. 왕떡갈이를 여기에 심은 것도 다 양기를 받으려는 음의 뜻이고, 장차 이 집에서 큰 인물이 나올 것이니 매일 동트기 전 물 한바가지를 떠놓고 정성을 들이라고 했다. 물 한그릇을 떠놓고 용소로 삼으라고.

"뭘 삼아요?"

사귀자가 눈치를 보며 되물었다.

"용이 솟아오를 연못을 만들라고!"

중이 소리치자 사귀자는 고개를 까닥이면서도 무슨 용

이 저런 코딱지만 한 물그릇에서 솟아오르나 미심쩍었다, 사귀자는 응얼응얼 목탁을 때리며 염불을 외는 중에게 넉넉히 보시하고는 양봉, 음봉, 용머리…… 하며 혼자 그 말을 되새겼다. 큰 인물이 나온다면 여기가 옛날 말로 그 등용문인가 싶었는데, 며칠 안 지나 법대 다니는 순영 학생이 나타난 것이었다. 사귀자는 푼수처럼 사방에 떠벌리면 귀한 용의 기운이 흐뜨러질까 남편에게도 입을 다물었다. 그래도 순영 학생을 볼 때마다 머릿속에 용 한마리가 어른거리는 건 어쩔 수 없었다. 용이 꼭 수컷일 필요 있나, 암컷도 있겠지. 아니지, 용 거시기가 어디 붙었는지도 모르는데 암컷 수컷을 뭐 하러 따져. 용은 그냥 용이지. 그렇게 혼자 말문을 여닫으면서 하숙생 중에 용띠가 있는지, 용띠랑 궁합이 좋은 띠가 뭔지 이리저리 짝을 맞춰봤다. 그러다 별안간 미국의 용이 나타났다.

애 아빠가 젊은 학생들이랑 부대껴 살려면 우리도 세상 돌아가는 소식에 밝아야 한다고 저녁 뉴스를 빠지지 않고 챙겨봤는데, 그 뉴스에서 미국 대통령 카터가 나왔다. 하숙집에서 엎어지면 코 닿을 데 있는 미군 부대에서 그 미국 대빵이 아침마다 빤스 바람으로 뜀박질을 한다고 했다.

미국 대통령은 참 장딴지도 굵구나. 사귀자는 들어봤자

골만 아픈 나랏일은 귓등으로 흘려들었지만, 뉴스에 미국 대통령이 나오면 쇳가루가 자석에 끌려가듯 티브이 앞으로 갔다. 꼬집어 말하면 대통령 소식이 아니라 남산 소식이었다. 남산 근처에 저렇게 큰 사람이 왔단 말을 들으니 가슴께가 기분 좋게 뻐근했다. 애 아빠는 나중에 신문을 뒤적거리며 거기는 용산이 아니라 의정부에 있는 군부대라고 했지만, 아무려면 어떻나. 사귀자는 입고 바르는 건 모두 미제가 좋았다. 비가 오나 눈이 오나 사철 내내 남산 밑에서 송신탑 보며 사는 게 큰 벼슬인 것처럼 볼 때마다 삼삼하게 가슴이 부풀었다. 같은 골목에 살아도 다 같은 처지가 아니라서 남산하숙 여자 같은 일자무식은 카터가 무슨 말인지도 모를 것 같았다. 사귀자는 벼르고 별러 남산하숙 여자가 시장 가는 시간에 맞춰 나가 열무를 고르는 그 방통이 옆에서 대통령 얘길 했다. 국제 정세가 어떻고 한반도 위기가 저쩌고 귓결로 들은 시사 상식을 늘어놓았다. 남산하숙 땅딸보는 멀뚱한 눈을 씀벅거리며 입 뻥긋 못했는데, 사귀자는 나가서 돈은 못 벌어 와도 쓰는 건 폼 나게 쓰는 남편 덕에 티브이를 들여놓은 제 팔자가 저 여편네보다는 나은 것 같아 십년 묵은 체증이 내려갔다. 그런 날은 옥상에 늘어놓은 무청을 까치가 와서 쪼아 먹어도 부아가 나지 않았다. 까 — 까 — 우는 새소리가 복을 불러오는 소리 같아 좀 먹게 두었다.

부아 덩어리들

옥상에 서서 허벅지에 대고 탁탁 마른 수건을 털던 사귀자는 현관문 열리는 소리에 마당을 내려다봤다. 문간방이 대문을 나서고 있었다.

"아저씨! 어디 가요!"

사귀자가 난간을 붙잡고 소리쳤다. 어딜 가든 가는 길에 똥간에 빠져 저 같잖은 꼴 좀 안 보고 살면 속 시원하겠다 싶었다. 사귀자가 부르자 문간방이 비스듬히 턱을 들고 위를 봤다. 할까 말까 고민하며 볼을 움찔거리던 사귀자는 지금 나가면 또 언제 기어들어올까 싶어 냅다 질러버렸다.

"하숙비 언제 줄 거예요!"

사귀자의 큰 목소리에 문간방이 입술을 비틀며 웃었다.

"주인아저씨한테 말했는데요?"

문간방이 말했다.

"이번 달은 이번 달에 줘야지. 이달은 밥 안 먹을 거예요?"

사귀자의 통바리에 문간방은 사귀자를 향해 눈자위를 해반닥거리더니 팽 하고 코를 풀었다. 대문이 떨어져나가게 문을 닫고서 골목으로 내뺐다. 사귀자가 그 뒤통수에 대고 욕 한바가지를 쏴붙이려는데, 남산하숙 대문이 열리며 땅딸이가 나왔다. 사귀자가 하는 말을 들었는지 땅딸이가 주먹을 들었다 놨다 하며 문간방 뒤에 대고 한대 먹이는 시늉을 했다. 어쭈리? 지 남편은 밤낮 내 욕하고 다니는 걸 알고 저래? 사귀자는 의뭉스럽게 웃는 남산하숙 여자를 가만히 쏘아봤다. 그러고는 알은척도 없이 등을 돌려 옥상을 내려왔다.

오란씨 한병, 루주 하나

"비님아, 그만 퍼붓고 집에 가 김치에 누룽지 먹고 잠이
나 자라."

사귀자는 안방 창문을 때리는 빗줄기를 건너다보며 말
했다. 자개장 앞에는 저녁나절에 걷어온 빨랫감이 포갬포
갬 개어져 있었다. 남편은 방바닥에 엎드려 날짜 지난 달
력으로 샛별이에게 종이배를 접어주다가 티브이 앞으로
가 소리를 높였다. 아나운서가 중동에 난리가 터져 시중
에 기름이 씨가 말랐다고 했다. 연탄과 공산품 가격이 치
솟아 높은 장바구니 물가에 국민 시름이 어쩌고. 제미럴,
채소 값이 더 오르겠네. 사귀자는 알 밴 종아리를 주무르
며 인상을 찌푸렸다. 그러다 눈 뜨면 산으로 나무하러 가
던 어릴 때가 떠올라 엎드린 자세 고대로 잠이 든 샛별이
를 내려다봤다.

"계세요?"

안방 문 앞에서 누군가 인기척을 냈다. 순영 학생이었다. 좀 전에 저녁밥 먹으며 자기는 소고기 반찬보다 여사님의 소시지 부침이 좋다고 살가운 소리를 했는데, 무슨 일로 문을 두드릴까. 사귀자는 퍼뜩 일어나 미닫이문을 열었다.

"어서 와요. 왜, 무슨 볼일 있어?"

사귀자가 순영 학생의 팔을 살짝 쥐며 말했다. 샛별이가 있는 안방에는 하숙생을 들이지 않는 것이 원칙이었으나 순영 학생은 예외였다. 접때 겨울에도 아시안게임 중계방송에 맞춰 순영 학생과 안경 학생을 안방에 들여 같이 축구를 봤다. 샛별이 주려고 오란씨 한병이랑 새 공책을 들고 오는 사람한테 자리를 안 내주고 배기나.

"뉴스 보고 계셨어요?"

순영 학생이 애 아빠가 내어주는 방석에 앉으며 말했다.

"그냥 틀어만 놔. 무슨 일이에요?"

사귀자가 무릎을 모으고 앉아 말했다.

"말씀 낮추세요. 한참 동생뻘인데요."

그렇게 말하면서도 순영 학생의 눈은 티브이 화면에 붙들려 있었다. 박대통령이 양복 입은 사람들한테 둘러싸여 인사를 받고 있었다. 자개장 앞에서 잠들어 있던 샛별이가 뒤척이며 이불을 차내자 애 아빠가 무릎으로 기어가 아이 등을 토닥였다.

"다른 게 아니라, 하이쎈스 여사님께 부탁드릴 일이 있어서요."

"부탁? 나 같은 사람한테 무슨 부탁."

사귀자는 좋아서 입이 벌어지려는 걸 참으며 콧방울을 넓혔다. 사람이 머리가 좋으면 인성이 모자라든가, 맘결이 고우면 얼굴이라도 미울 것이지, 저렇게 말간 눈으로 여사님, 여사님, 하고 대우해주니 김이라도 한장 더 얻어먹는 게 당연했다.

"여사님이 명필이시잖아요."

순영 학생이 말했다. 사귀자는 손을 내저으면서도 반색했다.

"아이, 명필은 무슨. 그림처럼 따라 그리는 거지."

"제가 본 사람 중에 제일 잘 쓰세요. 저희 교수님도 여사님 필체 보시더니 꼭 인쇄기로 찍은 것 같다고."

교수님이 그런 말을 하셨다니, 사귀자는 내일 아침이라도 학교로 찾아가 잔칫상을 차려드리고 싶었다. 높으신분이 직접 칭찬했다는 소리에 올림픽에 나가 메달이라도딴 것처럼 뿌듯했다.

"염치없지만 또 부탁드리려고요."

순영 학생이 바지 주머니에서 까만 루주통을 꺼내 내

밀었다. 어디 큰 벼슬했던 양반집 자손인지 부탁 하나를 해도 꼭 맨입으로 하는 일 없이 매너 좋게 미리 보답했다. 사귀자는 조심스러운 손길로 루주 뚜껑을 열었다. 작달막한 통을 돌리자 해당화처럼 환한 자줏빛 루주가 꽃향을 내며 부드럽게 솟아올랐다. 척 봐도 브랜드 달린 고급 루주 같았다. 사귀자는 주책맞게 이러면 안 된다 싶으면서도 콧등이 시큰해지면서 눈앞이 뿌예졌다. 그 루주가 그런 일을 불러올 줄은 꿈에도 몰랐다. 순영 학생을 따라 방으로 들어갔을 때 전에 써줬던 것보다 큰 종이가 바닥에 깔려 있어 내심 놀라긴 했지만, 겉으로 내색하진 않았다. 순영 학생은 사귀자 옆에 무릎을 꿇고 앉아 한자가 가득한 종이를 손으로 짚어가며 똑같이 따라 써달라고 했다. 사귀자는 한획 한획 정성을 들여 썼다. 그 글자 중에 '김일성 만세'가 있는 줄도 모르고.

남대문의 뭉칫돈

사흘이 멀다 하고 남대문시장에 다니며 돈 흘러가는 길목을 몸으로 익힌 사귀자는 그날도 수입상가 지하에 들러 코티분과 크린싱크림을 산 뒤 가게 여자에게 일수 종이를 건넸다. 달력 뒷면을 잘라 시뻘건 펜으로 '돈 꿔드림'이라고 크게 쓴 광고지였다. 그걸 보고 옆 가게 여자가 몇부 이자냐고 물어왔다. 사귀자는 웃으며 그 여자 가게로 갔다. 역시나 글줄 하나 못 읽는 사람도 꼭지에 피가 마르고 나면 '돈'이란 글자는 알아보기 마련이었다. 애 아빠는 어디 농협에서 보던 전단지를 따라 '현금 즉시 융통, 정성껏 모시겠읍니다'라고 쓰자고 했지만, 장사하는 여자 중에 글 못 읽는 사람이 태반인 걸 모르고 하는 소리였다. 남대문에서 돈놀이하는 사귀자도 받침 없는 한글만 겨우 읽고 한자에는 까막눈 아닌가.

"담보 필요 없지, 여기서 장사하는 게 신용인데."

사귀자는 일수 수첩을 꺼내 자신과 거래를 튼 남대문 상인들을 쭉 보여주었다. 그러고는 여자의 점포에서 하이 타이 큰 거 하나를 샀다. 거래 물꼬를 트기 전 먼저 상대의 물건의 사주는 것이 사귀자의 수완이었다.

샛별이가 좋아하는 꽈배기 한봉지를 사들고서 사귀자는 조흥은행으로 갔다. 은행 앞에서 또 일수 광고지를 돌렸다. 제 엄마 바지춤을 잡고 따라다니던 샛별이가 오줌이 마렵다고 하자 사귀자는 은행으로 들어가 소변을 누이고 나왔다. 나오는 길에 은행 메모지를 가져온다는 걸 깜박한 사귀자는 다시 안으로 들어서려고 유리문을 잡았다. 그때 뒤에서 웬 트럭이 빵— 하고 경적을 울렸다. 무슨 비상경보를 울리는 것처럼 연달아 빠앙— 빠앙— 소리 냈다. 주변 사람들이 트럭을 돌아봤다. 사귀자도 소리가 나는 쪽을 봤다. 한눈에도 뽑은 지 얼마 안 된 새 차였다. 쪽염을 들인 것처럼 시퍼런 겉면에, 앞에 달린 등은 커다랗고 하얀 게 꼭 살아 있는 짐승의 눈처럼 예뻤다. 옆면에는 흰색 글씨가 길게 붙어 있었다. 조…… 그욱…… 가…… 아앙…… 사…… 산…… 사귀자는 '조국 강산 푸르게 살찌우자'라는 글자를 더듬더듬 읽었다. 트럭에 붙인 글자인데도 붓으로 쓴 것처럼 멋스러웠다. 짐칸에는 흙 포대와 삽, 한데 묶인 묘목들이 실려 있었다. 어디 나무

심으러 가는지 뿌리가 마르지 않게 축축한 잎으로 잘 싸매져 있었다.

"다 샀소?"

한 남자가 운전석에서 내리며 말했다. 때 묻은 바둑무늬 셔츠에 청색 멜빵바지를 입은 남자였다. 사귀자는 나한테 하는 소리인가 싶어 앞뒤를 살폈다. 그러다 다시 고개를 돌리는데, 그사이 남자가 사귀자 손에 든 하이타이를 말도 없이 빼앗아 들었다.

"짐이 많네그려. 애도 있는데, 걸어서 가려고?"

남자가 머리에 쓴 미색 벙거지를 벗으며 말했다. 어디 고릿적에서 살다 온 사람처럼 말투가 차분하고 격조가 있었다. 생판 처음 본 남자가 알은척을 하는데도 사귀자는 이상하게 무섭거나 불쾌하지는 않았다. 남자가 몰고 온 트럭이 좋아 보이기도 했고, 넓적한 얼굴에 무심하게 말을 건네는 남자의 품새가 꼭 어릴 때 보고 못 만난 친척 어른을 대하는 것 같았다. 목 짧은 고무장화를 신은 발로 성큼성큼 걸어가는데, 굵은 목덜미가 새까맸다. 장화 밑창에는 진흙이 달라붙어 있는 게 한참 흙일하다 온 차림새 같았다.

"아저씨, 누구신데 남의 걸 함부로……"

혹시나 신경을 거스를까 큰소리는 내지 않으면서도 사

귀자는 험한 일이 벌어지면 자신을 도와줄 사람이 있는지 옆을 흘깃거렸다.

"하숙집 아주머니 아니오? 여기 시장 갔다기에 속는 셈 치고 기다려봤소. 딱 봐도 아주머니인 것 같은 사람이 어린애 데리고 있길래 말 붙여봤지."

칭찬인지 욕인지 모를 소리에 사귀자는 부스스한 옆머리를 손으로 쓸며 고개를 숙였다.

"우리 집에 갔어요?"

"지금 다녀오는 길이요. 바깥양반 만나고 왔소이다."

남자가 말했다. 그러면서 트럭 문을 열고 사귀자의 짐을 좌석 밑에 놓았다. 사귀자는 애 아빠를 만나고 왔다는 말에 경계심을 조금 풀었다. 시장 갔다는 소리도 애 아빠가 해준 말 같았다. 그러니 별 수상한 사람은 아니겠지. 그렇게 찜찜한 마음을 뭉개며 머무적대는데 남자가 바지 주머니에서 담뱃갑을 꺼냈다. 꼬부랑글자가 적힌 양담배였다. 저걸 피우다 걸리면 벌금이 집 한채 값이라던데, 저 사람은 사람 많은 데서 겁도 없이. 사귀자는 놀란 마음을 내색하지 않으면서도 남자가 입에 문 담배를 물끄러미 봤다.

"우리 큰 조카가 삼대독자 재수생이오. 형님이 학원이랑 가까운 하숙집을 찾아달라고 해서 큰별하숙에 가봤지."

남자가 트럭에 기대어 서서 담배 연기를 푸— 내뿜었다. 하이쎈스라는 별명이 붙은 여자가 누굴까 궁금했는데, 척 보니 그 말이 잘 어울리는 아주 세련된 여성분이라고 사귀자를 추켜세웠다. 사귀자는 얼굴에 열이 올랐다. 일수 종이를 돌리고 온 형편없는 몰골로 그런 입바른 소리를 듣고 있자니 민망했다. 남자는 이왕 만났으니 사귀자와 아이를 하숙집까지 태워주겠다고 했다. 서두르는 기색도 없이 연기를 뿜으며 말하는 것이 사귀자가 타지 않겠다고 해도 언짢을 게 없다는 투였다.

"이애, 네가 샛별이지? 아저씨가 빠방 태워줄까?"

남자가 담배를 입에 물고 허리를 구부리며 애한테 말을 걸었다. 어린애가 눈을 동그랗게 뜨고 제 엄마 반응을 살폈다. 다리도 아프고 택시를 탈 주제도 못되고, 또 하숙하러 온 사람이면 손님이기도 하니까, 사귀자는 못 이기는 척 남자의 트럭에 올랐다.

남산으로

샛별이를 뱄을 때부터 수십번은 더 오갔던 길인데도 사귀자는 트럭을 타고 가는 남산 길이 새삼 낯설었다. 그날따라 나무들은 이파리가 새득새득하고 오가는 사람 없이 길가가 휑했다. 맞은편 차선으로 화물차 몇대가 줄지어 지나가며 귀청이 떨어져나가게 경적을 울렸다. 옆에 외간 남자가 있어서 그런가 사귀자는 침을 삼키는 데도 눈치가 보였다. 사귀자는 무릎에 앉힌 샛별이의 배에 깍지를 끼며 남자를 흘깃거렸다. 남자는 담배 하나를 끄고 새 담배를 피우는 중이었다. 양담배라 그런지 내뿜는 연기가 구름처럼 뽀얬다.

"저 위에 터널 개통한 데 가봤소?"

남자가 창밖으로 불씨가 남은 꽁초를 휙 내던지며 말했다.

"먹고사느라 뭐가 생긴지도 모르고 살아요."

"그러면 쓰나, 나라의 큰일인데. 요 앞이니 잠깐 들렀다 갑시다."

말이 떨어지기가 무섭게 남자가 핸들을 꺾었다. 차가 움직이는 방향으로 아이를 안은 사귀자의 몸이 기우뚱 쏠렸다. 사귀자가 뭐라 대꾸할 새도 없이 남자는 팔 하나를 창틀에 걸치고서 집과 반대 방향으로 트럭을 몰았다. 사귀자는 순간 발밑이 훅 꺼지는 것 같았다. 나사 빠진 년, 그냥 걸어갈 것이지 이놈이 어떤 놈인 줄 알고. 사귀자는 후회가 막심해 자기 머리통을 쥐어박고 싶은 심정이었다. 그러면서도 어찌할 도리가 없어 품에 안은 샛별이만 더 바짝 끌어당겼다. 좌석 밑에 둔 하이타이 위치를 가늠해 보며 이 짐을 들고, 애를 안고, 도망치는 게 가능할지 계산했다. 부녀자 납치라는 흉악한 말이 떠오르며 어디 산골이나 섬으로 끌려가는 게 아닌가 등골에 소름이 돋았다. 보따리를 던지듯 애만이라도 차 밖으로 내보낼까 싶다가도 숨이 탁 막히고 머리가 띵한 게 섣부르게 도망쳤다간 더 큰 곤욕을 당할까 무서웠다. 북으로 납치됐다는 최은 희랑 영화감독 아무개가 난데없이 떠오르면서 혹 38선 위로 끌려가는 것이 아닌가 싶기도 했다. 아니, 아니지. 나같은 여편네를 뭐 하러. 사귀자는 대낮에 서울 한복판에서 그런 잡놈의 일이 벌어질 리 없다고 여기면서도 머릿속으로는 전에 봤던 납치 사건 뉴스가 떠올랐다. 소련이 우리나라 비행기랑 승객을 통째로 붙잡아뒀다던 얘기. 그 짧은 시간, 사귀자는 북으로 갔다가 소련으로 갔다가 이리저리 끌려다녔다. 속이 뒤집히며 가슴이 씨근거렸다. 붙잡혀 도리깨질을 당하더라도 샛별이를 안고 냅다 뛰자고 마음먹고 있는데, 트럭은 정지 신호 한번 받지 않고 오르막을 올랐다가 구불구불한 산길을 내려갔다. 도무지 뛰어내릴 정도로 속력이 줄지 않았다. 큰 소나무들이 우거진 길로 꺾어 들어가더니 군데군데 흙이 뒤집힌 허허벌판에서 차가 멈춰 섰다.

"터널은 됐고, 잠깐 근처나 걸읍시다."

남자가 억센 손짓으로 브레이크를 잡아당기며 얼굴에 핏대 하나 세우지 않은 표정으로 말했다. 사귀자가 깍지 낀 손을 풀며 뭐라 말하려고 입술을 달싹였으나 남자는 몸을 돌려 뒷좌석에 둔 꽈배기 봉지를 집어 들고서 차 문을 열고 나갔다. 트럭에서 내려 저만치 걸어가면서도 뒷짐을 진 채 사귀자를 돌아보지도 않았다. 따라 내리든 말든 관심 없다는 걸음새였다. 사귀자는 괜한 겁을 집어먹은 건가 싶어 남자를 의심한 자신을 의심했다. 샛별이를 땅에 내려놓고 차 문을 닫는데 뙤약볕이 사람을 구워 죽일 듯이 내리쬐었다.

사귀자의 뿌리

"날 좋을 땐 바깥분이랑 나들이도 하고 그러시오. 우리가 산에 육림을 하는 것도 다 국민정서 함양을 위한 것 아니겠소?"

남자가 뒷짐 진 손에 꽈배기 봉투를 달랑거리며 말했다. 말투가 부드러운데도 사귀자는 어렴성이 들고 높은 분의 기세에 눌리는 것 같았다. 그 앞에서 애를 안고 뛰자는 계획이나 죽기 살기로 덤벼들어 귀때기를 물고 불알을 잡아 뜯자는 오기가 어린애 생떼처럼 허무맹랑하게 느껴졌다. 말복을 앞둔 무렵이라 그런지 잔바람 하나 없이 푹푹 찌는 공기에 흙바닥이 이글거렸다. 멀리 나무들 너머로 태극기가 걸린 게양대가 보였다. 남자는 그 깃발을 올려다보며 느긋하게 걸었다. 남자의 뒤를 따르면서도 사귀자는 도망칠 구석이 있나 사방을 살폈다. 온몸에 땀이 흘러 등줄기가 축축했다. 옆에서 따라오는 샛별이도 땀범

벽이었다. 사귀자는 허리를 숙여 어린애 이마를 훔치면서 웅얼거리듯 말했다.

"하숙생 저녁 차려야 해서 오래는 못 있어요."

겨우 그 말을 내뱉고서 사귀자는 눈을 씀벅거리며 남자의 눈치를 봤다. 애들 장난치듯 멜빵 줄을 앞으로 당겨 슥슥 문지르던 남자가 산자락을 보며 말했다.

"고향이 일본이라지? 일본 어디요, 오사카?"

목덜미에 식칼 하나가 스윽 들어오는 기분. 사귀자는 팔에 소름이 돋으며 무릎에 힘이 풀렸다.

"거기 출신이라고 자랑했다던데?"

남자가 말했다. 사귀자는 목구멍이 달라붙어 찍소리도 안 나왔다. 전라도가 고향이라고 하면 사람들이 업신여기니까 그래서 별생각 없이 일본 얘기를 한 건데 이 사람이 그걸 어떻게 알고. 사귀자는 샛별이를 끌어안고 남자를 올려다봤다. 눈이 부셔 표정이 어떤지 잘 보이지 않았다. 일본이 나쁜가, 전라도가 나쁜가. 머릿속으로는 계속 저울질했다. 보통 사람은 아닌 줄 알았지만 내가 한 말을 어떻게 아는 건가 싶어 비위가 뒤집히고 입술이 떨어지지 않았다.

"앉아요. 저기 산 좀 보다 갑시다."

남자가 말했다. 널빤지를 못질해 만든 기다란 의자에

앉더니 산 위에 탑을 가리켰다. 그러면서 옆에 앉으라는
듯 의자 바닥을 손으로 쓸었다.

"보자, 엄마가 뭐 샀나. 샛별이 좋아하는 꽈배기 샀나?"

남자가 봉지를 열고 꽈배기를 꺼내 샛별이에게 건넸다.
어린애가 엉겁결에 그걸 받아들고서 허락을 구하듯 엄마
를 봤다. 사귀자가 고개를 끄덕이자 아이가 튀긴 빵을 입
에 넣고 오물거렸다. 사귀자는 아이를 안아 남자와 최대
한 떨어진 의자 끄트머리에 세워놓고는 널판때기 위에 앉
았다. 그래, 그 일이구나, 그 일이 틀림없어. 사귀자는 자
꾸 가물거리는 눈을 부릅뜨고서 남자의 말을 기다렸다.

농담의 뿌리

　보름 전쯤 멸치육수에 국수를 말아 먹고 있는데 모르는 남자들이 하숙집으로 몰려들었다. 고향 집에서 짐을 빼러 왔다며 구둣발의 사내들이 우악스럽게 순영 학생의 방으로 들어갔다. 아무리 그래도 학생 본인이랑 전화 한 통이라도 하고 나서 짐을 빼주겠다고 애 아빠가 방문을 막아서니까 남자 두엇이 촛불을 훅 불어 끄듯 사람을 밀어젖혔다. 행동거지가 말도 못하게 사나웠다. 범죄자 방을 뒤지는 것처럼 순영 학생의 옷가지며 책들을 헤집었다. 팬티며 브래지어며 할 것 없이 속을 까뒤집고 먼지 털듯 흔들어봤다. 놀란 가슴에 그 밤을 꼴딱 세우고 어찌 된 영문인가 싶어 순영 학생이랑 친한 안경 학생이 오나 기다렸지만, 둘 다 방을 비워놓고 감감무소식이었다.

　사귀자는 손바닥의 땀을 바지춤에 닦으며 남자의 장화를 내려다봤다.

"지난겨울에 아시안게임 말이오. 축구 봤소? 차범근이 나왔던 거?"

남자가 허리 뒤로 손을 짚으며 물었다. 동네 마실 나온 이웃에게 안부를 건네는 듯한 말투였다.

"예, 봤는데요."

난데없이 웬 축구 얘긴가 싶었지만, 사귀자는 본 건 본 거니까 있는 그대로 말했다. 남자가 가슴을 젖히며 눈을 게슴츠레 떴다.

"연장전까지 가는 대혈투였지. 무승부여서 김이 빠졌지만, 차범근이는 활약이 대단했어. 내 장담하는데, 서독에서도 크게 성공할 거요. 한국인이 뽈을 얼마나 잘 차는지 보여줘야 하지 않겠소? 안 그렇소?"

"네, 네…… 보여줘야지요."

사귀자가 고개를 주억거렸다.

"아주머니도 응원했소?"

"네."

"우리나라?"

"네."

"옷은 뭐로 입었소? 색깔 말이오."

남자가 물었다. 옷이라니, 그게 무슨 자다가 봉창 뜯는 소린가. 발가벗진 않았으니 뭘 입기야 했겠지만, 옷 색깔을 왜 묻는 건가. 그게 무슨 죄라도 되는 건가.

"아주머니가 붉은색 옷을 입고 봤다는데, 참말이오?"

"이에?"

"붉은색이면 북한팀 아니오."

남자가 말했다. 사귀자가 눈을 꺼무럭거리며 침을 꼴깍 넘겼다. 흑백 티브이라 다 같은 검정으로 보였는데, 북한이 뻘겅이라니 그게 무슨 빤스 뒤집어쓰는 말인가 싶었다.

"스포츠는 말이오, 특히나 이 축구는 경기복 색에 따라 우리 편인지 아닌지가 판가름 나는 거라오. 들리는 말에 의하면 하이쎈스가 김영삼이를 지지한다지?"

"이에? 누구요?"

사귀자의 목소리가 뒤집혔다.

"닭의 모가지를 비틀어도 새벽이 온다. 그 말이 좋다고 했다지?"

"아니, 그거는, 그냥 말이 웃겨설랑⋯⋯"

"나랏일이 웃기는 일이겠소."

"아니, 저는, 나랏일이 아니라 그냥 모가지를 비틀면 그 말이⋯⋯"

"바깥양반이 막걸리 자시며 윗분 얘길 했다는데."

남자의 말에 사귀자는 목이 졸리는 것처럼 입이 벌어졌다. 애 아빠가 무슨 윗분 얘기를 했을까. 그 사람이 어디 포장마차 같은 데서 술 마시다 입을 잘못 놀렸나. 아닌데, 그 양반은 뉴스에 대통령이 나오면 눈을 크게 뜨고 보던 사람인데. 누가 대통령 험담이라도 하면 호통을 치던 성미인데. 사귀자는 목으로 뜨거운 멍울이 올라오며 정신이 아득했다. 뭐라 꾀를 부려 대답을 궁리할 새도 없이 남자가 실꾸리를 풀 듯 사귀자의 안방 얘기를 줄줄이 풀어 댔다.

"이게 얼마 만에 마시는 탁주냐. 박통은 여기에 맥주를 타 마신다던데."

남자가 애 아빠의 말투를 흉내 내듯 딴 사람 목소리를 내고 있었다. 손에는 잔을 들어올리는 시늉을 했다. 날굿이로 부침개에 막걸리 한잔 마시며 했던 소리였다. 한동안 나라에서 쌀 막걸리를 못 먹게 했으니까, 한참 만에 본 막걸리가 반가워 우스개로 한 말이었다. 그런데 이 사람이 안방에서 속닥거린 말을 어떻게 다 아는 건가.

"국가모독은 엄벌에 처하는 죄요. 아주머니 내외야 재미 삼아 한 소리겠지만."

"예, 재미로다가…… 아니, 재미로라도 그러면 엄벌이지만, 우리는 막걸리가 시원해서……"

사귀자가 뙤뙤거리며 말하자 남자가 너털웃음을 터뜨렸다. 그러면서 바깥양반이 막걸리를 사다 마시는 슈퍼가 어딘지, 일주일에 몇통을 비우는지, 그 집에서 나오는 청자 꽁초가 몇개인지까지 훤히 꿰고 있다고 했다. 사귀자는 옆구리에 횃불이 확 옮겨붙는 듯했다.

그런 말씀 마셔요

눈앞에 선 남산이랑 뾰족탑이 가물가물 흐려지며 귓속에 나팔이 울리는 것처럼 골이 딩딩거렸다. 사귀자는 무릎이 떨리는 걸 붙잡으며 남자의 말을 들었다.

"문간방, 그자가 제일 많은 쏘스를 줬지. 우리야 그런 정보를 활용한다지만 까놓고 말해서 나는 그런 자를 경멸한다오. 내 집 이부자리에서 한 말을 밖에 대고 퍼뜨리면 세상이 어찌 돌아가겠소. 불신 풍조야말로 망국병 아니겠소?"

이 사람이 내 속을 알아주는가 싶어 사귀자는 명치끝이 쨍했다. 돌아가면 그 문간방의 아가리를 찢고 껍질을 벗겨 먹으리라 속으로 칼을 갈았다. 곁에 있던 어린애가 제 엄마가 바들바들 떠는 게 무서웠는지 한 손에 꽈배기를 들고 울기 시작했다. 애를 달랠 겨를도 없이 사귀자는 사지가 달달 떨렸다.

"샛별 어머니, 겁먹을 거 없소. 나 그런 사람 아니오."

남자가 사귀자 무릎에 손을 얹었다. 왜 우리 샛별이 이름을 입에 올리나 싶어 사귀자는 자신도 모르게 떨리던 다리가 딱 굳었다. 안색이 변한 엄마를 보며 어린애가 악을 쓰며 울었다. 남자가 애 앞에 수그리고 앉아 셔츠 소매를 당겨 아이 뺨을 닦아주었다. 그러더니 애를 안아올리고서 등개질을 하듯 팔을 흔들었다. 그 모습에 사귀자가 흙바닥에 무릎을 꿇었다.

"애 보는 데서 왜 이러시오."

남자가 말했다. 사귀자는 살려달라고, 목숨만 살려달라고 빌었다.

"글쎄, 이러지 말래도."

곤란하다는 듯이 남자가 사귀자를 내려다보며 말했다. 팔로는 여전히 아이를 달래듯 궁둥이를 흔들었다. 꽤나 익숙한 몸짓이었다. 남자는 자신은 이 나라 강토를 지키는 일꾼일 뿐이라며 들어도 모를 소리를 이어갔다. 조국 강성이니 풍년 사업이니, 병충해니 토벌 사업이니, 무슨 무슨 용어를 써가며 자신이 하는 일을 설명했다. 사귀자는 이마를 땅에 대고 두 손을 모았다.

"학생은 공부하고 주부는 살림하고, 우리 샛별이 같은 푸른 초목은 북괴의 위협 없이 자랄 수 있게 하는 것이 내

일이자 소명이란 말이오. 그게 유신의 뜻이고 우리식 민주주의 아니겠소?"

그렇게 말하고는 우는 샛별이에게 웃는 낯을 해 보이며 아이 콧물을 맨손으로 닦아주었다.

"그런데 그년은 물든 년이지."

순식간에 표정이 바뀐 남자는 초점이 풀린 눈으로 말했다.

"국정이란 걸 하다보면 말이오. 병충해 든 나무가 있기 마련이오. 좌경에 물든 해충을 제때 박멸하지 않으면 그 지역 산림이 전멸이라 이거요."

남자가 엎드려 비는 사귀자를 내려다보았다.

"샛별 어머니야 과거엔 이발소에서 좀 어두컴컴한 일도 하고 그랬다지만 그거야 혼인 전에 놀던 짓 아니겠소? 남대문에서 이자 놀음하는 것도 먹고살자면 얼마쯤 허용해줄 수 있는 일이고."

사귀자는 오금이 저리다 못해 맥이 탁 풀렸다. 염라대왕이구나. 내가 지옥에 떨어져 염라대왕 앞에 섰구나. 그러자 실없이 웃음이 났다. 세상천지 나랑 이발소 손님밖에 모르는 일을 이 염라대왕이 다 꿰고 있네. 딱 두번 아니 세번, 미용학원 다니기 전 이발소에서 일할 때 사귀자는 손님에게 안마를 해준 적이 있었다. 그게 퇴폐인 줄도 몰랐고 불법인 줄도 몰랐다. 면도해주고 머리 감겨주면서 쑤신 데를 주물러준 것뿐이었다. 남자 사타구니 근처에는 가지도 않았다. 그런데도 뉴스에 퇴폐 이발소 소탕 소식이 나오면 사귀자는 죄지은 사람처럼 간이 떨어졌다.

남자가 샛별이를 내려놓고 헝클어진 아이의 뒷머리를 쓰다듬어주었다. 네 역할은 이제 끝났다는 듯 등을 떠밀며 사귀자에게 보내주었다. 엎드려 있는 사귀자의 등에 아이가 매달렸다. 사귀자는 흙 묻은 남자의 장화를 부여잡고 가푸르게 숨을 내쉬었다.

그년 하나를 잡는 데 온 부서가 석달간 작업했다고 했다. 그년이 다녀간 하숙집은 죄다 물이 들어 순진한 재수생들이 입시 공부를 때려치우고 불온서적을 읽는다고 했다. 재수, 삼수하며 대학가고 싶어 하는 남학생들이 그년의 먹잇감이고, 그년은 북에서 받은 공작금으로 학생들 밥이랑 술을 사주고 공짜로 과외까지 해준다고 했다. 대학에 들어가기도 전에 저희들 빨갱이 조직으로 포섭해 데모꾼으로 만든다고. 필요하면 제 몸뚱이까지 수령을 위해 내던지는 희대의 갈보라고 했다. 사귀자는 순영 학생의 얼굴을 떠올리지 않으려고 몸서리쳤다. 이전 하숙집에선 하숙생들을 모아 통음을 일삼았다는 말에 겨우 고개를 들고 남자를 봤다. 어렴풋이 뜻만 알 것 같은 한자 말이 정말 그 뜻이냐고 묻듯이. 남자가 허벅다리에 달린 지퍼를 열더니 주머니에서 큼지막한 사진을 꺼내 사귀자에게 내밀었다.

"아주머니가 써준 거 맞소?"

남자가 물었다. 사진 속 책상 위에 사귀자가 쓴 글자들이 무슨 증거물처럼 한데 모여 있었다. 남자는 지금 하숙집에 병충해가 얼마나 퍼졌는지 조사 중이라고 했다. 사진을 들여다보며 그 안에 있는 글자를 읽듯 높낮이 없는 목소리로 말했다.

유신독재, 불법 선거, 야당 탄압…… 사귀자는 벼락에 맞은 것처럼 몸의 털이 곤두서고 등줄기가 뻣뻣해졌다. 등대니 횃불이니, 그런 걸 밝히자는 글은 써줬어도 선거 어쩌고는 쓴 기억이 없었다. 아니, 쓰면서도 무슨 글자인지 몰랐다. 순영 학생 앞에서 모르는 티를 내고 싶지 않아 아무것도 묻지 않고 그림처럼 따라 그렸을 뿐이었다. 사귀자는 창자가 뒤틀리는 것처럼 속이 뒤집히는데, 사진 속 글자들을 따라 읽는 그 남자의 입에서 이름이 나왔다.

"김일성 만세."

그러고는 남자가 사귀자의 눈을 들여다봤다. 티끌의 거짓이라도 있으면 당장 이 자리에서 눈알을 뽑아버리겠다는 듯이.

"아주머니 필체가 맞소?"

사귀자는 혼이 나간 얼굴로 말을 더듬거렸다.

"몰랐어요. 저는 학교도 다니다 만 일자무식이라 암껏도 몰랐어요."

"간첩에 일조해주는 것도 간첩죄요. 일급 전범을 찬양하는 건 국시에 걸려드는 대죄지."

사귀자는 흙바닥에 이마를 쩧으며 울었다.

"그런 말씀 마셔요. 그런 말씀 마셔요."

사귀자는 무릎으로 기어 남자의 바짓가랑이를 부여잡고서 같은 말만 되풀이했다. 어린애가 다시 울어 재꼈다. 남자가 사귀자를 일으켜 세우려고 해도 사귀자는 납작 엎드려 살려만 달라고 애걸했다.

"저기 모퉁이 돌아서 건물로 들어가면 나도 손쓸 수가 없소. 거기선 나처럼 말로 하지 않아. 죄를 묻다 죽어도 한강으로 흘려보내면 그만이란 말이오. 애도 아직 어린데 엄마 없이 살게 해서 되겠소?"

사귀자는 고개를 흔들며 붙잡은 남자의 바지를 타고 올라가 장딴지를 움켜잡았다. 남자가 사귀자의 턱을 쥐고 자기 얼굴 가까이로 끌어당겼다. 귓결에 남자의 숨소리가 스쳤다.

"나를 좀 도와달라는 거요. 아주머니 같은 사람 하나가

이 태산의 비료목 아니겠소."

　남자가 사귀자의 뺨을 엄지로 문질렀다.

"이발소에서 인기가 좋았겠구먼."

　그러면서 치밀어오르는 뭔가를 억누르듯 먼 데를 보며 숨을 내쉬었다.

"다 간사스런 그년 소행이겠지. 벌 받을 짓 하지 말란 소리요. 하늘에도 귀가 있고 저 남산에도 보는 눈이 있어."

　남자가 뒷주머니를 뒤져 네모나게 접은 샛노란 종이를 꺼냈다. 그 바람에 주머니에 들어 있던 양담배가 땅으로 떨어졌다. 사귀자가 얼른 그걸 집어 들어 흙을 털어내고는 남자에게 양손으로 올려바쳤다. 남자가 담배를 받아들고 한개비를 꺼내 입에 물었다. 다리를 꼬고 불을 붙이며 사귀자에게 읽어보라는 듯 노란 종이를 건네며 턱짓했다. 사귀자는 개나리 꽃잎처럼 노란 종이를 받아들었다. 온통 한자뿐이라 읽을 수 없었다.

"몰라요. 까막눈이라."

　그 말에 남자가 웃었다.

"그게 아주머니가 간첩이란 증거요. 하숙집에 잠복한 간첩 조직을 소탕했다는 신문보도안이지."

　남자가 담배 연기를 내뿜었다.

"저는 밥하고 빨래할 줄밖에 몰라요. 그년이 간첩인 줄은 꿈에도 몰랐습니다."

"몰랐다는 말로 무마되겠소? 당장 내일 아침에라도 아주머니 내외랑 딸 이름이 신문에 실릴 수도 있는 건데. 기자들이 그걸 보고 기사를 쓸 거요."

이게 무슨 소린가. 거짓말이 신문에 실리다니. 그게 무슨 신문이야. 그럼 말동이 닮은 여자가 메달을 땄다는 것도 거짓말인가. 푼수처럼 왜 그런 게 떠오르는지, 사귀자는 신문에 났던 메달 딴 여자의 희끄무레한 사진과 조간이다 석간이다 때마다 신문을 챙겨보는 남편의 얼굴이 어른거렸다. 자신이 기사를 막고 있다는 남자의 말에 고마워 눈물이 났다. 염라대왕이 자기편을 들어주는 것 같아 감격스러웠다.

"자, 들어보시오. 하숙집을 본거지로 한 청년 그룹이 야당 정치가들과 어울려 반국가적 유인물을 만들고 시내에 뿌렸다. 버스 통풍구, 극장, 백화점을 돌며 살포했고 하숙집 주인 여자 사씨를 포섭해 북에서 받은 지령과 공작금을 전달했다. 일본 오사카 출신의 사씨는 국가의 물가 동향을 수집해 가계부에 기록하고 남대문시장 일대를 수시로 탐색하며 국가의 주요시설을 폭파할 계획을 도모한 것이 만천하에 드러났다."

남자가 노란 종이를 읽었다. 사귀자 귀에 들어온 말은 가계부뿐이었다. 글자를 띄엄띄엄 아는 사귀자와 애 아빠가 같이 쓰던 가계부. 두 사람은 날마다 교자상에 마주 앉아 뭘 얼마 주고 샀는지 꼼꼼히 적었다.

"가계부 쓰는 것도 간첩인가요?"

"간첩이지. 국가 정보를 빼돌리는 거 아닌가."

"우리만 봤는데요. 틀림없이 우리만 봤습니다."

그 말에 남자가 또 웃었다. 그러더니 다리를 구부리고 앉아 어린애 얼굴을 보며 말했다.

"아가, 그만 울어라. 뚜욱."

남자가 아이 손에 든 꽈배기를 아이의 입에 들이밀었다. 아이는 우는 소리를 내면서도 입을 벌리고 꽈배기를 오물거렸다.

뭐 한다고 애를 데려왔을까. 뭐 한다고 극성맞게 일수놀이를 했을까. 왜 하숙을 차리고 왜 글자를 써줬을까. 사귀자는 바락바락 살아온 날이 후회스럽고 원통했다. 사방이 탁 트였는데도 누구 하나 도와줄 사람이 보이지 않았다. 남자가 트럭에서 삽을 가져와 그 자리에 자신을 파묻어도 아무도 모를 것 같았다. 안 되지, 나는 죽어 넘어가도 내 새끼를 간첩 자식으로 만들 순 없지. 사귀자는 볼 안쪽을 깨물며 헤까닥 넘어가는 정신을 붙잡았다. 남자가 의자에 놓인 봉지에서 꽈배기를 꺼내 입에 물었다. 손에 묻은 설탕 가루를 털더니 크게 기지개를 켰다. 맨손체조를 하듯 허리를 돌리며 꽈배기를 먹었다. 아주 죽으라는 법은 없었다. 이 남자가 살길을 열어줄 것 같았다.

하숙집의 별

모르겠다. 왜 그때 마당에 나무를 심었는지. 남자의 트럭에 실려 있던 묘목들 때문이었는지, 그 남자가 말했던 비료목 어쩌고 때문이었는지. 떡갈나무 앞에서 목탁을 두들기던 스님이 떠올라 그랬는지. 사귀자는 설거지를 하다가도 쌀을 씻어 밥을 짓다가도 허연 이빨로 웃던 그 남자의 얼굴이 생각나 속에서 신물이 올라왔다. 식칼로 생선을 토막 내 내장을 빼다가도 비린내 나는 칼을 쥐고 허공을 노려봤다. 화장대 앞에 앉아 뺨을 문지르다가도 독 오른 눈으로 거울에 비친 자신을 쏘아봤다. 때 묻은 옷을 방망이로 두들겨 빨다가도 남산 어딘가에서 이렇게 젖은 빨래를 패듯 사람을 잡는 인간들이 있을 거란 생각에 방망이를 던져놓고 방에 들어가 문을 걸어 잠근 채 이불을 뒤집어썼다. 뒈질 것들, 혀를 뽑아 불에 던질 것들. 사귀자는 누가 그 남자에게 자신의 얘기를 까 받쳤는지 하나하나

되짚었다. 사귀자가 이발소에서 손님 마사지를 했다는 건 남산하숙 여자밖에 몰랐다. 백합미장원에서 파마 말고 기다리며 민화투를 칠 때 둘이 변소에 가다 지나가던 말로 했던 소리였다. 그걸 그년이 뱀 같은 혀로 남자에게 옮긴 것이었다. 사귀자는 당장에 그 집구석을 찾아가 잡도리하고 싶었으나 이불 속에 웅크려 이만 갈았다. 문간방, 그놈은 사귀자가 돌아와 앓아누운 사이를 틈타 내뺐다. 넉달치 하숙비를 뭉갠 채 짐도 버려두고 야밤에 도망쳤다. 사귀자는 전처럼 세끼 밥을 짓고 마루를 닦았지만 하숙생들 앞에선 입도 뻥긋하지 않았다. 멸치볶음을 잘 먹는 하숙생에게 멸치볶음을 더 주고, 생일을 맞은 하숙생에게 미역국을 끓여주는 짓도 관뒀다. 집 밖에서 들리는 인기척이 죄다 무서웠다. 지나가던 땜장이가 대문을 두들기는 소리에도 가슴이 내려앉았고 길에서 모르는 남자가 누렁이 뱃구레를 걷어차는 것만 봐도 제 창자가 끊어지는 듯 아팠다. 옥상에 올라가면 산등성이에 선 철탑이 사귀자의 집을 감시하는 것 같아 겁이 났다. 저 위에서 우리 집이 안 보이게 뭐라도 가져다 가려야겠다고 생각한 게 시작이었다. 사귀자는 집에 있는 통이란 통을 다 끌어와 흙을 붓고 묘목을 심었다. 깨진 뚝배기랑 옹이 그릇에도 흙을 담아 씨를 박았다. 나중에는 옥상에 자리가 모자라 마당에 땅을 파서 나무를 심었다.

"앞으로 막걸리는 입에 댈 생각도 마."

애 아빠한테도 단단히 일렀다. 맥막이든 막사이주든, 그거 한잔 마시는 날엔 마누라 제사상 술도 같이 마실 줄 알라며 눈을 부릅떴다. 악바리를 치는 사귀자에게 남편은 밭은기침을 하며 자신도 더는 마실 생각이 없다고 했다. 남대문에 갔다 온 여자가 거기서 저승사자라도 만나고 왔는지 종일 넋이 빠져 있는 걸 보고 이렇다 저렇다 캐묻지도 않고서 하자는 대로 따랐다. 그러면서 사귀자의 뒤를 가만히 밟으며 행여 사고가 벌어지지 않나 낌새를 살폈다. 사귀자는 부엌에서 행주 삶는 냄비가 타는 것도 모르고 화장실에 틀어박혀 있었다. 바지를 안팎으로 뒤집어 입기도 했다. 미원인지 소금인지 분간 없이 넣어 나물을 무치질 않나, 하숙생들이 부르는 소리에 벼락이 친 듯 가슴을 붙잡으며 놀랐다. 그때마다 남편은 체기를 가라앉히듯 사귀자의 등을 쓸어내렸다. 사귀자가 신문 쪼가리를 방에 두지 말라고 한 다음부턴 신문도 끊고 저녁 뉴스 하는 시간에는 아예 티브이 장 문을 닫아놨다. 사거리 복덕방 마실도 사귀자가 나서기 전에 알아서 그만두었다. 남산하숙과도 일절 연을 끊었다. 어쩌다 골목에서 그 집 내외와 마주쳐도 입술을 깨물며 돌아섰다. 사귀자 쪽에서는 속 시원히 털어놓고 싶은 게 있었고, 애 아빠도 마주 앉아 꼬치 꿰듯 앞뒤를 따져 묻고 싶은 게 있었으나 부부는 불 끈 방에 누워 컴컴한 천장만 바라볼 뿐 속내를 내보이지 않았다. 둘 중 하나가 찬물에 얹힌 것처럼 더부룩한 얼굴로 숨만 내쉬고 있어도 어지간해선 이유를 묻지 않았다. 어쩌다 축구 경기가 열린다는 소리가 들리면 둘 다 몸살을 앓았다. 사귀자는 집에 들인 빨간색 옷은 죄 모아 버렸다. 빨강이라면 달력에 적힌 숫자만 봐도 부레가 끓었다.

"큰별하숙의 큰별이 누구요. 저 북에 수령 아니오?"

그 남자는 동방의 별 어쩌고가 좌익 용공들이 부르는 북한 찬양 노래라고 했다. 아무 데나 별을 붙이면 되겠느냐며 훈계하듯 엄하게 말했다. 그러니 하숙집 간판도 그냥 둘 수 없었다. 사귀자는 남편을 시켜 간판을 떼라고 했다. 애 아빠는 반나절을 고민하다 큰별하숙의 '큰별'을 흰 페인트로 지웠다. 사귀자는 하숙이고 뭐고 다 접고 싶었으나 양쪽 집의 돈을 끌어모아 피땀으로 일군 터전을 헐값에 넘길 수 없었다. 이대로 딱 이승에서 돌아서고 싶은 마음이 들 때면 나무를 사다 심었다. 마당에 쪼그려 앉아 땅을 파고 거기에 꽃이나 어린나무를 심었다. 그러면 분한 심정이 조금이나마 가셨다. 어릴 때 동네에서 서낭당으로 삼던 느티나무가 떠올라 느티나무 묘목을 대문 옆에 심었다. 가을이면 장대를 들고 감을 따던 시절이 그리워 감나무도 그 곁에 심었다. 봄이 되면 꽃이 만발한 걸 보고 싶어 목련과 라일락도 마당에 들였다. 누구 딴 사람 보라고 심은 게 아니라 사귀자 자신이 보면서 살 기력을 얻고 싶었다. 애 아빠가 사시사철 청청한 소나무도 심자고 해서 주목과 향나무, 측백나무도 세뿌리씩 샀다. 껍질을 고아 먹으면 몸에 쌓인 독소가 빠진다는 화원 주인 말에 줄기가 곧은 느릅나무도 담벼락 아래 데려다놓았다. 남편과 둘이서 등을 구부린 채 나무를 심고 나면 사귀자의 이마엔 알 땀이 맺혔고 손은 흙투성이가 되었다. 두 사람은 해 비치는 뜨락에 멍석을 깔고 앉아 차가운 국수를 먹고 삶은 옥수수를 먹었다. 그럴 때면 트럭을 탔던 그날의 일이 꿈속의 헛것처럼 희미하게 멀어졌다.

너럭바위

밤낮으로 선선한 바람이 불던 초가을 아침, 샛별이 뭇으로 작은 동백나무를 심은 남편이 일을 끝내고 신문지를 깔고 앉아 대접에 탄 미숫가루를 들이켰다. 흙 묻은 장갑을 포개어 쥐고 바짓가랑이를 털다가 가랑이 사이에 고개를 처박더니 기가 질린 듯 낯빛이 허옇게 떴다. 손에 든 신문에는 양쪽 면을 가로지르는 커다란 네모 칸에 주먹만 한 활자가 느낌표랑 같이 찍혀 있다.

남편은 그걸 보고 눈을 질끈 감고서 헛웃음을 웃더니 별안간 자기 뺨을 후려쳤다. 놀란 사귀자가 애 아빠 팔을 붙들며 신문을 건너다봤다. 한자가 많아 온전히 읽을 수 없었으나 '女'라는 글자와 '스스로 ○○!'이란 글자가 눈에 들어왔다. 뜻을 모르는데도 흑백 활자들이 시꺼먼 저승사자의 갓을 쓴 듯 불길하게 느껴졌다. 틀림없이 누가 죽었다는 기사 같았다. 하숙생이 읽고 밖에 내다놓은 신문이었는데, 남편은 왜 집에 이런 걸 두느냐며 종이 귀퉁이를 잡아 사귀자에게 내던졌다. 씨부랄, 좃부랄 욕을 해대며 눈을 홉뜨는 게 애 낳고 같이 산 사귀자도 처음 본 모습이었다. 생전 험한 소리 않던 사람이 무슨 속이 뒤틀려 저러나 싶으면서도 사귀자는 섬뜩한 마음이 들어 샛별이를 안고 집 안으로 들어갔다. 그날 오후, 남편은 살림살이를 치운 순영 학생 방으로 들어가더니 문을 걸어 잠갔다. 사귀자는 저녁상을 치우고 방문 손잡이를 돌려보았으나 여전히 잠겨 있었다. 열쇠로 따고 들어가는 사귀자의 몸을 밀치며 남편이 밖으로 나섰다. 다 저녁때 어딜 가느냐고 물어도 대답 없이 반바지 차림에 슬리퍼를 끌며 사라졌다. 이틀이 지나서야 남편은 다시 나타났다. 골목에 서서 "오라이, 오라이" 하며 트럭을 후진시키더니 "샛별 아빠, 샛별 아빠"라고 부르는 사귀자는 돌아보지도 않고 대문을 열어젖혔다. 트럭 짐칸에 고래 등 같은 검은 바위가 실려 있었다. 사내 다섯이 달라붙어 너럭바위를 마당에 옮겼다. 그 돌덩이가 자기 무덤의 비석이라도 되는 듯 남편은 아침저녁으로 바위를 손으로 문질러 닦았다. 그날부터 서리가 내릴 때까지 애 아빠는 해 넘어갈 시간이면 집을 나갔다. 어디에서 소나기술을 퍼마신 것처럼 곤죽이 된 얼굴로 오밤중에 돌아와 마당에서 삽을 들고 땅을 팠다. 야밤에 새벽이슬 맞으면 병난다고, 날 밝으면 같이 하자고 사귀자가 말려도 남편은 대꾸도 안 했다. 너럭바위 한쪽에 오종종한 국화 모종을 심고, 그 옆에 모과와 석류나무를 심었다. 꽃을 한결같이 화사한데 꽃을 심는 사람은 나날이 시들어갔다. 사귀자는 남편의 안색이 영 딴사람으로 변했다고 느꼈다. 벌그뎅뎅한 낯빛에 눈빛이 예전의 그 사람이 아니었다. 행동거지도 부산스럽기 그지없고 얼뜬 눈으로 창밖을 보다가 씨근거리며 옷가지를 집어던졌다. 혼자 삿대질했다가 괴상한 까투리웃음을 짓다가 누구의 멱살을 잡고 흔드는 것처럼 양손을 쥐고 허공을 뒤흔들었다. 잠결에 옆이 허전해 밖으로 나가보면 어두컴컴한 마당에서 군인이 훈련하는 것처럼 포복 자세로 온 땅바닥을 훑고 다녔다. 남편이 허연 침 자국이 눌어붙은 얼굴로 밤마다 도둑처럼 집을 오가는 통에 하숙생들도 하나둘 방을 뺐다. 집안 살림이 기울어져가든 말든 남편은 점점 더 딴 세상 사람이 되어 수시로 대문을 드나들었다. 복덕방 앞을 서성이다 동네 사람의 코를 물어뜯어 사귀자가 파출소로 뛰어가기도 했고, 제 발로 서지도 못하는 얼룩 괭이 한마리를 안고 와 괭이 등덜미에 얼굴을 묻고 중얼중얼 노래를 부르기도 했다. 또 어딜 가느냐고 사귀자가 바짓가랑이를 잡고 주저앉히면 샛별이랑 놀아주는 척 돌아앉아 있다가 사귀자가 집안일 하는 틈에 어디론가 사라졌다. 밥이라도 굶지 말라고 돈을 쥐어 내보내도 얼마 지나 바지 주머니를 뒤져보면 사귀자가 넣어둔 오백원짜리 지폐가 그대로 들어 있었다. 낮에는 하숙집 일을 하고 밤에는 샛별이를 업고 애 아빠를 찾으러 다니던 사귀자는 그해 동짓날, 손발이 동창으로 퉁퉁 부은 남편을 찾으러 또 파출소에 갔다. 못 본 사이 남편은 몸통이 깡말라서 옷 속의 등뼈가 도드라져 있었다. 얼굴도 성한 구석 없이 긁히고 멍들어 있었다. 부르튼 입술 사이로 사귀자가 물을 부어주자 남편이 구역질하며 뱉어냈다. 사귀자는 그길로 남편을 큰 병원에 입원시켰다.

벽을 보고 꼼짝하지 않는 사람을 억지로 잡아당겨 무슨 무슨 검사를 여러 날 받았는데, 의사는 이미 병세가 깊어 손을 쓸 수 없다고 했다. 급성 간암이라고 했다. 그 말을 듣는데 사귀자는 이상하게 정신이 더 또렷해졌다. 그날 병원 앞에서 국화빵 한봉지를 사서 집으로 가는 동안 다 먹어치웠다. 잘 먹고, 정신 똑바로 챙겨 어떻게든 샛별 아빠를 살려내야지 싶었다. 조선 팔도 용하다는 한의원은 다 찾아가서라도 생때같은 내 사람을 살려내리라 다짐했다. 염소처럼 흰 수염을 길게 기른 어느 한약방 의원은 애 아빠에게 풍이 들었다고 했다. 간이랑 폐에 바람이 들었는데 침이나 약재를 쓰기엔 몸이 허하니 우선 곡기부터 챙기고 잠이라도 재우고 오라며 사귀자와 남편을 돌려보냈다. 침 하나로 반신불수도 일으켜 세운다는 어느 침술사는 맥을 짚어보기도 전에 고개를 내저었다. 이 사람은 몸이 아니라 가슴에 든 병이라 해줄 게 없다고 했다. 본인이 낫기 싫어하는데 어느 명의가 고치겠느냐며 가슴에 진 멍울이나 풀고 가게 해주라고 말했다. 사귀자는 무당을 불러 굿을 하고 부적을 써서 남편의 속옷이랑 베갯잇에 바느질해 넣었다. 깊은 산중의 기도원으로 찾아가 안수기도를 받기도 했다. 믿어라! 낫는다, 낫는다, 나았다! 불치병도 고친다는 목사 서넛이 들러붙어 애 아빠 머리를 짓누르고 찬물을 뿌리며 사탄을 쫓는다는 의식도 치렀다. 새벽 댓바람부터 샛별이를 들쳐 업고 시내에 있는 절에 다니며 불상 앞에서 백팔배를 드리기도 했다. 동네 사람 누가 마른 닭똥이랑 고추씨를 달여 먹으면 나을 거라고 해서 억지로 억지로 몇번 떠먹이기도 했다. 사귀자가 용을 쓰면 쓸수록 남편은 오뉴월에 젓가락을 쑤셔댄 나물처럼 하루가 다르게 생기를 잃어갔다. 사람이 어떻게 순식간에 이렇게 시드는지 시커먼 얼굴에 눈알만 푸르뎅뎅한 게 사귀자가 살 비비며 살던 사람 같지 않았다. 발톱은 갈라져 썩어가고 남은 수명이 다했다는 듯 손금은 흐릿하게 뭉개졌다. 이듬해 봄이 됐을 땐 뙤뙤거리며 말도 제대로 못 잇더니 급기야 대소변까지 실수하는 일이 잦았다. 어린 샛별이가 깡통에 대고 가래침을 뱉는 제 아빠 흉내를 내자 사귀자는 남편의 이부자리를 건넛방으로 옮겼다. 밥이랑 찬을 쟁반에 담아 끼니마다 방으로 나르고 요강을 비워주고 젖은 수건으로 눈곱을 닦아주었다. 끙끙 앓는 것이 안쓰러워 가루로 된 약을 물에 개워 입에 넣어줄 땐 이게 약이 아니라 독이어서 가고 싶은 사람을 못 가게 붙잡는 것은 아닌지 죄스러운 마음만 커져갔다.

꽃핀 날

　성질 급한 목련이 봄바람이 불자마자 꽃망울을 열더니 라일락 덩굴에 주렁주렁 연보라색 꽃잎이 달렸다. 소나무도 흰 꽃을 매달고 마른 가지만 있던 느티나무와 느릅나무에도 연두색 잎들이 하루가 다르게 몸집을 키웠다. 짝을 찾는 새들이 해 뜰 참에 찾아 와 저물녘까지 바쁘게 울어댔다. 사귀자는 걸레를 들고 건넛방으로 들어가 마당 떡갈나무가 보이는 창문을 열었다. 언제 따라왔는지 샛별이가 쫓아와 아빠 등에 매달렸다. 사귀자가 묶어준 머리를 풀더니 다시 곱게 땋아달라는 듯 머리끈을 내밀고서 제 아빠 무릎 사이를 파고들었다. 봄바람이 기운을 차리게 해줬는지, 그날은 애 아빠도 거멓게 떠 있던 얼굴에 혈색이 좀 돌았다. 뼈다귀만 남은 손으로 아이의 머리카락을 쓸어내렸다.

　"새끼 봐서 정신 차려. 언제까지 넋 놓고 있을래."

사귀자는 걸레로 방바닥을 훔치며 말했다. 남편이 여윈 가슴으로 숨을 푹 내쉬더니 사귀자를 보며 웃었다. 그 웃음이 얼마나 애달픈지 사귀자는 그렇게 힘이 들면 가라고, 보내주겠다고, 그런 허망한 말이 목구멍에 걸려 숨도 잘 쉬어지지 않았다.

"당신 남대문에 갔던 날 말이야."

남편이 등을 구부리고 앉아 말했다. 샛별이에게 마당에 가서 떨어진 목련 꽃잎을 주워오라고 내보내고선 사귀자를 향해 작게 소리 냈다. 목소리에 기운이 없긴 해도 나직한 음성에 더듬거리지도 않았다.

"어디?"

사귀자는 무슨 말인지 알아들었으면서도 되물었다. 남대문에 갔던 게 하루 이틀이냐고 받아치긴 했지만, 사귀자는 그날이 어떤 날인지 알았다.

"샛별이 데리고 꽈배기랑 하이타이 사 온 날."

남편이 말했다.

"몰라, 기억 안 나."

사귀자는 대야에 걸레를 내던지고 일어나 신음을 뱉으며 허리에 손을 짚었다.

"그래, 안 나면 어쩔 수 없는 거야."

남편이 고개를 주억거렸다. 해골에 거죽만 덮어놓은 것

처럼 비쩍 마른 얼굴이 한평생 지나온 시름을 다 떠안고 있는 듯 보였다.

"남대문이 왜. 그걸 왜 물어봐."

사귀자가 말했다. 남편이 눈을 끔벅이며 말했다.

"올 시간이 지났는데도 한참을 안 오잖아. 그래서 내가 언제 오나 밖에 나가 기다리는데, 당신이 트럭에서 내리더라고."

사귀자는 대꾸하지 않았다. 손으로 짚은 허리춤을 꼬집으며 입술을 깨물었다.

"당신, 남산에 갔었어?"

"어디?"

사귀자는 또 못 들은 척 되물었다.

"남산 밑에 트럭 타고. 당신도 갔었어?"

사귀자는 어깨를 움츠렸다. 뒤통수 너머에서 산사태가 나는 느낌이었다.

"그때 내가 그 정보계 계장이란 사람을 따라서 남산 어디로 갔거든. 다짜고짜 일수가 불법이네 어쩌네 사람을 몰아치는데, 내가 총각 때 숙부 따라서 경마장 간 거까지 알더라고."

계장이라니, 정보계라니 그게 무슨 소린가. 나한텐 나무를 심는 사람이라고 했는데, 감독관이라고 했는데. 사귀자는 서 있기에도 힘에 부쳐 주저앉았다. 시뻘건 불티가 튀는 것처럼 얼굴이 뜨겁고 아렸다.

"다 지난 얘길 뭐 하러 해. 살 생각이나 해."

사귀자가 말했다. 남편이 자기 손바닥을 내려다보며 말을 이었다.

"당신이 그런 걸 써줬다고 하니까. 그걸 학생들이 뿌리고 다녔다고 하니까. 그 사람이 여기에 지장 찍고 이름 쓰면 없던 일로 해주겠다고 해서, 그래서 그랬는데."

"그만하라니까, 정말."

사귀자가 남편을 휙 돌아봤다.

"아무리 생각해도 나는 당신이 안 그랬을 것 같거든?"

그렁그렁한 눈으로 남편이 말했다. 그 소리에 사귀자는 코끝이 매워지면서 왈칵 울음이 일었다.

"당신이 아무리 한자를 모른다고 해도 말이야. '김'은 알잖아. 장모님이 김씨여서 당신이 김은 알아보잖아. 가운데 '일' 자도 알지. 우리 가계부 쓸 때 일요일, 금요일, 그런 거 수도 없이 썼잖아. 그럼 김일성의 두 글자는 아는 건데. '성'은 모른다 쳐. 그래도 당신이 쓰면서 물어보지 않았겠어? 당신이 그걸 그냥 따라 쓰기만 했겠느냐고."

남편이 사귀자를 봤다. 말해보라는 듯, 당신은 그런 글자를 쓰지 않았다고 똑똑히 말해달라는 듯.

"몰라, 기억 안 나."

사귀자는 얼굴을 돌렸다. 목구멍으로 쓰린 게 올라와 혀끝이 얼얼했다. 창밖에 선 떡갈나무의 잎들이 바람에 흔들렸다. 눈부신 봄볕에 꽃보라가 불며 보랏빛 라일락이 향기를 내뿜었다.

"그때야 겁을 집어먹어서 그랬지만, 지나고 보니 이상한 게 한둘이 아니야. 왜 우리를 거기로 데려갔을까. 파출소도 있고 경찰서도 있는데, 왜 우리를 그 벌판에 끌고 가 겁을 줬을까. 그건 정식 수사도 아니잖아."

"여보, 샛별 아빠. 그만해요. 당신 기운 빠져."

"샛별 엄마, 내가 큰 죄를 지은 것 같아서 그래요."

"죄는 무슨 죄, 남산 밑에서 하숙집 하는 게 죄야?"

"그 학생이 그런 학생이 아니었잖아."

남편의 말에 사귀자가 숨을 삼켰다.

"우리가 어떻게 알아. 나가서 무슨 간첩 짓을 했는지, 당신이 따라다녀봤어?"

"아냐, 그 학생은 나랑 같이 차범근이 응원했어. 북한 애들이 거칠게 구니까 나랑 같이 화도 냈다고."

"간첩은 사람 속이는 게 일이야."

"방에 가면 책밖에 안 보던 학생이야."

"그 책이 무슨 책인지 알 게 뭐야."

"이 사람아, 내가 못 읽는 한자 있나? 헌법, 민법, 판례…… 다 그런 거였어. 근데 내가 영어는 모르잖아. 그건 까막눈이잖아. 한번은 문이 열려 있기에 슬쩍 건너다봤더니 그 학생이 책상에 앉아 뭘 열심히 쓰고 있는 거야. 나를 보더니 순영 학생이 들어오시라고…… 내가 무슨 꼬부랑글자를 그렇게 정성 들여 쓰느냐고 물었더니……"

남편이 말을 멈췄다. 목구멍에 뭐가 걸린 듯 울대를 크게 움직였다.

"데모크라시래. 당신 알아? 데모크라시?"

"몰라. 알고 싶지도 않아."

"민주주의. 그게 그 뜻이래. 아니 무슨 간첩이 민주주의를 써서 벽에 붙여놔."

"속이려면 뭔 짓을 못해."

"혼자 쓰고 있었다니까. 내가 보는 줄도 모르고."

"신소리 그만하고 잠이 자.

사귀자는 대야를 들고 일어섰다. 머리가 어지러워 더는 듣고 있을 수 없었다.

"아무래도 우리가 속은 것 같아. 샛별 엄마, 그때 우리가……"

사귀자는 방문을 닫았다. 안방으로 들어가 장롱에서 솜이불을 꺼내 뒤집어썼다. 얼음판에 알몸으로 서 있는 것

처럼 턱이 떨렸다. 억울하고 분통해서 이러나, 아니면 죄
스럽고 무서워서 이러나. 사귀자는 발발 떠는 제 꼴이 우
스워 어금니를 꽉 물었다. 사귀자도 알았다. 남편이 미숫
가루를 마시다 본 기사가 뭐였는지. 신문에 난 '女'가 누
구였는지, 누가 죽었다는 건지 한자를 못 읽어도 알 수 있
었다. 시장에 갈 때면 복덕방이나 쌀가게에서 틀어놓은
라디오에서 뉴스 소리가 들렸다. 대학 내 불온 조직 검
거, 시내 모처의 하숙집에 은거하며 반국가적 유인물 살
포, 간첩 혐의 조사 중 양심에 가책을 느껴 투신. 그런 말
이 화살처럼 날아와 사귀자의 명치에 꽂혔다. 동네 사람
들 입방아에 오르내릴까 무서워 사귀자는 모가지를 오그
라뜨리며 잰걸음 쳤다. 그러면서도 그 학생이 그런 모진
결심을 했다는 게 믿기지 않았다. 마당을 쓸면 흙바닥에
개미굴 하나도 망가뜨리지 않게 찬찬히 피해 가며 비질하
던 사람인데, 그런 사람이 얼마나 원통했으면. 남쪽의 조
직원을 불지 않으려고 저 스스로 뛰어내렸다니, 사귀자는
아나운서가 읊어대던 끔찍스러운 말이 믿기지 않아 고개
를 내저었다. 내일 아침 신문에 아주머니 내외가 간첩 일
당으로 실릴 수 있다는 그 남자의 말을 들었는데, 어떻게
뉴스에서 나오는 소리를 다 믿을 수 있을까. 저기로 잡혀
들어가 죽어도 한강 물에 시신을 떠내려 보내면 그만이라

던 그 남자의 겁박하는 소리가 귀신처럼 어른거렸다. 시장에서 라디오 뉴스 소리를 듣는 날이면 사귀자는 누구에게 말도 못하고 높은 데를 올려다보다가 수챗구멍을 내려다보다 하며 가슴을 쥐어뜯었다. 새 한마리가 하늘을 날아가면 그 새가 떨어지지는 않을까 조마조마하며 날갯짓을 눈으로 따라갔다.

양심의 가책…… 양심…… 인두겁을 쓰고 그 말을 입에 담을 수 있나.

순영 학생이야말로 법이나 양심을 갖다 대지 않아도 마음씨 바르게 살 사람이었다. 행여 남의 가슴에 흠집이라도 낼까 매사에 가만가만 생각을 곱씹던 얼굴이 사귀자의 눈앞에 선했다. 자신이 다 먹으면 다른 하숙생이 먹을 게 없을까 맛 좋은 반찬에는 손도 잘 대지 않았고 사귀자가 이건 순영 학생 몫이니 다 비우라고 구운 갈비를 접시에 담아 들이밀면 그제야 몇점을 집어먹다가 슬그머니 사귀자에게 다가와 혹시 뼈다귀 남는 거 있으면 버리시지 말고 여기 담아 달라고, 시장 고물상에 사는 누렁이 갖다주면 잘 먹는다고 봉다리에 따로 챙겨가던 사람이었다. 그걸 보며 안경 학생이 놀리듯 말했다. 순영이 누난 어릴 때부터 동네 똥강아지들 밥 주며 돌봐줬다고, 부잣집 외딸이라 귀하게 컸는데도 학교 다닐 땐 꼭 김치 볶은 것만 반찬으로 싸서 다녔다고. 혼자만 기름진 반찬 먹으면 친구들 보기에 미안하니까 김치 볶은 것만 싸달라고 어머니한테 신신당부했던 사람이라고 했다. 그 소리에 순영 학생이 희멀건 뺨으로 볼웃음을 지으며 대꾸했다.

"무슨 소리야, 김치 볶음이 얼마나 맛있는데. 먹고 싶어서 싸달라고 한 거야."

그렇게나 속이 찬 순둥이가 화가 나면 또 얼마나 찬바람이 부는지, 어느 날은 식탁에 마주 앉은 문간방이 조간을 펼쳐 들고 앉아 거드럭거리자 순영 학생이 그걸 가만두고 보지 않았다. 인천의 어느 공장 여공들이 시위한다는 기사가 났는지, 문간방이 그걸 보면서 정신 빠진 년들이 세상 무서운 줄 모르고 빨갱이처럼 데모질이라고 빈정거렸다. 순영 학생이 반듯하게 이마를 세우고 앉아 자분자분 말했다.

"정신이 나가서가 아니라 법을 지키라고 항의하는 거예요. 40도 더위에 솜먼지 뒤집어쓰며 잠도 못 자면서 일하니까, 잠은 자게 해달라고, 환풍기 달아달라고, 법을 지키라고 정식으로 요구하는 겁니다."

그 말에 문간방이 밥알을 튀며 말했다.

"말만 한 계집애들이 부라자 바람으로?"

그러면서 뭐가 우스운지 문간방이 히뜩히뜩 어깨를 깝

신거리는데, 순영 학생은 입술을 한번 꽉 오므리더니 한 번만 더 그런 식으로 지껄이면 참지 않겠다고 했다. 싱크대 앞에서 그 모습을 보고 있던 사귀자는 신고 있던 슬리퍼를 손에 들고 문간방의 턱주가리를 쥐어패고 싶은 걸참으며 식탁으로 가 그 화상의 팔꿈치를 쳐댔다. 다 먹었으면 다른 하숙생 앉게 자리 비우라고 문간방을 일으키는데, 곁눈으로 순영 학생이 숟가락을 움켜쥐고 있는 게 보였다. 속으로 얼마나 분을 삭이는지 숟가락 고개가 꺾어지도록 손아귀에 힘을 쥐고 있었다. 사귀자는 저러다 알토란 같은 순영 학생이 방을 뺀다고 하면 어쩌나 싶어 그날 저녁 참외를 깎아 쟁반에 담아 들고 순영 학생 방문을 두들겼다. 순영 학생은 아침나절에 문간방에 보던 신문을 펼쳐놓고 앉아 색깔 펜으로 밑줄을 그어가며 옆에 있는 공책에다 뭔가를 쓰고 있었다. 아는 게 병이라고, 사귀자는 신문에 나는 험악한 기사에는 아예 관심을 꺼두고 살았다. 그런데도 그날은 무슨 바람이 불었는지 순영 학생이 들려주는 방직 공장 여공들 얘기가 남 일처럼 들리지만은 않았다. 좁다란 데서 종일 일하다가 독한 무좀에 걸려 맨 시멘트 바닥에 피가 나도록 발을 문질러댄다는 소리에 일갓집이 서울로 올라와 갖은 고생해가며 아등바등입에 풀칠하던 옛일이 떠올랐다.

"이게 그 친구들이 쓴 호소문이에요."

순영 학생은 두꺼운 법전에 끼워놓은 희끄무레한 종이를 꺼내더니 신문이나 뉴스에는 이런 소식이 제대로 실리지 않는다고 했다. 그래서 자신이랑 친구들이 일일이 손으로 옮겨 쓰기도 하고, 몰래 인쇄기로 찍기도 하면서 사람들에게 전하고 있다고.

"나도 한장 써줄까?"

사귀자는 참외 한쪽을 베어 물며 종이를 건너다봤다. 반은 농담 삼아, 반은 순영 학생의 마음을 하숙집에 붙들어놓고 싶어서, 그런 마음의 또 얼마쯤은 얼마나 몰리고 억울했으면 그 여공들이 옷까지 벗어 던지고 서로서로 팔짱을 끼며 버텼을까 싶어 넌지시 말을 건넸다.

아무리 가난해도 똥을 먹고 살지는 않았다.

사귀자가 기억하는 말을 첫줄에 적힌 그 하나였다. 그다음 줄줄이 이어지는 글자들은 채 읽으며 머리에 담기도 전에 한자 한자 옮겨 적으며 정성을 들였을 뿐이었다. 순영 학생이 표시해준 곳을 따라 종이 한장에 담기도록 방바닥에 엎드려 옮겨 적었고, 그렇게 한장을 쓰고 나니 순영 학생이 놀라며 사귀자의 필체를 칭찬했다. 괜스레 부

끄럽고 멋쩍어서 사귀자는 먹다 남은 참외 접시를 들고
방을 나왔다. 그러고는 담가둔 걸레를 맞비비며 혼자 열
불을 터뜨렸다. 염병할 것들, 법을 지키며 살라는 여자들
한테 똥물을 부어? 경찰이란 놈들이 그걸 보고만 있었다
니, 도와달라는 여자들 말에 두면 마를 테니 입 닥치고 있
으라고 했다니, 세상천지 그게 사람 사는 이치인가. 사귀
자는 젖은 손으로 부엌에 가 찬장에 넣어둔 소주를 홧술
삼아 들이켰다. 그 뒤로는 애 아빠가 데모 최루탄 때문에
눈이 매워 못 살겠다고 툴툴거리면 최루탄을 경찰이 쏘지
학생이 쏘는 거냐며 그게 아무리 맵기로서니 맨몸에 똥물
을 뒤집어쓰는 것보다 맵겠느냐고 퉁바리를 줬다.

　뒈질 년, 혀를 뽑아 아궁이에 던질 년.
　사귀자는 애 아빠가 하는 순영 학생 얘기를 듣고 나니
문간방에게 했던 욕이 다 자신에게 되돌아오는 것 같았
다. 그렇게 이불을 뒤집어쓴 채 엎드려 어금니의 위아래
를 맞부딪쳤다. 마당에 둔 너럭바위가 누구를 위한 것인
지, 남편이 그 돌을 누구의 넋자리 삼아 문질렀는지, 말하
지 않아도 그 속이 다 헤아려졌다. 이 무섬증을 안고 어떻
게 살아가나. 사귀자는 몸을 점점 더 옹송그렸다. 샛별이
가 방에 들어와 엄마, 엄마, 하고 부르며 이불을 잡아당기

182

는데도 속을 쥐어뜯는 통증에 끅끅 신음만 내뱉었다.

꽃 진 날

　가고픈 사람을 잘 보냈다고 생각했다. 잘 가고, 잘 보냈다고 여겼는데, 집에 돌아와 애 아빠가 베고 자던 베개를 보자 사귀자는 참고 있던 울음 꼭지가 열렸다. 운다는 생각도 없이 눈물이 줄줄 흘러내렸다. 사귀자는 메밀껍질을 넣은 베개에 얼굴을 묻었다. 남들 귀에 들릴까봐 통곡은 못하고 숨넘어가는 소리를 내며 가슴을 꺽떡거렸다. 자식새끼 남겨두고 저 혼자 가버리면 그만인가 싶어 남편이 원망스럽다가도, 돈도 복도 다 세월 따라가는 거라며 억척을 부리던 사귀자에게 글자나 가르쳐주던 사람이 오죽 속이 썩었으면 그런 병이 들었을까 싶어 원망하는 자신을 나무랐다. 사귀자는 베개를 끌어안고 엎드려 애 아빠가 누워 자던 자리를 손으로 쓰다듬었다. 쫓겨나듯 건넛방으로 옮겨 와서도 남편은 돼지저금통에 동전을 모았다. 하숙집 시작할 때부터 샛별이 간식비라며 동전만 생기면 밥을 주던 돼지였다. 사귀자는 그 작은 돼지도 가슴에 끌어안았다.

혼이 나가 사는 줄로만 알았는데, 옷장 속에 공책이며 펜이며 전에 쓰던 필기구가 그대로 있었다. 둘이서 마주앉아 쓰던 가계부도 있었다. 사귀자는 남편이 사준 한자 공책을 끌어안았다. 하늘 천, 따 지 그런 거부터 외우면 재미없어 금세 때려치운다고, 우리 가족 이름부터 써보자고 했다. 사귀자는 남편이 했던 말을 떠올리다 징글징글한 그 목소리가 어른거려 고개를 흔들었다. 잊으려고 해도 버리려고 해도 그 목소리가 가슴에 대고 마구 칼질을 해 뉘 없는 일처럼 되질 않았다.

"아주머니, 앞으로는 아는 글자만 쓰시오. 남들이 좋다고 하는 글자 따라 쓰지 말고, 아주머니가 진짜로 아는 것만 쓰고 살아요."

그 남자가 그런 말을 했을 때 사귀자는 되묻고 싶었다. 제가 아는 게 뭔가요. 진짜로 아는 거, 좋은 게 뭔가요.

사귀자는 손으로 얼굴을 닦고 콧물을 삼켰다. 종이가 젖을까 조심하며 한자 공책을 넘겨보았다. 공책에 끼워놓은 몽당연필이 가랑이 사이로 떨어졌다.

사귀자 舍貴自 ☐ ☐ ☐ ☐ ☐

자기 이름 옆에 썩을 년이라고 쓰고 싶었지만 '썩' 자를 어떻게 쓰는지 헷갈려 몽당연필만 움켜쥐었다.

양동필 梁東筆 ☐☐☐☐☐☐

남편의 이름을 보고는 고개를 젖히며 꺽꺽 얹힌 울음을 삼켰다. 내가 양동필이를 안다고 할 수 있나. 자기 입으로 말하기 전까지 그 사람이 경마장에 다녔다는 것도, 남산에 갔다 왔단 것도 몰랐는데. 내 남편이고 우리 애 아빠지만, 그 사람이 남들한테도 좋은 사람이었다고 할 수 있을까.

양샛별 ☐☐☐☐☐☐

사귀자는 샛별이 이름을 보다가 잠든 아이를 건너다봤다. 내 새끼 샛별이. 그래, 너는 아는 사람으로 살아라. 모르는 글자 없이, 몰라서 당하는 일 없이 좋은 것만 쓰고 살아. 사귀자는 까만 연필심에 침을 묻혔다. 공책 옆에 가계부를 놓고 덮이지 않게 바르게 폈다. 또 그 남자의 말이 생각났다.

사람을 죽이고 살리는 게 정보라고 했지. 그 정보를 자기가 쥐고 있다고 했지. 아주머니 가계부에 적힌 두부 값이 중요한 게 아니라 자기가 그걸 어떻게 쓸지가 중요하다고 했어.

사귀자는 가계부 한쪽에 적힌 '하이쎈스'를 따라 썼다.

그다음 '큰별하숙'을 느릿느릿 옮겨 적고, 숫자 '3'을 썼다. 3호방 순영 학생. 사귀자는 라디오에서 듣기 전까지 그 학생의 성씨도 몰랐다. 누가 그 학생이 어떤 사람이었느냐고 물으면 좋은지 나쁜지 답해줄 수 없었다. 답할 자격도, 모른다고 내뺄 힘도 없었다. 좋고 고마운 사람이었는데 무섭고 징그러운 게 되어버렸다. 속았다고 생각했는데 세상을 다 속인 사람은 자신인 것 같았다.

사귀자는 숫자 3 옆에 동그라미를 그렸다. 원을 따라 물결선도 그렸다. 소시지 부침이었다. 사귀자가 아는 건 소시지 부침을 맛있게 부치는 법과 3호방 순영 학생이 그 반찬을 좋아했다는 것뿐이었다. 글자로는 못 써도 그것만은 자신 있게 아는 거였다.

사귀자는 공책을 덮고 부엌으로 갔다. 불도 켜지 않은 채 냉장고 냉동 칸을 열었다. 얼린 떡이랑 다진 마늘 옆에 비닐로 둘둘 말아 숨겨놓은 루주가 있었다. 사귀자는 싱크대를 등지고 앉아 땡땡 얼어붙은 비닐을 벗겼다. 까만 루주통을 돌리자 해당화색 루주가 솟아올랐다. 그날 새벽, 통금이 풀리자마자 사귀자는 잠이 덜 깬 샛별이를 업고 멀리 떨어진 옆 동네 시장에 가 소시지 한줄을 샀다. 분홍 소시지를 잘라 달걀물을 입히고 노릇하게 부쳐 흰 접시에 가지런히 담았다. 김치를 잘게 썰어 참기름에 달달 볶아 소시지 옆에 놓았다.

"샛별아, 나는 이제 저 남산에 대고는 오줌도 안 싼다."

사귀자가 접시를 들고 너럭바위 앞에 서서 말했다.

꽃이야 피거나 말거나

두엇 남은 하숙생들 밥상을 차리며 사귀자는 구석으로 기어 다니는 벌레처럼 낮게, 낮게 살았다. 사람 눈이 무섭고 사람 입에서 나오는 말이 지옥 불의 유황보다 독하다는 것을 사귀자는 살에 박이고 뼈에 새겼다. 없는 말을 지어낸 죄로 남편을 보냈으니 그 말꼬투리가 사귀자의 또 무엇을 옭아매 갈지 알 수 없었다. 마음 같아선 머리 깎고 절에 들어가 낮이고 밤이고 마룻바닥에 엎드려 절만 하고 싶었으나 눈 뜨면 살 비비며 칭얼대는 자식새끼가 있으니 그 목숨은 거둬 먹여야 했다. 하숙집 살 때 얻은 빚에 이자를 내려면 날품팔이라도 나서야 했기에 사귀자는 하숙생 아침을 차리고 부리나케 김밥을 말아 서울역으로 행상을 나갔다. 호루라기 불며 단속하는 순경들보다 줄지어 자리 잡은 장사꾼들의 텃세가 매서워 머리에 얹은 대야를 땅에 내려놓지도 못한 채 길가를 배회했다. 김밥이요,

집에서 방금 싼 김밥이요, 그렇게 웅얼거리며 돌아다니는데, 침을 찍찍 뱉는 껄팔이들이 사귀자를 골목으로 몰아갔다. 동냥 패처럼 헌옷때기를 걸친 사내 애들이 갈고리 눈을 희번덕거리며 김밥 두줄을 팔면 한줄 값을 자릿세로 내놓으라고 했다. 덤벼들어 살가죽을 죄 뜯어놓을까 싶다가도 사귀자는 무섬증이 들어 하자는 대로 할 테니 장사만 막지 말아달라고 빌었다. 김밥을 팔고 집으로 가서는 곧장 점심상을 차리고, 청소에 빨래에 밀린 일감을 해대며 이른 저녁상까지 차리고 난 다음 을지로의 포장마차로 가 닭똥집을 구웠다. 근처에서 제일 크다는 노점 술집이었는데, 사귀자 말고도 여럿이 서서 시커먼 막탄에 석쇠를 올려놓고 숨 돌릴 겨를 없이 쇠 작대기로 고기를 뒤집었다. 저녁 내내 불 앞에 서서 살 타는 냄새를 맡으면 물 한모금 마실 입맛도 바닥나고 코밑이랑 손톱 사이사이가 까무스름하게 물들었다. 통금 시간에 걸릴까 차디찬 밤공기를 해치며 집까지 달음질쳐 가면 딸애는 꾀죄죄한 몰골로 잠들어 있었다. 어린애 혼자 두고 문을 잠그고 나갔다가 무슨 일이 벌어질지 몰라서 쪽 가위나 성냥불 같은 건 농짝에 몰아넣고 이거 열면 귀신 나온다며 애한테 단단히 일렀다. 그런데 어느 날 밤 집에 돌아와 보니 잠가놨던 문은 열려 있고 샛별이는 온데간데없이 하나 남은 하숙생이 안방에 들어앉아 티브이를 보고 있었다.

"우리 애 어디 갔어요?"

사귀자가 다급하게 묻자 더벅머리 하숙생은 목을 긁적
이며 문이 열려 있어 들어왔는데 올 때부터 애는 없었다
고 했다. 사귀자는 그길로 대문을 뛰쳐나갔다. 그날따라
비가 푸슬푸슬 내려 눈앞이 가뭇없이 뿌예지는 게 이렇게
새끼마저 잃는 건가 싶어 하늘이 무너져내렸다. 샛별아!
샛별아! 골목이 떠나가도록 애 이름을 외치며 큰길로 나
가는데 뒤에서 누가 사귀자의 옷자락을 잡아끌었다.

"우리 집에 있어. 내가 데리고 있어."

남산하숙 여자였다. 땅딸보에 미련퉁이처럼 입술이 늘
어진 그 여편네가 사귀자 눈치를 살살 보며 말했다. 사귀
자는 냅다 여자의 뺨따귀를 후려쳤다.

"껍질을 벗겨 먹어도 시원찮은⋯⋯"

사귀자는 울뚝성이 올라오는 걸 억누르느라 입술을 파
르르 떨었다. 남산하숙은 얼굴에 내리치는 칼벼락에 바닥
으로 나자빠지면서도 애가 혼자 골목에 나와 있기에 데
리고 들어가 밥만 먹였을 뿐이라고 꿍얼거렸다. 사귀자는
엎어진 그 여자에게 가시눈을 흘기며 그 집 문을 박차고
들어섰다. 샛별이가 한 손에는 바나나를, 한 손에는 빵 덩
어리를 든 채 제 엄마를 올려다봤다. 손에 든 걸 내동댕이

치며 사귀자가 거칠게 일으켜 세우자 아이는 울음을 터뜨리며 엄마 손에 끌려갔다. 한쪽 뺨이 부어오른 남산하숙 여자가 등때기를 움츠리고서 골목에 서 있었다.

집으로 돌아와 샛별이를 씻기고 나오니 마지막 남은 하숙생이 내달에 방을 빼겠다고 말했다. 사귀자는 이마랑 콧등에 맺힌 땀을 닦아내며 고개를 주억거렸다. 불을 끄고 누워 샛별이 가슴을 토닥이며 이 집을 나가면 살림들은 다 어쩌나, 남은 빚은 무슨 수로 갚나, 감감한 앞날을 헤아려보는데, 어린애가 고개를 들고 일어나 사귀자의 얼굴을 더듬거렸다. 엄마가 우나 안 우나 뺨이랑 눈가를 만져보는 것이었다. 그러더니 사귀자의 손을 제 가슴에 얹고서 보따리 끈을 묶는 것처럼 작은 양손으로 오므려 쥐었다.

날이 밝자 사귀자는 딸애의 옷가지를 넉넉히 챙겨 제물포 사는 큰오빠 집으로 갔다. 짧으면 달포, 길면 말복 끝날 때까지만 아이를 맡아달라고 사정하고는 집으로 돌아와 마당에 주저앉았다. 진종일 굶어 배에서 밥 달라는 꾸르륵 소리가 들리는데도 신발 벗고 들어가 숟가락 들 힘조차 남아 있지 않았다. 허기지고 목이 타면서도 아랫배가 땅기며 속이 메슥메슥한 게 애 아빠처럼 속병이 생기는가 싶었다. 사귀자는 흙먼지가 내려앉은 너럭바위를 손으로 닦아내고는 거우듬하게 고개를 들고 먼빛으로 저물어가는 해를 봤다. 떡갈나무 잎새가 쌀 씻는 소리를 내며 바람에 흔들렸다. 이 나무가 용의 수염이면 나를 태우고 멀리멀리 가려나. 훗훗한 저녁 공기를 들이마시며 사귀자는 하늘로 솟구쳐 홀가분하게 떠나는 자신의 모습을 상상했다. 그러자 동구나무에 목매달아 죽은 어릴 때 봤던 미친년이 떠올랐다. 그게 사귀자가 처음 본 죽음이었다. 일정 때 겪은 일 때문인지, 아니면 전쟁 통에 몹쓸 짓을 당했는지, 혼자 사는 젊은 여자가 발작하듯 먹따는 소리를 냈다가 곡하는 소리를 냈다가 하며 동네 애들의 놀림감이 되었는데, 한창 모심느라 바쁜 철에 동구에 있는 큰 나무에 목을 맨 것이었다. 어른들은 재수 옴 붙은 일이 생겼다며 가까이 오지 말라고 호통쳤다. 어린 사귀자는 언덕배기로 뛰어가는 오빠를 따라가 나무에서 여자를 끌어 내리는 걸 내려다봤다. 한 사람은 나무 기둥에 올라 가지에 묶은 천을 칼질하고, 다른 몇 사람은 의자를 갖다놓고 올라가 죽은 여자의 치맛자락 속에 손을 넣어 허벅다리를 붙잡았다. 그 여자의 누리끼리한 치맛자락과 긴 머리칼이 헝겊데기처럼 바람에 나풀거렸다. 왜 사람들 다 보는 나무에 그랬느냐고 사귀자는 곁에 선 오빠에게 물었다. 논에 물 데느라 저수지도 마르고, 먹고 죽을 농약 살 돈도 없었을 테니 나무에 목을 맨 거라고 오빠는 말했다. 아니, 그게 아니라…… 사귀자가 갑갑한 얼굴로 또 뭔가 물으려 하자 오빠는 입을 막듯 땅에서 짱돌 하나를 집어 아래로 내던졌다. 어린 사귀자는 언덕을 내려와 밭두렁을 혼자 걸으며 생각했다. 억울해서 그런 거라고. 멀리 가 큰물에 빠지거나 돈을 꿔 약을 사 먹을 수도 있었지만, 사람들다 보는 데서 그렇게 죽어 보인 건 분하고 서러워서 악을쓰듯 나무에 대롱대롱 매달린 거라고, 사귀자는 산발한자신의 머리카락을 손가락으로 배배 꼬며 답을 내렸다. 그러고는 죽을 만큼 힘든 게 뭘까, 나도 나중엔 죽나, 지난겨울에 죽은 우리 진돌이는 나만 보면 놀아달라고 꼬리를흔들며 깨갱거렸는데. 그런 생각에 빠져 허깨비걸음으로샛길을 맴돌았다. 먼발치에서 깨금발을 뛰며 노는 애들이보였지만 선뜻 다가설 수 없었다. 죽은 여자의 마음을 헤아려버린 자신은 딴 세상으로 떨궈진 낱알 껍질 같아 서러운 마음에 코끝이 메워졌다.

끝내자고, 다시 살자고

부엌으로 들어가 물 한바가지를 마신 사귀자는 안방 장롱을 열어 잔칫날이면 애 아빠가 매던 넥타이 두개를 챙겼다. 남편에게 흙 이불을 덮어주고 난 다음에는 바람에 썩어가는 나무토막처럼 아무 표정도 없이 살았는데, 넥타이를 집어 드니 느닷없이 헤실헤실 웃음이 났다. 발딛고 선 여기가 이승인지 저승인지, 자신이 뭘 하려는 건지도 모르게 머릿속이 흐리마리하고 귓결에 딸랑딸랑 종소리가 울렸다. 다시 현관을 나가 맨발로 서서 떡갈나무를 올려다보고 있으니 달랑거리는 그 방울 소리가 어릴때 듣던 상여 나가는 소리구나 싶었다. 나 죽을 자리가 여기구나 싶었다. 사귀자는 소 혓바닥처럼 불그죽죽한 넥타이 두개를 묶어 올무를 던지듯 나뭇가지에 대고 던졌다. 죽지는 않을 테지. 목이 막히면 얼른 벗겨내면 되니까. 그러다 영영 가버리면 그것도 내 팔자고 운명이겠지.

사귀자는 엮은 넥타이 줄을 움켜쥐었다. 너럭바위에 올라 매듭을 묶은 고리에 모가지를 넣어봤다. 죽지는 않을 테지만, 죽을 수는 없었지만, 그대로 모든 걸 놔버리고 싶은 심정을 어찌할 도리가 없었다. 큰 숨을 한번 내쉬고서 목에 줄을 걸고 바위를 딛고 선 발끝을 바동거리는데, 별안간 대문 밖에서 그릇 깨지는 소리가 났다.

왈그랑 쩽강하는 소리가 점점 더 커지더니 어린애가 울고 여자가 고함치는 소리가 들렸다. 건너편 하숙집에 난리가 벌어진 것 같았다. 사귀자는 자신도 모르게 귀가 쫑긋했다. 문살을 부수고 살림살이를 내동댕이치는 소리, 남산하숙 여편네의 비명이 골목을 넘어 사귀자의 가슴을 흔들었다. 사귀자는 코를 벌름거리며 바깥 소란에 집중했다. 오도당거리는 난리 속에 앞집 남자의 목소리가 들릴 듯 말 듯 아른거렸다. 사귀자는 궁금증이 일어 바위에서 내려서 대문을 열고 나갔다. 중얼중얼 말끝을 얼버무리기만 하던 남산하숙 여편네가 무슨 일로 꽁지에 불이 붙었는지 아주 대포를 쏘듯 윽박지르고 있었다. 우리 식구 다 싸잡아서 죽이라고 고래고래 맞서는 소리가 대단했다. 그 말결에 두 집 살림이란 말이 나오고, 첩질이라는 단어가 나왔다. 사귀자는 눈이 뜨이면서 입술이 벌어졌다. 손에 든 복권 번호가 하나씩 당첨 번호로 맞아 들어가는 것처럼 심장이 발딱거리며 침이 고였다. 저 집 남자가 기어이 막장으로 간 모양이었다. 화투판을 들락거리며 밥지랄만 떨던 술망나니가 딴 여자에게서 애까지 낳은 낌새였다. 그애를 데려오느니 마느니, 이참에 이혼서류에 도장 찍고 갈라서자느니 입씨름이 끊이지 않다가 이내 남산하숙 여자의 통곡으로 이어졌다.

잘됐구나, 잘됐어. 저년이 남의 말 엎지르고 다니더니 이제야 천벌을 받는구나. 사귀자는 키들키들 웃음이 비어져나와 입을 틀어막으며 옆집 원수의 망해가는 소리를 들었다. 시원하다, 시원해. 천년만년 못 썩을 년, 이제 너도 세상 무서운 맛 좀 알겠느냐. 사귀자는 조금 전까지 생을 저버리고 싶다는 사람답지 않게 어깨를 으쓱거리며 집 안으로 들어갔다. 찬밥에 물을 말아 김치를 얹어 먹으며 천장에 걸어놓은 말린 조기를 감상하듯 남산하숙 여편네의 고달픈 팔자를 떠올렸다. 딸린 자식 셋에, 노름하고 오입질하는 서방에, 이제 밖에서 낳아 온 애까지 키우려면 속이 썩어 문드러지겠구나. 캐득캐득 웃음이 나면서 등을 대고 누워도 속이 편안하고 텅텅 빈 하숙방을 봐도 마음이 덜 심란했다. 새벽 내내 어떻게 하면 우리 하숙집을 다시 일으켜 세울까 사업 구상도 해보았다. 학원 앞에 가서 전단지도 돌리고 보름은 하숙비 없이 살게 해주겠다고 광고도 할 계획이었다. 샛별이를 데려와야지. 내 새끼 샛별이를 남의 집 천덕꾸러기 만들 수 없지. 사귀자는 이불을 가랑이에 끼고 누워 오랜만에 깊은 잠을 잤다. 캄캄했던 앞길이 트이며 살아갈 기력이 솟아나는 것 같았다.

살 궁리

한강의 기적, 한강의 기적, 뉴스에서 그러는데, 사귀자
는 자신이 다시 일어서 사람 구실 하며 살아가는 게 기적
이라고 여겼다. 여름 무더위가 끝나갈 무렵 사귀자는 널
찍한 안방을 빼서 작은 건넛방으로 살림을 옮겨 놓고는
그 방을 하숙생 방으로 바꾸며 본격적으로 집 단장에 들
어갔다. 우선 김밥 장사에 포장마차 식모에 간간이 식당
잡일까지 하며 닥치는 대로 밑천을 벌었다. 그 돈으로 하
숙집 도배를 새로 하고 화장실 변기도 고급 양변기로 바
꿨다. 해 비치는 마당에 빛깔 좋은 테이블 세트도 들여놓
았다. 거기에 앉아 하숙생들이 책도 읽고 간식도 먹으면
좋을 것 같았다. 거실 한 가운데 멋스러운 괘종시계도 걸
어놓고, 36개월 월부로 최신식 세탁기도 샀다. 등을 바닥
에 대고 누워 몇시간 잤는지 세어볼 틈도 없이 날마다 토
끼잠을 자며 동트기 전부터 손에 물 묻히기 시작해 지쳐

곯아떨어질 때까지 일거리를 놓지 않았다. 복은 들어오고 액은 얼씬도 하지 말라고 황동으로 만든 두꺼비에, 기운 찬 황소 동상도 현관에 갖다놓았다. 그렇게 집을 단장하니 하나둘 하숙생들이 다시 찾아왔다. 재수가 좋았는지, 살려고 아득바득하는 사귀자의 노력이 가상했는지, 장기 하숙생이 늘며 목돈도 생겼다. 그 돈을 또 투자금 삼아 집은 에두르는 정원의 절반을 뚝 잘라 판잣집을 주르르 세워 하숙방을 늘였다. 여자 층, 남자 층 그렇게 나눠가며 골아프게 일을 두배로 하기보다 남자만 싹 받아 아예 군대식으로 살림이 착착 돌아가게 만들었다. 일일이 빨래 걷으러 다닐 필요 없이 세탁기랑 세제를 두었으니 빨고 싶은 옷가지를 마음대로 넣고 빨라고 했고, 반나절만 일하는 여자를 들여 청소랑 설거지만 깔끔하게 하라고 일러두었다. 그렇게 몇년간 여름 더위가 어떻게 지나가는지 겨울 찬바람에 손등이 갈라 터지는지도 모르게 일했더니, 쪽방 하나 남을 틈 없이 오가는 하숙생들로 집이 벅적거렸다. 맞은편 남산하숙 여자가 날마다 제 신랑에게 악바리 치는 소리가 사귀자에게 새 힘을 불어넣어주었고, 그 집 남자가 여편네 얼굴에 멍 자국을 만들 때마다 사귀자의 얼굴에 웃음꽃이 피었다. 그래도 티 나게 배부르고 좋아하면 하늘이 노할까 무서워 사귀자는 남들 듣는 데선

웃음소리도 크게 안 내고 구멍 난 양말에 해진 빤쓰에 안 팎옷을 기워 입어가며 자신에게만은 혹독하게 굴었다. 예수든 부처든 누가 태어난 날이면 샛별이 손잡고 교회랑 절에 가 헌금과 보시도 푸짐하게 하고 어쩌다 대문 앞에 거지가 쓰러져 있으면 주머니에 있는 돈을 주며 마음을 베풀었다. 그렇게 어디에 도사리고 있을지 모를 위험과 사고는 잘 피해 간다고 여겼는데, 살면서 겪어야 할 고비는 다 겪은 거라고 믿었는데, 이듬해 가을볕이 쨍쨍할 무렵 얼마간 무사하게 이어지던 사귀자의 인생에 또 돌팔매가 날아왔다.

"어이, 어이, 좀 내다봐."

휴일 아침, 교회 간다는 샛별이를 보내고 마당에 물을 뿌려 청소하고 있는데, 열린 대문 밖에서 영감탱이 목소리가 들렸다. 열려 있으면 들어오든지 벽에 붙은 벨을 누를 것이지, 대감이 종놈 부르는 것도 아니고 누가 내다보라고 하나. 사귀자는 구시렁거리며 손에 든 빗자루를 팔죽지에 끼고 문밖을 봤다. 턱밑에 촐랑이 수염이 난 복덕방 사장이 처음 보는 젊은 남자와 서 있었다.

"어쩐 일이래요?"

사귀자가 묻자 복덕방 사장이 옆에 선 남자를 보며 말했다.

"주인이 가보자고 해서 왔어. 그 안은 보나 마나 번잡스러울 거고, 잠깐 복덕방으로 와."

애 아빠 죽고 난 뒤에는 알은 척도 안 하던 양반인데, 벌그뎅뎅한 얼굴의 그 늙은이가 다짜고짜 말을 놓으며 사귀자에게 지금 바로 따라나서라고 했다.

"무슨 일인데요. 나 지금 마당 쓸다 나왔는데."

"주인이라니까. 미국 살던 이 집 주인이 집 팔려고 왔어."

"당최 무슨 소리래……"

사귀자는 눈자위를 굴리며 말끝을 흐렸다.

"아줌마 하숙집 주인! 인사 드려."

복덕방이 집 담벼락을 올려다보는 양복 신사를 떠받들 듯 가리키며 말했다. 갈쯔막한 얼굴에 머릿기름이 촬촬 흐르는 남자가 사귀자를 향해 싱긋 웃어 보였다. 잡놈의 새끼가 어디서 수작질인가 생뚱 같은 내 집을 누구더러 주인이래. 사귀자는 머리가 멍멍하면서도 화가 치솟아 빗자루를 내던지고는 팔뚝을 걷어붙였다.

"뭘 뚱딴지를 하는지 모르겠네, 이거 봐요, 아저씨."

늘그막에 망령이 들었나, 어디서 신소리냐고 꽥 소리치고 싶었으나 가슴에 오갈이 들어 말을 맺지 못했다. 벌건 얼굴로 할 말을 더듬거리는 사귀자에게 복덕방이 꾸중하듯 눈깔을 부라렸다.

"죽은 서방한테 못 들었어? 이 집 주인이 따로 있다니까!"

사귀자는 대문 손잡이를 붙잡고 꼼짝하지 않았다. 등에는 줄땀이 흐르며 벌떡증이 일었다. 집문서, 집문서를 어디에 뒀더라. 한번도 꺼내 펼쳐본 적 없는 그 종이뭉치가 농짝 어느 서랍에 있는지 떠올리며 여태껏 집 살 때 꾼 돈의 이자를 꼬박꼬박 갚으러 다니던 일이 생각났다. 사귀자는 달마다 학교 앞에서 문방구 하는 강팔진 할마씨한테 이자를 냈는데, 겉보기엔 허름한 그 문방구 주인 할마씨가 사채를 어마어마하게 돌리는 큰손이라는 소문과 복덕방 사장이 그 노인의 사촌 동생이라는 것이 퍼뜩 머리에 스쳤다.

죽으라는 소리

앉은 자리에 마른벼락을 꽂아도 같은 사람에게 두번 내리꽂는 법은 없을 텐데, 죽어 파묻은 사람을 끄집어내 매질을 하는 것도 아니고 세상이 나 죽으라고 또 이러나.

사귀자는 해딱해딱 정신이 넘어가는 것 같아 아무 소리도 귀에 안 들어왔다. 복덕방 사장이 죽은 애 아빠가 산 땅뙈기가 얼마큼이고, 나머지는 전부 이 회장님 명의라고 했을 때, 하면서 한자로 쓰인 계약서를 들추며 애초에 이런 계약을 하는 게 아닌데 아주머니 죽은 서방이 통사정하기에 법에 어긋나는 일을 해준 거라고 게트림하며 말할 때, 사귀자는 눈물샘마저 말라비틀어져 또 배식배식 웃음이 났다. 애초에 분수에 안 맞는 양옥집이었다. 주변머리 없는 인간이 어디서 돈을 융통해온다는 소리를 믿는 게 아니었다. 사귀자는 걱정 붙들어 매라며 입찬말하는 남편을 믿어버린 자신이 원망스러워 제 허벅다리를 꼬집었다. 글줄을 못 읽으니 집문서를 확인한 적도 없었고 다달이 이자만 내면 된다는 말에 아무리 쪼들려도 그 돈만은 갚아나갔다. 누구한테 얼마를 꿨느냐고, 도장은 제대로 다 찍었느냐고 물으면 애 아빠는 그때그때 엉이야벙이야 말꼬리만 돌렸다. 한편으론 이 큰 집이 어떻게 나한테 왔을까 믿기지 않으면서도 떡 하니 문패를 걸어놓고 하루 이틀 살림을 살고보니 틀림없는 내 집이라는 생각이 굳어갔다.

"회장님이 선심을 베풀어서 그간 공짜나 다름없이 살게 해준 거야. 그러니 군말 없이 나가야 할 때 나가. 알아들어?"

복덕방이 어린애 어르듯 사귀자에게 말했다. 미국에서 온 그 회장이란 사람이 하숙집 자리에 커다란 아파트 단지를 지을 예정이라고 했다. 앞으로 동네 주민들한테 동의서도 받고 이사도 가야 할 테니 지금부터 보따리 쌀 준비하라며 복덕방이 아량을 베풀 듯 말했다.

"나가요? 내가 왜 나가?"

하도 기가 막혀 목이랑 코가 맹맹해진 사귀자가 되물었다.

"여태 내가 한 말 어디로 들었어? 그 집 주인이 짐 빼라고 한다니까?"

"몰라요. 나는 꼬박꼬박 이자 문 것밖에 몰라."

"허 참, 죽은 서방을 데려올 수도 없고."

복덕방은 말끝마다 죽은 서방, 죽은 서방 하며 사귀자의 신세를 깔아뭉갰다. 그러면서 종이에 빨간 볼펜으로 뭉그러진 원 하나를 그리더니 여기 이 마당 한 귀퉁이만 그 집 양반이 매매한 토지이니 그건 제값을 쳐주겠다고 했다. 사귀자는 종이를 걷어치우며 자신은 팔지도 않고 나가지도 않겠다고 맞섰다. 복덕방이 눈을 거들뜨며 법대로 하자고 맞받았다. 그날부터 사귀자는 매일 아침 복덕방으로 가서 빌어도 보고 강짜를 부려보기도 했다. 그때마다 복덕방 사장은 쭈그렁밤 같은 얼굴로 허튼 걸음 할 것 없다며 돌아앉았다. 나중에는 아예 문을 걸어 잠그고 열어주지도 않았다. 사귀자가 길가에 숨어 있다가 나오는 사람을 붙잡고 애걸하면 복덕방 영감은 뒷짐을 지고 헛기침만 했다. 시에서 건설사랑 손잡고 하는 대규모 사업이니 여편네 하나가 발광해도 소용없다며 매몰찬 발짓으로 사귀자를 뿌리쳤다. 내년 봄, 그때부터 건물을 헐기 시작해 내후년 이맘때면 근방에서 제일 고급스러운 맨션 단지가 들어설 거라고 했다. 그래도 사귀자는 날이 궂으나 맑으나 복덕방에 찾아가 굽신대며 봐달라고 사정했다. 사귀자가 나타나면 문을 걸어 잠그고 없는 척하던 복덕방이 어느 하루는 웬일로 문을 열어주며 푹신한 소파 자리를 권했다. 오늘은 이 동의서에 지장 찍고 가라며 탁상에 뭉텅이 돈까지 올려놓았다. 죽은 서방, 그러니까 이제는 사귀자 앞으로 된 마당의 땅값이라고 했다. 오늘 동의서에 엄지 찍고 가면 곧 이주비도 나올 거라고 말을 얹었다.

"못 팔아요. 마당에 거적때기 깔고 한뎃잠을 자도 난 못 팔아."

사귀자가 부르튼 입술로 고개를 저으며 말했다. 복덕방이 혀를 찟찟 차며 팔짱을 꼈다.

"이봐, 그깟 벼룩만 한 땅, 안 사도 그만이야. 어차피 그 집 마당은 자투리라 건물이 들어서지도 않아."

복덕방은 글 모르는 여편네랑 아갈대며 입씨름할 생각 없다며 싫으면 관두라고 했다. 사귀자가 팔오금을 움켜잡고 몸을 바들바들 떨자 돌아앉았던 복덕방이 시치미를 뚝 떼는 얼굴로 말했다.

"내가 입에 풀칠할 길을 열어줘?"

그러면서 눈물이 가랑가랑한 사귀자에게 귀를 갖다 대라는 듯 손짓했다.

"새로 들어서는 단지에 상가 자리 하나 얻으면 게서 식당을 차리든 솜틀집을 차리든 먹고는 살잖아."

복덕방은 남산하숙에서 동의서를 받아오면 상가 자리

하나를 빼주겠다고 했다. 그 골목에 골칫거리가 둘씩이나 있어 아주 자신의 명줄이 준다며 한숨을 내쉬었다.

　"가서 앞집 여자 손도장 받아와. 그러면 내가 잘 말해서 상가 사무실 하나 빼줄게."

원수와 손잡고

비가 쏟아지려는지 멀리 보이는 남산 기슭에 비무리가 그득했다. 먼말로 돌아갈 것도 없었다. 저가 나한테 한 짓이 있으니 매몰차게 거절은 못하겠지. 사귀자는 손에 든 동의서를 내려다보며 숨을 끊어 내쉬었다. 그러다 야트막한 길턱에 발이 걸려 발목을 겹질렸다. 다리를 절뚝이며 하숙집으로 걸어가는데 눈앞이 거시시하며 등때기가 오그라들었다. 사귀자는 너저분한 차림새랑 머리를 대충 수습하며 남산하숙의 문을 열고 들어갔다. 인기척도 없이, 부르는 말도 없이 현관문을 밀고 들어가 남산하숙 여편네를 찾았다. 큰 공사가 시작한다는 현수막이 내 붙은 뒤로 하숙생들도 방을 뺐는지 집 안이 휑했다. 노름빚을 갚지 못해 왈패들에게 몽둥이질을 당했다는 남산하숙 남자도 어디에 나자빠져 있는지 보이지 않았다. 밖에서 볼 땐 몰랐는데 마룻바닥에 더께 낀 먼지를 보니 살림에 손을 놓은 지 오래돼 보였다. 화장실 변소도 오줌버캐가 하얗게 껴 있고 부엌에는 날벌레가 웽웽거렸다. 샛별이가 바나나 먹고 있던 방이 안방인가 싶어 여닫이문을 열어 봤더니 남산하숙 여자가 구부정한 등으로 앉아 있었다. 낮잠을 잤는지 부스스한 파마머리가 한쪽으로 눌린 얼굴로 사귀자를 올려다봤다. 사귀자는 자리에 앉지도 않고서 손에 든 동의서를 내던졌다.

"찍어."

겉발림이라도 여기 아파트가 들어선다니 나가서 다른 집을 알아보자고 얼러볼 생각도 있었으나 막상 얼굴을 마주하니 말이 곱게 나오질 않았다. 남산하숙은 종이를 들여다보고는 말 한마디 없이 시쁘둥한 얼굴로 눈만 씀벅거렸다. 상가 자리를 놓고 뒷거래를 한 줄은 꿈에도 모를 테지만, 그래도 사귀자는 속이 찔려 남산하숙 여자의 눈을 바로 보지 못했다.

"찍으래. 찍고 나가래."

사귀자는 얼른 끝내고 나가고 싶어 들고 온 인주의 뚜껑을 열고 남산 하숙의 허벅다리를 툭툭 건드렸다. 남산하숙은 찍지 않겠다는 듯 가랑이에 양손을 숨겼다. 사귀자는 에라 모르겠다 싶어 덥석 여자의 손을 거머채 엄지를 펴 인주로 가져가려는데, 남산하숙도 손을 뻗대며 버렸다.

"찍어. 찍고 나가!"

사귀자는 인주를 내던지고 양손으로 여자의 팔을 잡아 당겼다. 그럴수록 남산하숙은 더욱 손을 옹크리며 등껍질 속으로 숨는 자라처럼 몸을 움츠렸다. 사귀자의 억짓손을 뿌리치며 엉덩이걸음으로 도망치더니 구석으로 가 거무칙칙한 이불을 뒤집어썼다. 사귀자는 숨이 차고 애가 타면서도 이 여편네가 해보자는 건가 싶어 이불을 잡고 흔들었다. 남산하숙이 이불 안에서 사귀자의 몸을 떠다밀었다.

"이 썩을 년이⋯⋯"

사귀자가 기어가는 이불 더미를 쫓아가며 발로 뭉갰다.

"남산 밑에 살면서, 엉? 무슨 꼴을 또 보겠다고, 엉?"

자신에게 하는 말인지, 여자에게 하는 말인지 모르게 사귀자는 혼잣말을 내뱉으며 숨을 쌕쌕거렸다. 발 하나를 높이 들어 남산하숙의 어깨를 밀치려는데, 남산 하숙이 사귀자의 발목을 움켜잡으며 이불 속에서 꿍얼거렸다.

"누가 안 찍는대?"

한쪽 발이 붙들린 사귀자가 몸을 비틀거렸다.

"뭐?"

"누가 안 찍는 댔냐고. 나중에 찍겠다는 거지."

남산하숙이 말했다. 그러면서 잡고 있던 사귀자의 발을

놓아주었다. 그 바람에 사귀자는 깨금발을 뛰며 뒤로 엎어졌다.

"우리 집 대문 부수고 쳐들어올 때까지 버틸 거야. 그러니까 그때 와."

여전히 이불을 뒤집어쓴 남산하숙은 은밀한 지령을 내리는 것처럼 사귀자에게 말했다. 다른 사람이 오면 안 찍어줄 거라고, 막판까지 버티다가 큰별이네한테만 찍어줄테니까 사람들 딱 숨넘어가기 직전에 와서 찍어가라고, 낮은 소리로 일렀다. 그래야 큰별이네도 좋고, 자신도 좋다고 했다. 콩인지 보린지도 모르고 사는 방퉁인 줄 알았는데, 남산하숙은 속으로 작전을 다 짜놓고 있었다. 복덕방의 술수와 땅을 차지한 자신의 노림수, 그 둘 사이에 긴 사귀자의 처지를 모두 헤아리듯 크지도 않은 목소리로 조곤조곤 말했다.

"주도권은 이쪽에 있으니까 안달할 거 없어. 국으로 가만있다가 우리 집에 난리 나면 그때와. 그때까지 받을 거 챙겨."

그 말에 사귀자는 주저앉아 눈을 질끈 감았다. 이게 다 무슨 헛짓거리인가 싶으면서 살아서 맛봐야 할 쓴맛이 얼마나 더 남았을까 아득해 목이 멨다. 그저 살아가기만 하는 데도 그 목숨을 이어가는 게 왜 이리 힘에 부치나. 밖에서는 비보라가 몰아치는지 바람살에 깡통 굴러가는 소리가 왈당달강 시끄러웠다. 넋 나간 얼굴로 그 빗소리를 듣고 있는데 남산하숙이 이불을 내리며 얼굴을 빼꼼히 내밀었다.

"살어. 아등바등 살어. 그래야 내가 큰별이네한테 지은 죄도 것도 갚지. 같이 살어서 그 짓거리 했던 짐승들이 어찌 망해가나 보자고."

*

그해 마당 떡갈나무의 도토리는 풍년이었다. 나뭇잎 하나하나가 배춧잎처럼 큼지막하게 퍼지더니 알알이 연둣빛 열매가 열렸다. 노란 꽃이 핀 국화에는 커다란 벌이 날아와 대가리를 꽃가루에 박고 엉덩이를 흔들어댔다. 사귀자는 마당에 앉아 남산의 타워를 올려다봤다. 전에는 비탈길에 들어선 집들 때문에 산이나 타워는 안 보였는데, 그 집들을 죄다 허물어 이제는 옥상에 올라가지 않아도 빼쪽한 탑의 꼬챙이가 보였다. 사귀자는 아침에는 남산하숙에, 오후에는 복덕방에 들르며 연극을 이어갔다. 진자리 마른자리 가릴 처지가 아니라고, 궁할 땐 철천지원수의 뒷물이라도 갖다 쓰는 게 어미 된 도리라고 자신을 일으켜 세우며 남산하숙 집에 들어갔다. 그 집 마루턱에 걸터앉아 속으로 백까지 센 다음 일어나 나왔다. 버틸수록 가져갈 몫이 커질 거라는 남산하숙의 작전에 발을 들이긴 했어도 그 면상을 보고 앉아 노닥거릴 마음은 없었다.

사귀자가 무릎을 오므리고 앉아 속으로 1부터 차례로 숫자를 세고 있으면 남산하숙은 그 뒤에 담요를 펼쳐놓고 화투장을 만지작거리며 그날의 재수를 떠보았다. 남하고 싸울 일이 있다는 흑싸리가 화투패로 떨어지면 사귀자는 속으로 고소해했고, 금색 멧돼지가 있는 홍싸리가 나와 남산하숙이 좋아하면 입술을 비죽거렸다. 그러면서 오늘은 복덕방이 뭘 얹어주려나 자신의 운수를 그 화투점에 빗대어보기도 했다. 복덕방으로 가서는 지르퉁한 얼굴로 앓는 소릴 했다. 그 쇠고집, 똥고집은 암만해도 안 되겠다며 집이 무너지면 그 자리에 죽어 묻힐 모양이라고 복덕방이랑 조합장의 심기를 살살 건드렸다. 행여나 딴 사람 보낼 생각은 말고, 나 말고는 누가 가도 굵은 소금만 얻어맞는다고 코 큰 소리하며 사람들을 속여 넘겼다. 돌아서면 입맛이 쓰고 뒤가 꿈꿈했지만, 자식새끼랑 둘이 집 하나에 의지해 사는 처지니 하늘님도 이런 눈가림쯤은 봐주리라 여겼다. 남산하숙 말대로 질기게 살아남아 저 산 밑에서 생사람을 잡아대는 인간 백정들이 어떤 벌을 받나

지켜보자 싶었다.

남산하숙은 어디에 그런 사나운 성미를 숨기고 있었는지, 건설사 직원들이 찾아오거나 동네 사람들이 떼 지어 몰려가면 눈 하나 꿈쩍 안 하고 문을 걸어 잠근 채 고래고래 외쳤다.

"하숙해 먹고사는 집을 누가 나가래! 누가!"

그때마다 사귀자는 대문에 움츠리고 서서 캐득캐득 웃었는데, 웃다가도 저 원수가 자신이 백합미장원에서 한 말을 어떻게 쏘개질했는지 떠올라 입매를 닦으며 눈을 바로 떴다. 남산하숙이 버틸수록 사귀자에게 떨어지는 상가 자리도 늘어났다. 처음엔 2층에 해도 안 드는 구석탱이를 준다고 했다가 공사 날이 가까워지자 얹어주겠다는 뒷돈이 부풀었다. 저 고집쟁이가 오늘은 찍을랑가, 내일은 찍을 것 같은데…… 사귀자도 미끼 줄을 풀 듯 간을 봤다. 막판에 굴삭기가 골목까지 들어와 사귀자의 양옥집 벽을 두들겨 부수기 시작하자 상가 자리는 두개로 늘어났고, 남산하숙도 못 이기는 척 동의서에 손도장을 찍고 곱절의 보상비를 챙겼다.

있던 집들이 헐리고 땅을 파 건물을 지어 올리는 동안 사귀자는 상가에서 무슨 장사를 하면 좋을까 궁리했다.

마음 같아선 남산 밑을 떠나 아는 사람 없는 곳에서 새 인생을 살고 싶었으나 번듯한 상가 공실을 내준다고 하니 그걸 마다하고 떠날 순 없었다. 죽은 애 아빠가 마누라 속인 게 미안해 운을 트이게 해줬는지, 나무를 심어놓은 마당만 빼놓고 상가 건물이 들어선다고 했다. 사귀자는 남편의 서글서글한 눈매를 떠올리며 그 사람이 이 너럭바위 지키고 싶어 저승에서 요술을 부렸구나 싶었다.

철근이 꽂히고 길마다 시멘트 섞는 덤프트럭이 들어설 무렵, 사귀자는 상가 관리소장이란 사람과 어느 다방에서 마주 앉았다. 상가 분양은 자신이 맡아 처리한다며 사귀자에게 명함을 건넸다. 아주머니도 약식으로나마 값을 치러야 피차간에 너저분한 일이 없을 거라기에 사귀자는 이주비로 받은 돈을 상가분양비로 내주었다.

"돼지꿈 한번 잘 꾸셨네. 이 가격은 거저예요."

잠자리 안경을 쓴 관리소장이 이 값은 다른 상가의 삼분의 일도 안 되는 돈이라며 담배를 꼬나물었다. 여섯동짜리 아파트가 들어서고 하나둘 주민들이 이사 올 때쯤 남산하숙도 하숙집이 헐린 자리에서 한두걸음 떨어진 길모퉁이에 식당을 차렸다. 신장개업이라 적힌 글자 띠를 두른 화분이 가게 앞에 서 있는 걸 보고 사귀자는 상가 2층 창문에 커튼을 달았다. 마주 보며 살긴 살아도 원수의 웃는 낯을 보고 싶진 않았다. 널찍한 창가 공실은 판자벽을 세워 두개로 나누고 각각 세를 줄 생각이었다. 싼값에 얻은 자리를 받자마자 임대한다고 써 붙이긴 뭐해서 사귀자는 빈 사무실에 교자상을 놓고 앉아 글자를 쓰며 시간을 벌었다. 샛별이 학교 들어갈 때 몇학년 몇반 이름을 써주려면 부지런히 익혀야 했다. '가갸거겨'부터 '하햐허혀'까지 좌르르 적힌 책받침 하나를 구해 벽에 붙여 놓고 깍두기공책을 펼치고 앉아 하루도 거르지 않으며 혼자 한글을 읽고 썼다. 거리에 나 붙은 간판이란 간판은 모조리 톺아보며 찬찬히 글자를 배워갔다. 고물상에서 동화책을 상자째 사서 샛별이랑 마주 앉아 그림 반, 글자 반인 책을 한 장씩 넘겨봤다. 꼬박 반년을 그렇게 몰두하니 한글은 눈에 뵈는 대로 읽고, 쓰고 싶은 말을 속 시원하게 쓸수 있었다. 애초에 그리고 꾸미는 재주는 타고난 바탕이라 뜻을 알고 글자를 쓰니 쓰는 글자마다 더 번듯하게 빛이 났다. 사귀자는 먹이랑 붓을 구해와 은은한 먹 냄새를 맡으며 한지에 사자성어를 썼다가, 초가집이나 대나무를 그렸다가 하며 선비 놀음했다. 그사이 상가 1층에는 세탁소와 슈퍼가 들어서고 호프집이랑 약국도 생겼다. 사귀자는 이쯤이면 세를 놓겠다는 광고지를 내걸어도 되겠다는 생각에 상가 주변을 거닐며 새로 시작하는 가게들을 건너다보았다. 그때마다 식당을 차린 남산하숙이 발목까지 내려오는 앞치마를 하고 나와 사귀자에게 알은척을 건넸으나 사귀자는 고개를 돌리며 인사를 받아주지 않았다. 얼른 2층 상가로 통하는 계단을 오르며 땅에 떨어진 잔가지를 줍는 척했다.

하숙집 마당에 있던 떡갈나무는 상가 앞에 자리 잡아 창가 높이까지 서 있었고, 애 아빠랑 심은 동백이랑 라일락, 느릅나무와 향나무도 해 잘 비치는 땅에 사이좋게 뿌리를 내렸다. 사귀자는 관리소장한테 말해 그 언저리에 울타리를 쳐서 예쁜 화단으로 만들면 좋겠다 싶었다. 땅주인은 자신이지만 그래도 아파트 사람들이 오가는 입구이니 소장이랑 의논 한마디는 나눠야 도리인 것 같았다. 돈을 주고 계약서를 썼던 소장을 만나려고 1층 관리소 앞을 기웃거렸는데 사귀자와 안면을 트고 얘기를 나눴던 소장은 보이지 않고 웬 젊은 여자가 사무실 책상에 들어앉아 있었다. 며칠 오가다보면 만나겠지 싶어 사귀자는 느긋하게 마음을 먹고 돌아섰다. 그러다 가을이 지나고 동지가 됐을까, 잣눈이 흩날리던 어느 날, 누가 사귀자의 사무실 문을 두들겼다. 관리소에 있던 그 여자였다. 단발머리에 치마 정장을 입은 그 여자가 나긋한 목소리로 이제야 인사를 드린다며 찾아왔다. 진하게 화장한 얼굴에 향

수 냄새가 풍겼다. 사귀자가 어영부영 문을 열어주고 안으로 들이자 여자가 낭랑한 목소리로 말했다. 다른 가게는 매달 월세를 주는데, 사장님은 깜박 잊으셨는지 몇달째 세가 밀려 있다고.

"세라니요? 내가 주인인데 누구한테 세를 줘요?"

사귀자가 묻자 여자가 들고 온 볼펜 꽁다리를 딸각거리며 말했다.

"어머, 상가는 전부 아파트 소유예요. 애초에 지을 때부터 토지권만 관리사무소가 갖고 2층은 등본도 안 만들었는데, 누가, 무슨 주인이요?"

여자가 웃음기를 거두지 않은 채 말했다. 사귀자가 다방에서 받았던 명함이랑 계약서를 꺼내 보이며 관리소장얘길 꺼내자 여자는 그 사람은 정식 소장이 아니라고, 법적으로 상가 2층은 등기부도 없는데, 없는 층에 무슨 계약이냐며 말똥한 눈을 크게 떴다. 그러면서 혹시 그 사람한테 돈을 주셨느냐며 사귀자를 안쓰럽게 봤다.

사귀자는 눈을 짜부라뜨리며 고개를 흔들었다.

욕심을 부리면 그 과욕만큼 탈이 난다는 걸 내가 왜 잊었을까.

사귀자가 입을 꾹 다물고 아무 반응이 없자 여자는 매달 말일마다 상가 월세를 내셔야 한다며 은행 계좌 번호가 적힌 쪽지를 두고 나갔다. 사귀자는 동전을 들고 나가 공중전화로 가서 명함에 찍힌 번호로 전화를 걸었다. 수십번을 걸고 또 걸어도 결번이라는 안내음만 나왔다. 그 남자를 소개했던 복덕방으로 찾아가 물어도 그 사람은 임시 소장이라 일 끝나고 지방으로 간 지 오래됐다며 복덕방 사장이 심드렁하게 말했다.

"지방 어디요, 전화번호 알아요?"

사귀자가 팔을 잡고 매달리자 복덕방은 그런 뜨내기가 어디로 쏘다니는지 어떻게 아느냐며 걸려 오는 전화를 받으며 손을 내저었다.

그날 저물녘까지 사귀자는 빈 사무실에 돌처럼 앉아 생각했다. 자신이 넘은 선이 무엇인지, 언제부터 분수에 안 맞는 잔꾀를 부렸는지 돌이켰다. 그러다 놓친 게 무엇인지 떠올라 하숙집 살림을 쌓아놓은 맞은편 사무실로 가 옷가지들을 뒤졌다. 겹겹이 보자기를 싸매놓은 솜옷을 꺼내어 주머니에 손을 넣었다. 트럭을 타고 왔던 그 남자가 펼쳐 보였던 노란 종이가 그 안에 있었다. 사귀자는 그 접은 종이를 품에 안고 콧김을 내쉬었다. 생각 같아선 갈기갈기 조각내 목구멍으로 삼키고 싶었으나 먼 훗날에라도 그게 어떤 증거가 될지도 몰라 함부로 망가뜨릴 수 없었다.

이게 내 가슴에 꽂힌 칼이구나. 이걸 뽑으면 벌을 받는구나.

사귀자는 하늘이 자신의 가슴팍에 내리꽂은 칼 위에 양손을 모으고 무릎을 꿇었다. 그 노란 종이가 사귀자를 향해 말하는 것 같았다. 심보를 곱게 쓰라고, 욕심을 다스리라고, 숨이 붙어 있는 한 어디로 가든 간데족족, 이 칼만은 뽑을 수 없다고 판결을 내리는 것 같았다. 그래, 이게 내 독이고 약이다. 이 독은 삼키지 말고 몸에 쓴 약처럼 혀 밑에 넣고 살자. 사귀자는 그렇게 마음먹었다. 없는 죄, 없는 층, 이제는 가고 없는 사람. 그렇게 삼발이처럼 없는 것들을 지지대 삼아 사는 날까지 저 너럭바위 넋자리에 꽃 보여주고 새 소리를 들려주며 살겠다고 무릎을 꿇고서 오래오래 기도했다.

3부

없는 층의
간첩 훈련

누나, 내가 알아냈어
점 밖으로 나왔어
난 새끼는 먹지 않을 거야
나는 큰 벌, 몸통이 잘린 지렁이
지렁이는 배고픈 발톱을 이해해

빌리지의 오후

간첩 하이쎈스는 지금 어떤 작전을 펼치고 있을까.

아세로라는 장전된 총처럼 도끼를 들고 서 있었다. 동
거인은 샷을 추가한 바닐라라떼 두잔을 들고 교습소 문을
열었다. 난장판이 된 지류함과 너저분한 바닥을 보고서
차분한 손짓으로 선글라스를 벗었다.

"내가 한 거 아니에요. 저 미친 애한테 물어봐요."

눈꼬리가 위로 째진 츱츱이가 아세로라를 가리키며 말
했다.

"네 방으로 가 있어."

동거인이 라떼 한잔을 아세로라에게 건네며 말했다. 아
세로라는 202호로 들어가 널빤지 벽에 어깨를 기댔다. 츱
츱이가 동거인에게 말하는 소리가 들렸다.

"이제 손녀까지 동원해서 알을 박아요?"

아세로라는 츱츱이가 걱정됐다. 겁도 없이 하이쎈스에게 대들다니. 간첩은 독침도 쏜다는데. 동거인은 나긋한 콧소리로 츱츱이에게 말했다.

"더는 드릴 말씀 없다고 했는데요?"

"쩜오배, 평당 쩜오배 쳐줄게요. 그 이상은 나도 못 쳐 줘요."

츱츱이는 사귀자의 화단 땅을 전부 사겠다고 했다. 이주비도 넉넉히 쳐주고 등기부가 없는 사무실도 할머니 소유로 쳐주겠다고 말했다. 그렇게 해주는 것도 자신이 조합과 건설사 사이에서 마사지를 잘했기 때문이라고 거드름을 피웠다. 동거인은 대답하지 않았다. 벽 너머로 컵 안에 든 얼음을 빨대로 휘젓는 소리가 들렸다.

"그냥 와서 밀어버릴까요, 에?"

츱츱이가 말했다. 나무 몇그루 그냥 뽑아버려도 벌금 몇푼 내면 끝나는 일이라며 좋은 말로 설득하는 것도 오늘이 마지막이라고 했다.

"언행이 참, 여전히 거치시네요. 이보세요, 슨생님, 공사 시작하면 말씀하세요. 한다 한다 하면서 못한 지가 몇년째인데요."

"합니다. 이번에 구청이랑 시의원실도 싹 돌았어요. 저기 미군 부지에 대사관 들어오는 거 알죠? 교육청 공사도

삽을 떴고. 대통령, 미국, 교육, 이 세가지가 다 있는데, 안
하고 배겨요? 에?"

츕츕이는 이게 다 용이 주는 선물이라고 했다. 그 소리
에 벽에 기대어 있던 아세로라가 픽 웃었다. 대통령 쓰레
기통이랑 책상이 옮겨오는 게 무슨 선물이라고. 그러다
문득 동거인이 저렇게 버티는 게 간첩의 작전일지 모른다
는 생각이 들었다. 동거인은 나무 평계를 대면서 땅을 팔
수 없다고 했다. 수십년간 내 몸 돌보듯 보살핀 아이들이
라고 했다. 추울 땐 볏짚으로 바람막이를 둘러주며 같이
산 식구라고 했다. 70년대 오일쇼크가 어떻고 녹색 도시
가 어떻고 하더니 츕츕이의 이마에 '거절'이라는 도장을
찍어주듯 콧소리를 내며 말했다.

"저 화단에서 태어난 나비가 몇마린 줄 아세요?"

동거인은 용의 선물은 필요 없으니 그만 가보시라고
했다. 그러면서 오늘은 차를 어디다 대셨느냐며 약 올렸
다. 츕츕이가 주머니 속 열쇠 뭉치를 짤랑거렸다. 언제 가
물치의 분노가 터질지 몰라 초조해하는 것 같았다.

"젠장, 싹 허물고 지하를 파서 주차장을 만들어야지."

츕츕이가 슬리퍼를 끌고 교습소를 나갔다. 아세로라는
창가로 가서 츕츕이가 걸어가는 모습을 지켜봤다. 무슨 일
인지 가물치의 모습은 보이지 않았다. 가게 밖에 널어놓

은 배춧잎만 햇볕에 마르고 있었다. 짙푸른 배춧잎들이 엑스 자 모양으로 펼쳐진 은색 빨래 건조대 위에서 봄바람을 맞고 있었다. 아세로라는 주머니에 챙겨 온 노란 종이를 꺼내보았다. 가물치와 하이쎈스, 둘이 한 팀이 아닐까. 아세로라는 코팅된 노란 종이를 요가매트 밑에 숨겼다.

은신처, 아니 무덤, 아니……

교습소 맞은편에 있는 203호는 이제껏 동거인이 한번도 공개하지 않은 장소였다. 저기에 뭐가 있느냐고 아세로라가 물어도 동거인은 말해주지 않고 혼자만 열쇠로 문을 따고 들어갔다. 그 비밀 장소를 동거인이 보여주겠다고 했다. 아세로라는 올 것이 왔다며 페퍼민트 스틱을 흡입했다. 니코틴 껌은 더 심각한 상황을 대비해 아껴두었다.

아세로라는 203호에 뭐가 있어도 놀라지 말자고 다짐했다. 김일성과 김정일의 사진이 벽에 나란히 걸려 있어도, 함경도 사투리를 쓰는 낯선 이들이 악수를 청해와도 의연하게 대처하리라.

촤르르, 청량한 소리를 내며 기다란 문발이 흔들렸다. 흔한 플라스틱 구슬이 아닌 진짜 소라와 조개껍데기를 엮어 만든 수제품이었다. 문을 열고 안으로 들어선 동거인이 전등 스위치를 켰다.

호랑이, 한민족의 상징.

아세로라는 정면에 걸린 호랑이 액자를 보았다. 검은색 눈동자에 입속은 불길처럼 새빨간 호랑이 그림의 십자수였다. 호랑이 두마리가 바위에 엎드려 포효하고 있었다. 아세로라는 호랑이 액자로 걸어가며 실내를 둘러봤다. 창문 하나 없이 사방이 밋밋한 벽지뿐이었다. 천장은 군데군데 물 샌 얼룩이 있었고 바닥에 깔린 누런 장판에는 보얀 먼지가 내려앉아 있었다. 누가 봐도 방치된 창고일 뿐이었다. 아세로라는 간첩 하이쎈스의 위장술에 감탄했다.

동거인은 호랑이 액자 앞으로 걸어가더니 그 앞에 놓인 책상 서랍을 열었다. 썩은 달걀색 철판에 손잡이가 핏빛으로 녹슨 책상이었다. 산봉우리에 불을 피워 소식을 전하던 시절에 만들어진 유물 같았다. 동거인은 서랍에서 양초를 꺼내 불을 붙였다. 호랑이 앞에 제사를 지내듯 양초 두개를 올려놓은 다음, 책상 밑에 있던 손잡이 달린 램프를 꺼내 거기 심지에도 불을 붙였다. 책상 다리 사이로 손을 뻗을 땐 모서리에 친 거미줄을 건드리지 않으려고 조심했다.

"얘, 그것 좀 가져와봐."

동거인이 말했다. 아레로라가 동거인이 가리키는 쪽을 돌아봤다. 황동으로 만든 누리끼리한 두꺼비가 바닥에 놓여 있었다. 눈알은 빨갛고 코는 들창코에 발에는 물갈퀴가 있었다. 그 옆에 두개의 뿔이 달린 황소 동상이 사납게 달려드는 자세로 서 있었다.

"두꺼비요?"

"아니, 그 옆에."

"황소요?"

"아니, 그 옆에 상자."

두꺼비와 황소 사이에 '제사 그릇'이라고 검은 글자가 적힌 종이 상자가 있었다. 상자 안에 놋그릇 세트가 크기별로 포개져 있었다.

"제일 큰 거 열어봐."

동거인의 말에 아세로라가 넓적한 국그릇 뚜껑을 열었다. 구리색 열쇠 하나가 들어 있었다. 열쇠를 받아든 동거인은 책상의 제일 아래 서랍을 열었다. 귀중품을 숨겨놓은 것처럼 서랍 안에 보자기가 덮여 있었다. 동거인은 조심스럽게 삼색 보자기를 걷은 뒤 대바구니에 담긴 나뭇조각들을 꺼냈다. 주사위 모양으로 깎은 편백나무 조각이었다. 동거인은 나무 방향제를 한주먹씩 집어 커피색 발목 스타킹에 넣었다. 그렇게 주머니 여러개를 만들고는 벽 모서리로 가서 하나씩 바닥에 내려놓았다. 스타킹 밴드에 칼집을 내 두꺼비 목에도 걸고 황소 뿔에도 방향제 고리를 걸었다. 동거인이 걸어갈 때마다 램프의 촛불이 벽에 그림자를 만들었다. 올림머리를 한 동거인의 머리가 커다랗게 부풀어 범고래의 이마처럼 보였다.

"여기에 창이 없어서 습해."

램프를 든 동거인이 벽에 달린 환풍기로 갔다. 환풍기 아래 티브이 장과 장독대들이 놓여 있었다. 그걸 옮기는 게 아세로라가 할 일이었다. 아세로라는 손바닥 부분이 빨갛게 코팅된 장갑을 꼈다.

"이거부터 해요?"

아세로라가 나무로 된 티브이 장에 손을 올리고 말했다.

"왜 갑자기 존댓말이니?"

동거인이 물었다. 아세로라는 대답 없이 티브이 장의 끄트머리를 매만졌다. 그러다 고개를 숙인 채 중얼거렸다.

"죄송해요."

아세로라는 그동안 동거인의 정체를 몰라봐 미안하단 뜻이었지만, 동거인은 지류함을 헤집어놔 미안하다는 뜻으로 알아들었다. 두 사람은 허리를 숙여 티브이 장의 다리를 붙잡았다.

"좀만, 좀만 더 내 쪽으로."

티브이 장이 기울어진 시소처럼 아세로라 쪽만 위로 들린 채 옆으로 끌려갔다. 동거인은 힘이 달리는지 장을 붙잡은 두 팔과 엉덩이 사이가 점점 더 멀어졌다.

"나와봐요. 이건 나 혼자 할게요."

아세로라가 빛바랜 청색 세탁기 앞에 서서 말했다. 겉
칠이 벗겨져 녹슨 쇠가 드러난 또다른 유물이었다. 손으
로 밀어봐도 꼼작하지 않았다. 아세로라는 주변을 두리번
거리다 테두리가 넙적한 세숫대야 쪽으로 갔다. 대야에
담긴 팥죽색 담요를 집어 들었다.

"애, 그거 밍크 담요야."

동거인이 말했다.

"이게 밍크라고요?"

"아니, 진짜 밍크는 아니고, 담요 이름이."

동거인이 선글라스를 올리며 말했다. 작은 전등 하나뿐
이라 실내가 침침한데도 동거인은 선글라스를 벗지 않았
다. 안경테가 나비 날개 모양처럼 위로 살짝 올라가 좀 얄
밉게 보였다. 아세로라는 큼지막한 꽃잎 패턴의 담요를
내려다보며 건성으로 고개를 까딱했다. 세탁기 앞에 담요
를 펼치고서 그 위에 세탁기의 네다리를 한쪽씩 옮겼다.

"거기 잡아요."

아세로라가 동거인에게 지시했다.

"여기?"

"안 넘어가게 잡고만 있어요."

아세로라는 담요의 양쪽 모서리를 잡고서 한쪽씩 번갈아 잡아당겼다. 묵직한 세탁기가 스윽스윽 움직였다.

"이런 건 어디서 배웠니?"

"이삿짐센터."

"거기서 일했어?"

그 말에 아세로라가 무슨 말이냐는 표정으로 동거인을 봤다.

"아, 사람들이 하는 걸 봤다고?"

동거인이 옆머리를 쓸어 넘기며 말했다. 그러면서 자신은 남산 밑에 자리 잡은 뒤 여태껏 한번도 이사하지 않았다는 사실이 떠올랐다. 딸이 결혼한 뒤부터는 근처에 있던 살림집도 정리하고 교습소에서 먹고 잤다. 등기부가 없는 건물이라도 임시 소장의 도장이 찍힌 그 계약서를 들고 구청과 법원을 오간 통에 임대료 없이 버티고 살 수 있었다. 그런데 이제 그 터전마저 언제 내어줘야 할지 모르는 형편이었다.

이 정도는 혼자 할 수 있다는 듯 동거인은 벽에 붙어 있는 장독대를 옮겼다. 키는 동거인의 허벅지만 했지만 배가 뚱뚱해 두 팔로 다 감싸지지 않았다. 겨우 하나를 옮기고서 나머지 장독대는 옹기의 배에 손을 얹고서 그대로 밀었다. 의자 놓을 자리를 마련한 동거인은 접이식 의자를 펼치고 그 위에 올라섰다. 젖은 수건을 반으로 접어 환풍기의 먼지를 닦았다.

"거기 선풍기 좀 틀어줘."

동거인이 잔기침하며 말했다.

"어디요?"

"저기 어디 있을 거야."

동거인이 가리키는 쪽으로 아세로라가 고개를 돌렸다. 호랑이 액자 옆으로 무지개떡 모양의 얇은 카펫이 깔려 있었다. 그 위에 잡동사니들의 무덤이 있었다. 아세로라는 무지개떡으로 가서 골동품을 뒤졌다. 손가락을 넣어 다이얼을 돌리는 진녹색 전화기, 사람이 들어가 누워도 될 것 같은 커다란 나무틀에 로마식 숫자가 있는 괘종시계, 주파수가 눈금으로 표시된 직사각형의 구식 라디오까지. 아세로라는 라디오의 열림 버튼을 눌러봤다. 혓바닥을 내밀 듯 라디오가 입을 벌렸다.

에디트 삐아프 걸작 모음

아세로라는 카세트테이프를 흔들었다. 그러고는 소라 껍데기를 귀에 대듯 테이프에 대고 귀를 기울였다.

"없니?"

의자에 올라 서 있는 동거인이 물었다. 아세로라는 층층이 쌓인 양은 도시락 너머에서 허리 높이만 한 선풍기를 찾았다. 목덜미를 잡아채듯 선풍기의 엔진 덮개를 들고서 콘센트 쪽으로 걸어가 플러그를 꽂았다. 1단 버튼을 누르자 시퍼런 날개가 털털대며 돌아갔다.

"환기가 안 돼서 귀한 물건들이 다 상하잖니."

동거인이 걸레의 더러워진 쪽을 안으로 접으며 중얼거렸다. 아세로라는 무지개떡 무덤으로 가서 다시 발굴 작업을 이어갔다. 카펫 모퉁이에 가방들의 무덤이 있었다. '쥬단학화장품'이란 흰색 글자가 적힌 흠집 많은 군청색 가방, '남산주산'이라고 오목새김 된 샛노란 학원 가방. 아세로라는 주산 가방의 가방끈에 팔을 넣고 어깨에 걸었다. 꽤 묵직한 가방을 멘 채 바닥에 놓인 두툼한 나무 판에 올라섰다. 아주 작은 자극에도 먼지로 바스러질 듯한 종이상자가 보였다. '별표 장기'라고 적힌 상자의 옆면을 밀어 뚜껑을 열어 보았다. 맙소사, 진짜 나무를 둥글게 깎은 장기 알들이었다.

"조심히 다루렴. 그게 다 정보란다."

"이게 뭐라고요?"

"네 할아버지 거야. 거기 어디에 장기판도 있을걸."

동거인이 말했다. 아세로라는 자기가 밟고 서 있는 나무 판을 내려다보고는 바닥으로 내려섰다. 할아버지라면 엄마가 어릴 때 돌아가셨다고 했는데. 다시금 하이쎈스의 강한 인내심을 체감한 아세로라는 발자국이 난 장기판을 천 장갑으로 털었다. 희귀한 원석을 관찰하듯 '卒'이라고 새겨진 장기 알을 형광등 빛에 비춰봤다. 청소를 마친 동거인이 환풍기 줄을 잡아당겼다. 쳉쳉쳉 소리를 내며 환풍기가 돌아갔다.

선글라스 끼고, 판탈롱

"며칠 갈 데가 있는데."

동거인이 의자에 앉아 신발을 꿰어 신으며 말했다. 아세로라는 발굴 작업에 빠져 있느라 그 말을 듣지 못했다. 동거인은 바닥에 내려놨던 램프를 들고 아세로라에게 다가갔다. 비상시에 흉기로 쓸 법한 두꺼운 전화번호부를 좌르르 넘겨보던 아세로라는 삭은 종이 냄새에 콧김을 내뿜었다. 두 사람은 나란히 서서 쥬단학화장품 가방 안을 살폈다. 아동 필기장, 어린이 한글 쓰기라고 적힌 공책과 검은 표지의 가계부들이 들어 있었다. 남산주산 가방에도 가계부가 가득했다. 아세로라는 책등에 적힌 연도를 보았다. 1979. 아세로라는 동거인이 언제부터 간첩으로 활동했는지 가늠해보았다.

"내가 며칠 갈 데가 있어. 나 없을 때 사람들이 와서 나무를 베는지 잘 봐."

동거인이 말했다. 램프에서 초 타는 냄새가 진하게 풍겼다.

"어디 가는데요?"

"그건 알 거 없고. 한 사나흘 걸릴 거야. 그동안 화단에 무슨 짓을 하면 바로 나한테 연락해. 아르바이트비 줄게."

평양에라도 가는 걸까. 동지들을 만나러? 아세로라는 남산주산 가방에서 책받침을 꺼내 천천히 부채질했다. 그러면서 간첩과 시급을 협상해도 될지 생각했다. 한때 국가의 주요시설을 폭파할 계획을 세웠던 사씨에게 시급 만원을 달라고 해도 될까.

"얼마 줄 건데요?"

"요즘엔 얼마 주니?"

"온종일? 아님 낮에만?"

"설마, 밤에 와서 나무를 벨까."

그렇게 말하며 동거인이 램프를 들고 두꺼비에게 갔다. 선글라스를 끼고서 왜 램프를 들고 다니는지 아세로라는 간첩의 행동 방식을 이해할 수 없었다. 그냥 램프를 들고 이리저리 옮겨 다니는 기분을 느끼고 싶은 걸까.

동거인은 두꺼비와 황소에 빛을 비추더니 벽에 기대어 있던 긴 막대기를 집어올렸다.

"이게 여기 있었네!"

동거인이 콧소리를 높였다. 어른의 키보다 큰 호박색 나무 지팡이였다. 지팡이의 머리 부분이 사슴의 뿔처럼 두갈래로 갈라져 양쪽으로 곁가지가 뻗어 있었다. 니스 칠을 두껍게 했는지 지팡이 전체가 번득거렸다.

"어떠니?"

동거인이 지팡이로 바닥을 퉁퉁 내리쳤다.

"벼락 맞은 느티나무로 만든 거야."

동거인의 말에 아세로라는 그것 참 놀랍다는 듯 입술 끝을 어색하게 올려 웃는 표정을 지었다. 그러고는 처음 봤을 때부터 유독 마음을 사로잡았던 선명한 딸기색 가방을 살폈다. 가방끈부터 안쪽의 천까지 전부 빈틈없는 빨강이었다. 어릴 때 길에서 보던 빨간 우체통이 떠올랐다.

"너 줄까? 그거 방수라서 비 맞아도 안 젖어."

동거인이 말했다. 아세로라가 먼지 쌓인 가방의 옆면을 쓰다듬었다. 모서리에 붙은 작은 상표에 '판탈롱'이라고 적혀 있었다. 긴 가방끈을 펼치며 아세로라는 혹시 자신이 동거인의 지령을 수행하다 잠수하거나 수영할 일이 생길지 생각했다. 동거인은 후후 입김을 불어 양초를 껐다. 실내를 쭉 둘러보더니 완벽한 실내 장식의 미세한 흠을 발견한 사람처럼 기울어진 호랑이 액자를 바로 했다.

"오케이, 나이스…… 언제 또 와서 청소할 수 있으려

나."

　동거인이 나직한 소리로 말했다. 아세로라는 벽으로 가 환풍기 줄을 잡아당겼다. 소화불량에 걸린 두꺼비처럼 켕 켕켕 소리 내며 돌아가던 환풍기가 서서히 멈췄다.

　"가자, 쌍안경 보는 방법 알려줄게."

　동거인이 선글라스 테를 살짝 올리며 말했다. 아세로 라는 판탈롱 가방을 어깨에 멨다. 쥬단학, 삐아프, 판탈롱. 아세로라는 낯선 단어를 곱씹으며 자신에게도 암호명이 있어야 하지 않을까 생각했다.

하이쎈스의 수칙

들키지 마.

이것이 하이쎈스가 강조하는 첫번째 규칙이었다. 누구에게든 발각되지 말 것. 그다음 두번째 규칙도 단순했다.

"들켰을 땐 무조건 발뺌해."

아세로라는 쌍안경의 접안렌즈에 눈을 대고서 고개를 까딱였다. 손을 올려 초점 조절 링을 돌리자 멀리 남산타워가 또렷해지면서 지붕에 솟은 빨간 철근까지 선명하게 보였다. 동거인은 창가에 친 자홍색 커튼이 레일을 따라 잘 움직이는지 확인했다. 그러고는 창가에서 쌍안경을 보는 요령을 알려주었다. 떡갈나무 잎에 몸을 숨기는 각도와 나뭇잎 그림자가 가장 짙어지는 시간, 눈에 띄지 않는 색깔의 옷과 화장실에 자주 가지 않도록 갈증을 참는 인내심까지. 다리가 아플 땐 의자에 앉아 높이를 조절하라고 말했다. 동거인은 바퀴 달린 의자를 끌고 와 아세로라를 앉게 했다. 아세로라의 몸이 미용실 의자에 앉은 것처럼 올라갔다.

"됐니?"

동거인이 바닥에 엎드려 의자의 높이 조절 레버를 올리며 말했다.

"더, 더, 약간…… 오케이, 나이스."

아세로라가 말했다. 허리를 세운 동거인이 숨을 몰아쉬었다. 아세로라가 궁둥이를 들썩이자 말랑말랑한 검은색 쿠션이 탄력 있게 튕겨 올랐다.

"젤리쿠션이라 푹신할 거야. 자, 이거 봐."

동거인이 지류함 위에 가계부를 펼쳤다. 표지에 동거인의 펜글씨가 적혀 있었다.

부재시 대필 기록

한번도 부재했던 적이 없었는지, 첫장부터 아무것도 쓰여 있지 않았다. 동거인은 검지로 종이의 칸들을 짚으며 말했다.

"맨 윗줄에 날짜 쓰고 그 아래 특이사항 쓰고."

아세로라는 동거인에게서 풍겨오는 진한 화장품 냄새를 맡으며 고개를 끄덕였다. 속으로는 이건 정말 월요일 아침의 채플처럼 무의미한 짓이라고 생각했지만, 동거인의 표정이 워낙 진지해서 대놓고 그런 말을 할 수 없었다. 동거인은 혹시라도 나무를 베러 오면 나가서 싸우지 말고 사진을 찍어놓으라고 했다. 사람 얼굴이랑 하는 짓이 잘 나오게 여러장 찍으라고. 그러면서 필름이 든 일회용 카메라를 건넸다.

"총 스물일곱방 찍을 수 있어. 여기 이 동그라미를 돌려서 필름을 감고……"

동거인이 콧등까지 선글라스를 내리고서 카메라를 내려다보았다. 눈이 침침한지 렌즈 구멍과 남은 필름 숫자가 표시된 곳을 잘 찾지 못했다.

"경비실 앞에 감시 카메라 있어요."

아세로라가 말하자 동거인은 찌푸린 눈 그대로 아세로라를 봤다. 아세로라도 동거인을 봤다. 잠시 두 사람의 눈이 마주쳤다.

"다른 사람 믿을래?"

동거인이 말하자 순간 아세로라는 오랜 경력이 자아내는 간첩의 아우라를 느꼈다.

"네 손에 직접 정보를 쥐고 있어야 해. 알겠니?"

동거인이 말했다. 그러고는 자개장 서랍에서 명함 한장을 꺼내 아세로라에게 건넸다.

"여기 홍차 휘낭시에가 맛있더라. 심심하면 시켜 먹고."

아세로라는 명함을 받아 판탈롱 가방에 넣었다.

"경찰에 신고는 안 해요?"

아세로라가 묻자 동거인이 미간을 찌푸리며 선글라스를 벗었다. 아세로라의 어깨를 잡고서 우리의 신분을 잊지 말라고 말했다. 우리의 신분. 그게 간첩일까 아니면 도망자의 가족일까. 아세로라가 멀뚱히 바라보자 동거인이 지류함 위에 놓인 메모지를 집어 들었다.

"정 위급할 땐 탕탕탕으로 가."

동거인이 지우개가 달린 연필로 메모지에 뭔가를 빠르게 썼다.

"탕탕탕?"

동거인이 메모지를 뜯어 아세로라에게 내밀었다.

"가서 이렇게 말해."

아세로라가 메모지에 적힌 글자를 내려다보았다.

"죽기 살기로 덤벼드는 여자니까 도움이 될 거야."

동거인이 말했다. 아세로라는 메모지를 가방에 넣고 젤리쿠션이 깔린 의자에 앉아 엉덩이를 들썩였다.

눈동자 안쪽부터

사귀자는 감은 눈을 지그시 누르며 말했다. 전부터 말썽이었던 게 요즘 들어 더 뭐가 낀 것처럼 더 흐릿하다고, 동네 안과에서 큰 병원에 가보래서 왔다며 마주 앉은 의사에게 사정을 설명했다. 몸이 아픈 걸 말썽부린다고 하느냐며 의사는 첫마디부터 혼을 냈다. 의사면 의사지, 환자를 무슨 불량 학생 취급하나. 사귀자는 기분이 상하면서도 대번에 피 검사니 소변 검사니 일정을 잡아놓고 아예 수술 날짜까지 정해 통보하는 의사에 말에 고분고분 따랐다. 사귀자의 왼쪽 눈 망막이 벗겨져 그걸 다시 바로 잡는 수술을 해야 한다고 했다. 한 김에 백내장 수술까지 해버리자며 헌 집에 도배장판을 새로 하자는 것처럼 사귀자를 몰아쳤다. 며칠 뒤 사귀자는 아무한테도 말하지 않고 혼자 병원에 와 입원 절차를 밟았다. 간호사가 한동안 세수나 샤워가 힘들 거라고 하자 사귀자는 거기에 대고

"입술도 못 발라요?" 하고 물었다가 괜히 무안만 당했다. 간호사의 냉랭한 표정에 사귀자는 접수대에 놓인 서류 끝을 세모나게 접었다. 보호자 전화번호를 써야 한다고 해서 사귀자가 콧소리를 섞어 물었다.

"보호자면, 만 18세 이상이어야 할까요?"

간호사는 짧게 숨을 내쉬더니 웬만하면 법적 성인으로 적는 것이 좋다고 말했다. 사귀자는 도망다니는 딸이 급하면 연락하라고 한 번호를 적었다. 그러고는 엄마가 수술하는데 와보지도 않는 자식을 변호해주느라 말을 보냈다.

"딸이랑 사위가 하도 걱정을 해서 내가 말 안 했어요. 그래도 전화하면 단번에 오겠지."

사귀자가 간호사에게 방긋 웃어 보였다.

환자복으로 갈아입고 세제 냄새가 가시지 않은 병원 침대에 앉아 있어도 사귀자는 아픈 사람이 맞나 싶게 눈만 흐릿할 뿐 결리거나 쑤신 데 없이 괜찮았다. 그런데도 병원 밥이라 그런지 입맛이 없어 그날 첫끼로 나온 식판밥을 한술 뜨다 말고 그릇 뚜껑을 덮었다. 혈압이 높으니 내일 아침에 다시 재보고 오후에 수술할지 말지 정하자고 의사가 말했다. 사귀자는 남의 얘기를 듣는 것 것처럼 의사의 말이 귀에 잘 들어오지 않았다. 구석구석 밴 소독약 냄새 때문인지, 비스듬하게 위로 젖혀져 반만 열리는 병실 창문 때문인지, 바람이 시원하게 통하지 않는 실내 공기가 갑갑해 속이 메슥거렸다. 하나였다가, 서너개였다가, 저들끼리 새끼를 치는 까만 고리가 눈에 가물거렸다. 눈동자 안쪽에서부터 촘촘한 그물이 뻗어 나오는 것 같았다. 사귀자는 아예 눈을 감고 드러누워 설핏 졸다 깨기를 반복했다. 그러다 그애가 나오는 꿈을 꿨다.

새벽 꿈

꿈에 한번 찾아오는 게 다시 이승으로 살아오는 것만큼이나 힘든 일인지, 먼저 간 남편도 꿈에 나온 적은 손에 꼽을 만큼 적었다. 그런데 그애가 꿈에 나왔다. 벌거벗은 그애가 초콜릿을 가득 묻힌 얼굴로 사귀자를 돌아봤다.

함무이?

아니, 아니지. 그애는 그렇게 어리지 않았어. 기저귀를 떼자마자 내가 준 생일 카드에 그림을 그려줄 만큼 총명한 애였다고. 연필 쥐는 법을 알려주면 잘 익은 천도복숭아 같은 입술을 오므리면서 점잖게 따라 했잖아. 그런데 꿈에선 왜 기억이 뒤섞이는 걸까.

사귀자는 숨을 깊이 들이마시며 가슴 언저리부터 서서히 먹구름이 뒤덮이는 것 같은 서늘함을 밀어냈다. 가슴이 뒤숭숭할 땐 교습소의 화단 풍경을 보며 볕바라기 하는 게 도움이 되었다. 눈 뜨면 내다 보이는 키 큰 나무들이 고달픈 인생의 수선스러운 감정들을 멀찌감치 떨어뜨려놔주었다. 세상사 다 거추장스럽다는 듯 앞뒤 가리지 않고 부는 바람, 잠자리 날개처럼 파닥거리는 나뭇잎, 제일 높은 가지에 앉아 빠르고 짧게 우는 찌르레기.

그런 머릿속 풍경들에 다시 옛 기억이 겹쳤다.

언젠가 그애가 걸음발을 탈 무렵, 작은 손을 잡고 화단 계단을 오를 때 그애는 바닥을 기어가는 개미를 밟지 않으려고 까치발을 들고 내 손에 매달렸지. 흐드러지게 핀 철쭉에서 벌 한마리가 날아와 붕붕거리는데도 어린애가 겁도 없이 손을 뻗어 벌을 잡으려고 했어. 멀리 날아가버릴 때까지 꼼짝 않고 벌을 봤어.

사귀자는 몸을 일으켜 침대 머리맡에 등을 기댔다. 움직일 때마다 매트의 스프링이 삐걱거리는 소리를 냈다. 무심코 눈을 비비려다 멈칫하고서 이마를 들었다.

두시간마다 한번씩 넣으라고 했지.

사귀자는 간호사의 말이 생각나 안약을 찾으려고 서랍장 위를 살폈다. 그러다 얼핏 맞은편의 빈 침대에서 과자 봉지를 우그러뜨리는 소리가 들리는 것 같아 다시 동작을 멈췄다. 침대를 둘러싼 커튼의 밑단이 흔들렸다. 사람이 없어 3인실을 혼자 쓰고 있는데도 자꾸 누구랑 같이 있는 듯한 기분이 들었다. 보이지 않은 무언가가 사귀자 곁을 맴도는 느낌이었다. 사귀자는 침대 밑에 있는 이불을 끌어당겨 가슴을 덮었다. 밤새 나무 벽 너머에서 인기척을 내던 아세로라가 생각났다. 여태껏 교습소에서 혼자 먹고 자면서도 누구를 그리워한 적 없었는데, 있다가 없어서 그런가 그 빈자리가 멍울처럼 가슴에 맺혔다. 복도에서 바퀴 달린 끌차를 밀고 가는 소리가 들리자 그제야 무서운 마음이 좀 가라앉았다. 사귀자는 눈을 감고 꿈속의 장면을 더듬어보았다. 꿈인 줄도 모르고, 그애가 죽었다는 것도 까맣게 잊고서, 사귀자는 오랜만에 보는 손주가 반가워 한달음에 달려가 그애를 끌어안았다. 팬티 바람에 웃통이랑 맨다리를 드러내놓고 있던 아이가 할머니를 보자 펼쳐놓고 먹던 초콜릿이랑 과자봉지를 등 뒤로 숨겼다.

이눔, 엄마 아빠 잘 때 몰래 먹는구나.

사귀자는 꾸짖는 표정을 지으면서도 어린것이 얼마나 먹고 싶었을까 안쓰러운 마음이 들어 아이의 얼굴을 쓰다듬었다. 이런 거 먹으면 아픈 게 안 낫는다는 말이 나오려는 걸 참으며 할퀴고 쥐어뜯은 아이의 팔을 살폈다. 알레르기 때문이라는데, 사귀자가 그렇게 말하면 딸은 그건 사람들이 알아듣기 쉽게 하는 말이라며 복잡한 설명을 길게 했다. 자가면역이 어떻고 세포 속 무슨 혈구가 어떻고 하는 말이었다. 들으면 들을수록 사귀자는 그 병이 자신 때문인 것 같아 말문이 막혔다. 같이 밥을 먹으면 고기나 해산물은 새모이만큼 맛만 보고 애들이 좋아하는 군것질거리도 일절 못 먹게 했다. 그 와중에 햇빛을 오래 보면 살갗에 두드러기가 올라와 잠도 못 자며 가려워했다. 내 탓인가, 할미 죄가 커서 이런 병이 온 건가. 제 살을 쥐어뜯는 모습에 애가 타 사귀자가 혼잣말로 중얼거리면 딸은 아무 대꾸도 안 했다. 빈말이라도 엄마 탓은 무슨 엄마 탓이냐고 펄쩍 뛸 줄 알았는데, 딸은 입술을 꾹 다물고서 땀에 젖은 아이의 팔다리만 수건으로 닦아주었다.

인석아, 너 거기 있다가 해 비치면 어쩌려고.

사귀자의 품을 빠져나간 아이가 베란다로 가더니 흙이 반쯤 차 있는 화분을 밟고 올라섰다. 새벽녘인가, 밖이 아직 어스름했다. 날이 완전히 밝지도 않았는데도 매미 여러마리가 쎄에쎄에 울어댔다. 집에만 있으려니 좀이 쑤시겠지. 사귀자는 무릎을 짚고 일어나 아이가 있는 베란다로 갔다. 혹시라도 넘어지지 않게 아이의 어깨를 잡고서 같이 아파트 단지 너머를 내다봤다. 멀리 학교 운동장에서 사람들이 공을 차고 있었다. 축구공을 따라 우르르 몰려가는 모습이 사귀자 눈에도 신이 나 보였다. 아이는 입안에서 커다란 사탕을 굴리며 달그락거리는 소리를 냈다. 손으로는 턱이랑 목덜미를 연신 긁어대며 발꿈치를 들었다가 고개를 까딱거렸다가 금방이라도 뛰쳐나갈 것처럼 몸을 들썩였다. 입술은 다 부르텄고 이마랑 귀밑에 피딱지가 굳어 있었다. 누구 탓이건, 네 탓은 아니다. 사귀자는 까슬하게 민 아이의 뒤통수를 쓰다듬었다. 그때 뒤에서 방문이 열리는 소리가 들렸다. 누가 잠이 깨 나오나 싶어 돌아봤는데, 사람은 없고 고래 등 같은 둥그스름한 그림자가 바닥을 스르르 기어 왔다. 별안간 그 그림자가 사람 얼굴 모양을 하더니 사귀자를 불렀다.

여사님,

하이쎈스, 여사님.

분명 그 목소리였다. 오란씨 한병을 들고 방문 앞에 서서 부르던 소리. 3호방 순영 학생의 목소리. 사귀자는 까무러칠 것처럼 놀라 가슴께를 움켜줬다. 그때 곁에 있던 아이가 어, 어, 하는 소리를 내며 난간 아래로 팔을 뻗었다. 구슬만 한 노란색 사탕이 난간 밖으로 떨어지고 있었다. 점점이 멀어지는 그 사탕이 바닥에 떨어져 깨지는 소리가 희미하게 들렸다. 고개를 들고 옆을 보는데 아이가 감쪽같이 사라지고 없었다. 사람 얼굴 모양을 한 그림자도, 운동장에서 공을 차던 사람들도 없었다. 그 순간 사귀자는 자신이 꿈을 꾸고 있다는 걸 깨달았다. 꿈이구나. 다 헛것이구나. 그런 생각을 하는데 사귀자의 목덜미 옆으로 무언가 휙 하고 스쳐 가더니 베란다 밖으로 날아갔다. 빈 초콜릿 포장지였다. 알맹이 없는 그 포장지가 바람에 나풀거리며 사귀자의 눈앞에서 날았다.

옥상 정원에서

동이 들 때까지 뜬눈으로 밤을 새운 사귀자는 손거울을 무릎에 놓고서 눈을 깜박였다. 먼지가 낀 것 같은 이물감이 간밤에 더 심해졌다. 눈을 크게 뜨고 옆을 보자 흰막이 덮인 것처럼 뿌옜다. 사귀자는 선글라스를 챙겨 들고 병실을 나섰다. 당직 간호사에게 다가가 어디 꽃이나 나무를 볼 데가 없느냐고 묻자 부스스한 얼굴의 간호사가 옥상에 정원이 있다고 말했다. 사귀자는 턱을 약간 수그리고서 복도를 걸어갔다. 형광등 빛이 꼬챙이처럼 눈알을 쑤시는 것 같았다. 유리문을 밀고 나가 엘리베이터 앞에 서 있는데, 비상구 쪽 문이 열리며 한 여자가 들어섰다.

"어디 가요?"

여자가 말했다. 사귀자는 아직도 헛것을 보는 건가 싶어 선글라스를 내리고 눈을 깜박였다. 그렇게 자신을 향해 걸어오는 딸의 모습을 지그시 보다가 다시 선글라스를 썼다. 기운 좋게 떡메를 내리칠 것 같은 체구에 팔자걸음을 걷는 게 남편 젊을 때랑 똑같았다.

"간 떨어지겠네."

사귀자가 말했다.

"이 시간에 어디 가는데?"

숱 많은 긴 머리를 풀어 헤치고서 그 위에 검은 야구모자를 얹은 딸이 사귀자의 팔을 잡았다.

"답답해서. 옥상 가서 바람 쐬려고."

"같이 가요. 안 춥겠어?"

그렇게 물으며 딸이 환자복만 입은 사귀자를 훑어봤다. 사귀자는 얇은 먹색 점퍼를 벗어주려는 딸의 팔을 잡고서 됐다는 의미로 고개를 저었다. 손에서 느껴지는 딸의 살집이 전보다 준 것 같았다. 사귀자는 누구한테 하는 소린지 모르게 썩을 년,이라고 작게 중얼거렸다.

"엄마는, 이런 걸 하면 나한테 미리 연락을 주던가. 간호사 전화받고 얼마나 놀랐는지 알아요?"

참 적반하장이구나. 너는 나한테 미리 말해준 게 있더냐. 야무진 척은 혼자 다 하더니 학교 공금을 목사한테 갖다줘? 내가 그렇게 속고 살지 말라고 일렀건만.

"늙으면 다 하는 거야."

사귀자가 삐쳐나온 머리를 매만지며 말했다. 엘리베이

터 문이 열리자 안으로 들어서면서 천장 모서리에 달린 카메라를 흘긋 보았다.

"지방 갔다며."

사귀자가 속삭이는 소리로 물었다.

"엊그제 올라왔어요. 목사가 서울에 있대서."

사귀자는 누가 들을까 목소리를 줄이는데, 딸은 듣든 말든 자기 목소리 그대로 말했다.

"잡았냐?"

사귀자가 묻자 딸이 고개를 저었다. 그러면서 뭔가를 더 말하려다 말고 얼굴을 숙여 마른세수를 했다.

"강서방은 뭐 하고."

"나 내려주고 갔어요. 엄마 만나기 무섭대."

그 말에 사귀자는 마지못해 웃어준다는 듯 입술 끝을 올렸다. 엘리베이터가 옥상에 다다르자 딸이 사귀자의 팔을 붙들었다. 천천히 가요, 이쪽으로 와요, 내 팔 잡고 가요. 사사건건 잔소리했다. 학교에서 오래 일해서 그런가 애들 가르치듯 하는 말투가 습관이었다. 고치라고 해도 늘 그대로라 사귀자도 피차 듣기 싫은 말을 꺼내지 않았다. 유리 벽 앞에 서자 자동으로 옥상문이 열렸다. 자갈을 깐 구부러진 길의 안쪽으로 쥐똥나무와 철쭉이 보였다. 그 뒤로 키 낮은 잔솔 몇그루도 있었다. 대나무에 단풍나무도 심어놨지만 옥상 햇빛이 강해서 그런가 잎들이 생기 없이 새득새득했다. 사귀자는 딸이 이끄는 대로 흰 펜스가 아치 모양으로 서 있는 벤치로 갔다. 좀 일찍 왔으면 꽃 핀 걸 봤으려나. 사귀자는 나무 벤치에 앉으며 뒤에 서 있는 산수유에서 눈을 떼지 않았다. 그러다 난간 근처에 있는 나무 기둥에 대고 어깨를 찧는 한 남자를 보았다. 흰 머리칼에 환자복을 입은 남자가 헛기침을 크게 하더니 목구멍에 낀 가래를 끌어모아 옥상 담벼락 너머로 훅 뱉었다. 남자와 눈이 마주치자 사귀자가 얼른 고개를 돌렸다. 등 뒤에서 남자의 신발 끄는 소리가 들렸다. 사귀자는 딸의 허벅지에 손을 올리고 가만히 힘을 줬다.

"드실래요?"

딸이 가방에서 과자 봉지를 꺼내 양손으로 뜯었다. 사귀자는 남자를 슬쩍 돌아보며 딸에게 고개를 저었다.

"아침부터 무슨 군것질이야."

그렇게 말하며 눈으로는 나무에 대고 등이랑 허리를 쿵쿵대는 흰머리 남자를 흘깃거렸다. 그 남자가 자신의 말을 엿듣는 것 같았다.

"포장이 예뻐서 샀어. 잡숴봐."

딸이 과자 봉지를 내밀었다. 사귀자는 선글라스를 이마에 올리고서 코앞에 대고 포장지를 보았다. 해남 꿀맛 고구마라는 글자가 겨우 눈에 들어왔다.

"해남 갔었어?"

사귀자가 물었다.

"아니, 고속도로 휴게소에서 산 거예요."

딸이 봉투를 열어 고구마말랭이를 꺼내자 단내가 풍겼다.

"금식이야."

사귀자의 말에 딸은 아, 하는 소리를 내더니 말랭이 하나를 입에 넣었다. 하나를 다 씹어 삼키기도 전에 또 하나를 입에 넣었다. 딸은 어쩌다 한번씩 볼 때마다 눈가랑 입매에 주름이 깊어져 있었다. 겉으로는 통뼈에 체구가 좋아 보여도 잔병도 많고 애 낳을 때마다 죽을 고비를 넘겼던 딸이었다. 그렇게 낳아 키운 자식을 하나는 저렇게 혼자 내버려두고 다른 하나는…… 사귀자는 야구모자 밑으로 빠져나온 딸의 흰머리를 보고서 고개를 돌렸다. 이렇게 뭘 먹어대는 건 불안하단 소리였다. 어릴 때부터 그랬다. 세상 떠나갈 듯 통곡하면서도 꽈배기는 손에 꼭 들고 있었다.

옥상 스피커로 잠시 후 조식 시간이라는 안내 방송이 나오자 흰머리 남자가 정원 밖으로 나갔다. 검붉은 얼굴에 뒷짐 지며 걷는 품새가 두번 다시 보고 싶지 않은 인상이었다.

"어떻게 살 거야. 애는 계속 저렇게 둘래?"

아세로라 얘기에 말랭이를 씹는 딸의 턱이 더 빠르게 움직였다. 언제 다시 학교에 보낼 거냐는 말에는 대답하지 않고서 연신 말린 고구마를 먹더니 소풍 나온 사람처럼 하늘을 올려다봤다.

"난 나무를 보면 스산해. 어릴 때 하숙집에도 나무 많았잖아. 아버지가 심은 거, 그치?"

딸이 말했다. 선글라스를 낀 사귀자가 말없이 안경테를 들어올렸다.

"무당이 와서 그 나무들이 아버지 잡아먹는다고 했잖아. 기억나요? 집에 와서 굿하고 그럴 때. 난 아직도 그런 게 꿈에 나와. 식칼로 아버지 러닝을 막 찢고 엄마 등을 빗자루 같은 걸로 때리고. 엄마한테 귀신 씌었다고."

딸이 말했다. 사귀자는 딸꾹질하듯 날숨을 끊어 내쉬었다. 그러고는 다시 한번 자신을 살피는 눈이 없는지 등 뒤를 두리번거렸다. 땀이 나는 손바닥을 허벅지에 닦고서 덜덜덜 떠는 숨을 내쉬었다. 옆에 잘 있나 확인하는 것처럼 딸 샛별이의 무릎에 손을 올렸다. 그러자 간밤에 꿨던 꿈이 떠올랐다. 꿈에서 봤던 베란다 모습은 사위의 말을 듣고 떠올린 장면이라는 걸 그제야 깨달았다. 사고 소식을 들고 딸의 집으로 달려갔던 날, 딸은 혼절해 있고 강서 방이 집에 온 경찰들에게 말하고 있었다. 다들 자고 있었다고, 아이 혼자 베란다에 있었던 것 같다고. 가끔 혼자 일어나 저기에 서서 운동장을 구경했다고.

"수술 끝나면 나도 엄마 집으로 갈까?"

다 먹은 말랭이 포장지를 반듯하게 펼치며 딸이 말했다. 골똘히 생각에 잠겨 있던 사귀자는 뜨끔 놀라 시선을 피했다. 집 없이 상가에서 먹고 잔다는 걸 딸은 모르고 있었다. 새삼 아세로라 그애가 입이 무겁구나 생각했다.

정보 수집과 동향 파악

펼쳐놓은 가계부 종이에 빛 조각이 일렁였다. 창밖에서 비쳐오는 햇살과 천장의 전등 빛이 손깍지를 끼는 것처럼 흰 종이 위에서 엇갈렸다. 금시계 찬 경비원이 끈으로 묶은 스티로폼 더미를 끌며 쓰레기장으로 걸어갔다. 가로등 위를 오르락내리락하던 잿빛 새 한마리가 빌리지 맞은편에 세워진 옹벽의 구멍으로 들어갔다. 저기가 둥지일까. 새끼를 키우는 걸까. 백색 구멍 같은 태양이 남산에 떠 있었다. 타워와 그 옆에 솟은 철탑, 번진 크레파스 자국 같은 흰 구름.

간첩은 지루한 직업이구나. 노인에게 어울리는 일이야.

아세로라는 쌍안경으로 산등성이를 바라보며 몸 어딘가에 박혀 있을 박힌 노인의 씨앗이 움트길 기다렸다. 남산빌리지에서, 오토바이 배기음을 들으며 무의미한 정보를 모았다.

하이쎈스는 어떤 정보를 기록했을까. 아세로라는 쌍안경을 내려놓고 의자에 앉은 채 바퀴를 밀며 뒤로 갔다. 바닥부터 쌓여 있는 가계부 탑에서 한권을 꺼내 펼쳐보았다.

신미년 5월 3일, 오전 7시.
3시 방향 감나무 아래 귀가 까만 고양이.
(지난가을에 새끼 세마리를 낳고 그중 두마리를 한파에 잃었다. 살아남은 한마리는 어미처럼 두 귀가 검은색.)
9시 방향 울타리를 따라 핀 장미.
(89년, 90년보다 3일 빨리 피었다.)

아세로라는 일지 옆에 그려진 그림을 보았다. 고양이와 장미꽃 그림이었다. 고양이의 귀와 수염은 몽타주처럼 정밀묘사로 그렸고, 장미는 겹겹이 포개진 꽃잎을 색연필로 명암을 넣어 그렸다. 종이를 넘기면 날짜가 바뀌고, 6월이 되자 꽃잎은 가계부의 한쪽 면을 채울 만큼 많아졌다. '큰비 내린 날'에는 땅에 떨어진 잎이 수북했다. '창가에 떨어진 떡갈나무 이파리' 그림에는 나뭇잎의 잎맥들이 세세하게 이어져 있었다. 아세로라는 칭퉁이가 그림을 잘 그렸던 건 엄마도 아빠도 아닌 동거인의 영향이 아닐까 생각했다. 그리고 이건 이중장부를 쓰던 엄마가

물려받은 성격이겠지. 아세로라는 가계부의 맨 끝장에 줄줄이 적힌 소시지 가격을 훑어봤다. 구입 장소는 모두 옆동네에 있는 형제할인마트였다. 소시지 상표도 똑같았고, 가격도 100원 200원 차이만 있을 뿐 비슷했다. 소시지와 간첩. 아세로라는 판탈롱 가방에서 노란 종이를 꺼내 가계부 위에 올려놓았다. '남산 보고, 신문보도안…… 하숙을 경영하며 소시지 반찬을 따로 주겠다는 미끼로 하숙생을 포섭……' 뭔가 단서가 떠오른 아세로라는 가장 최근에 쓴 가계부를 펼쳐보았다. 혹시 뽀요 쁘리또 가격도 있을까? 동거인이 나를 포섭하려고 뽀요 쁘리또를 사준 걸까? 그러나 기대와는 다르게 그런 정보는 없었다. 초콜릿빵이나 목욕탕 값도 적혀 있지 않았다. 대신 탕탕탕 가게의 정보가 있었다. 매일 몇시에 문을 여닫는지, 점심시간에 몇명의 손님이 다녀갔는지 그 숫자가 적혀 있었다. 대부분 '손님 없음'이었다. 아세로라는 다시 의자를 밀며 창가로 가서 쌍안경을 들었다. 탕탕탕의 가물치는 가게 안에서 등받이 없는 의자에 앉아 졸고 있었다. 벽걸이 티브이에선 고려시대를 배경으로 한 드라마가 나오고 있었고, 빨래 건조대에서 말리던 배춧잎들은 식탁 위 소쿠리 안에 담겨 있었다.

특이사항 없음.

없음.

없음.

나무 멀쩡.

아세로라는 오늘 날짜의 관찰일지를 끝마쳤다. 그러고
는 홍차휘낭시에를 먹고 흑미라떼를 마셨다. 초코브라우
니는 판탈롱 가방에 넣어두었다. 조금만 더 참았다가 화
장실에 가려는데, 스타킹을 신은 것처럼 앞다리가 까만
고양이가 향나무로 걸어가 나무에 대고 발톱을 긁었다.
아세로라는 그 고양이를 자세히 보려고 쌍안경을 들고 대
물렌즈를 돌려 배율을 키웠다. 화단 펜스에 친 흰 거미줄
이 보였다. 거북이의 발등처럼 껍질에 무늬가 있는 나무
기둥이 보였다. 토끼풀과 맥문동 사이에서 검은 벌레가
톡톡 튀어올랐다. 화단의 경사면을 따라 고양이 쪽으로
움직이는데, 한 남자의 등이 보였다. 허리를 구부린 그 사
람이 계단에서 뭔가를 줍고 있었다. 어디선가 많이 본 듯
한 실루엣.

설마.

아세로라는 쌍안경의 목줄을 벗고 의자에서 일어났다.
교습소 문을 나서려다 다시 돌아와 '낙서 1000재 거루키

여김을 바드시오며'를 판탈롱 가방에 넣었다.

"저기요."

아세로라가 밖으로 나가 계단을 향해 말했다. 층계참에 서 있던 남자가 연갈색 머리카락을 쓸어올리며 고개를 들었다.

"우리 딸!"

"여기서 뭐 해? 머리는 왜 그래?"

아세로라가 말했다. 한줌이었던 아빠의 정수리엔 고불거리는 머리카락이 풍성했다. 덥수룩한 수염은 깔끔하게 밀었고 손에는 계단에 떨어져 있던 꽁초와 빈 깡통이 들려 있었다.

"넌 머리가 왜 그래? 밀었어?"

아빠가 말했다. 두 사람은 계단 서너개를 두고 서서 서로의 시선을 피했다.

탕탕탕의 맛

할머니 집으로 가자는 말에 대꾸하지 않으며 아세로라는 아빠의 팔을 잡아당겼다. 아빠에게 교습소를 보여주고 싶지 않았다. 그곳은 간첩의 은신처니까. 도끼와 요가매트가 있고 초콜릿 포장지가 굴러다니는 202호도 공개하고 싶지 않았다.

"배고프다. 그럼 밥 먹고 가자."

아빠가 탕탕탕을 보며 말했다. 아세로라가 고개를 저으며 팔을 잡아끄는데 금시계 경비원이 아세로라를 불렀다.

"학생!"

아빠가 경비원을 향해 몸을 돌렸다. 호기심 많은 경비원과 넉살 좋은 아빠. 아세로라는 다급히 아빠를 끌고 탕탕탕으로 들어갔다.

"어…… 어서 오셔요……"

의자에 양반다리를 하고 앉아 있던 가물치가 보라색

고무 슬리퍼를 꿰어 신으며 말했다. 쌍안경으로 보던 얼굴을 마주하자 아세로라는 자신도 모르게 표정이 굳었다. 가물치 얼굴의 검버섯과 주름, 헌 나일론 바지와 국방색 방수 앞치마. 하루에도 몇번씩 귀청을 때렸던 목소리인데, 손님으로 와서 듣는 가물치의 상냥한 음성은 처음이었다.

아, 할머니도 웃는구나.

아세로라는 미소 짓는 가물치를 보며 생각했다. 누렇게 변색된 앞니가 삐뚤삐뚤했다. 아빠는 테이블 앞에 앉아 찐득거리는 메뉴판을 펼쳤다.

가마솥에서 푹 끓인 진짜배기

설렁탕 한그릇과 내장탕 한그릇을 주문하자 가물치가 또 앞니를 보이며 웃었다. 저렇게 잘 웃는 사람이었나. 아세로라는 따라 웃을 수도, 가만히 보고 있을 수도 없어 얼굴을 숙였다.

"로라야, 너 머리가 왜 그러니."

아빠가 말했다. 아세로라야말로 묻고 싶은 질문이었다. 서로의 바뀐 헤어스타일을 보며 아세로라는 그것이 아빠와 자신의 차이라고 생각했다. 아빠는 감추고 아세로라는 드러내고. 또 아빠는 누군가를 오래 미워하는 사람이 아니었다. 언제나 자신이 처한 상황의 좋은 면을 보려고 했다.

"어울리네. 우리 라라는 뒤통수가 예뻐."

로라랬다가 라라랬다가. 여전히 자기가 부르고 싶은 대로 네 글자 이름을 변형해 불렀다. 아빠는 늘어진 앞머리가 눈가를 찌르는지 자꾸 손으로 쓸어 넘겼다. 변장한 사람의 티를 내듯 끊임없이 머리카락과 옷매무새를 건드렸다. 수염을 밀고 가발을 쓰니 젊어진 것 같지 않느냐며 아세로라를 보며 눈을 깜빡였다. 아세로라는 아빠의 자아도취에 동조해주지 않은 채 옥색 자기 컵에 담긴 보리차를 마셨다. 구수했다. 팔팔 끓인 보리차를 차갑게 식힌 진짜 배기였다.

"우리 딸내미랑 오랜만에 외식하네,"

아빠가 테이블에 팔꿈치를 올리며 말했다. 아세로라는 의자 등받이에 등을 대고 아빠에게서 멀어졌다. 딸이니 아들이니, 왜 그런 호칭을 붙이는 걸까. 어린애가 필통이나 연필에 이름을 쓰는 것처럼. 표시하지 않으면 잃어버릴까봐 걱정되나? 아니면 자기 거라고 영역 표시하는 건가. 아세로라는 팔짱을 끼고 테이블 밑으로 발을 뻗었다.

"엄만?"

아세로라가 물었다.

"할머니랑 있어."

"할머니가 어딨는데?"

"너 몰라? 병원에 입원하셨잖아."

아세로라가 다리를 확 오므리며 테이블 가까이 가슴을 내밀었다.

"왜, 아파? 죽어?"

아세로라가 눈을 크게 뜨며 말하자 아빠가 박박 민 아세로라의 민머리를 손으로 툭 밀었다.

"어디가 아픈데."

"눈, 수술하셔. 괜찮으실 거야."

아빠가 왼쪽 눈 밑을 손으로 짚으며 말했다. 아세로라는 다시 의자 등받이에 몸을 기댔다. 탕탕탕 할머니가 바퀴 달린 선반을 밀고 와 테이블에 접시를 하나씩 내려놓았다. 꽈리고추를 넣은 멸치볶음, 무채를 넣은 파래무침, 사과와 오이를 깍둑썰기 해서 마요네즈에 버무린 샐러드, 양념장과 김치가 든 스테인리스 통까지. 테이블이 그릇들로 가득 찼다. 할머니가 선반을 끌고 부엌으로 가자 아빠가 말을 이었다.

"걱정돼?"

"뭐가?"

"할머니 걱정돼서 그러는 거 아냐?"

아세로라는 빠르게 떨던 다리를 뚝 멈췄다.

"걱정되지. 부모도 없는데 할머니까지 없으면 누구랑 살라고."

아세로라의 말에 아빠의 눈동자가 갈 곳을 잃고 흔들렸다. 두 사람은 시선을 떨군 채 반찬들을 보았다. 물엿을 쏟아부은 듯한 멸치볶음이 유리처럼 반짝였다.

"오늘 같이 집에 가자. 할머니 퇴원하시면 엄마도 집에 올 거야."

아빠가 젓가락으로 멸치볶음을 뒤적이며 말했다.

"경찰은?"

"갈 거야. 엄마가 직접 가서 조사받을 거야."

멸치와 꽈리고추 하나를 입에 넣은 아빠가 음식물이 튈까 손으로 입을 가리며 말했다.

"증인을 구했어. 엄마가 속았다고 증언해줄 사람들."

아세로라는 보리차를 마셨다. 목사 눈태가 집에 와서 했던 말이 떠올랐다. 성경책을 들고 거실 소파에 앉아 말했지. 헌금을 모아 가난한 나라의 아픈 아이들을 치료해줄 거라고. 아픈 아이들이라고 말할 때 강호의 머리를 쓰다듬었어. 육시럴. 감히 누구 머리를.

"라라야, 이거 먹어봐. 되게 시다."

침이 고이는 듯 눈을 찌푸리며 아빠가 말했다. 손으로는 파래무침이 든 접시를 가리켰다. 그러더니 젓가락을 들고 과일샐러드에 도전했다.

"할머니가 소스를 많이 쓰시네."

입술 끝에 묻은 마요네즈를 휴지로 닦으며 아빠가 말했다. 아세로라는 빈 컵에 보리차를 따랐다. 수술을 받을 만큼 아프면서 나한테는 한마디도 안 하고 아세로라는 보리차를 입안에 머금고 볼을 불룩하게 만들었다. 탕탕탕 할머니가 다시 선반을 밀고 왔다. 뚝배기를 내려놓으며 아세로라에게 뜨거우니 조심하라고 말했다. 남산빌리지가 떠나가도록 고함치던 가물치가 아니었다. 손은 아세로라보다 작았고 손톱엔 다홍색 매니큐어가 발라져 있었다. 맛나게 드셔요,라고 인사할 땐 가물치가 아니라 손님의 눈치를 살피는 송사리였다. 아세로라는 뽀얗고 진한 국물이 담긴 뚝배기에 숟가락을 넣고 휘저었다.

말통 작전 직전

　요 앞까지만 배웅해달라는 아빠의 부탁에 아세로라는 서울역까지 걸어갔다. 손을 잡고 가려는 아빠에게서 떨어져 멀찌감치 앞장서 걸었다. 역으로 내려가는 계단 앞에서 아빠가 고구마말랭이를 건넸다. 구겨진 포장지를 손으로 펼치며 거기에 그려진 꿀벌 그림을 아세로라에게 보여주었다. 아세로라는 말없이 말랭이 봉지를 받아들었다. 아빠가 아세로라를 안으려고 팔을 뻗었지만 아세로라는 재빨리 몸을 숙이며 뒤로 물러섰다. 그러고선 인사도 하지 않고 돌아서 왔다. 아빠가 부르는 소리에서 빠르게 멀어진 뒤 아세로라는 눈에 보이지 않는 공을 발등으로 튕기듯 발을 툭툭 뻗었다. 가슴에 검은 잉크 방울이 떨어진 것 같았다. 입을 벌리면 검은 손 하나가 튀어나올 것 같았다. 건널목의 신호가 바뀌자 맞은편에 서 있던 사람들이 앞다투어 도로를 건넜다. 아세로라는 동거인과 건넜던 서울로를 올려다봤다. 그곳에서 서울역을 내려다보던 때를 떠올렸다. 눈이 따가워지는 매연과 난잡하게 들어선 빌딩들. 모든 게 너무 많고 제멋대로 비명을 지르는 듯한 풍경. 산만하게 휩쓸리던 아세로라의 시선이 아스팔트 바닥에 달라붙은 껌 자국으로 떨어졌다. 이 기분은 뭘까. 죽고 싶은 기분. 호수에 빠뜨린 도끼처럼 깊이깊이 가라앉아 천천히 녹슬고 싶은 기분. 아세로라는 좁은 오르막길을 뛰었다. 서둘러 교습소 창가로 돌아가고 싶었다. 그곳에서 떡갈나무 그림자에 숨어 아무도 모르게 늙어가고 싶었다. 아세로라는 마주 오는 사람들을 피해 달렸다. 어깨에 멘 판탈롱 가방이 흔들리고 주머니에 넣은 고구마말랭이 봉지가 부스럭거렸다. 아세로라는 알아채지 못했다. 어떤 힘이 아세로라의 엉덩이를 걷어차며 빌리지로 뛰어가게 하고 있다는 것을. 본능처럼 누군가의 명령처럼, 아세로라는 두 발로 땅을 밀치며 뛰었다. 발목을 붙잡으며 용서하고 이해하라고 요구하는 모든 끈적한 것들에서 도망쳤다.

말통 작전

    까만 스타킹 고양이가 빌리지 밖으로 뛰어나왔다. 어깨를 바짝 내린 자세로 급하게 몸을 틀어 돈맥부동산의 골목으로 도망쳤다. 빌리지 쪽에서 큰 기계가 움직이는 첫 소리가 들렸다. 아세로라는 판탈롱 가방을 가슴에 안고 뛰었다.

    사진, 증거.

    흙과 기름때가 묻은 굴삭기 한대가 경사면에 서서 땅을 파헤치고 있었다. 거대한 강철 포켓이 먹이를 낚아채는 수리의 발톱처럼 화단의 나무들을 움켜쥐었다. 종이를 찢듯 포클레인의 발톱이 떡갈나무의 가지들을 찢었다. 나뭇가지가 꺾이고 이파리들이 우수수 떨어졌다. 엔진 굉음이 귀를 찔렀다. 아세로라는 무심결에 휴대전화를 꺼내 사진을 찍다가 동거인이 주고 간 일회용 카메라가 떠올랐다. 하지만 손이 떨려 필름을 감는 톱니바퀴를 잘 돌릴 수 없었다. 겨우 몇장을 찍은 뒤 화단으로 다가서려는데, 층계참에서 아래를 보고 있던 츕츕이와 마주쳤다. 아세로라는 사진기를 등 뒤로 숨겼다.

들키지 마. 들키면 발뺌해.

츕츕이가 계단을 내려섰다. 아세로라는 몸을 돌려 뛰었다. 갑자기 발에 신은 운동화가 커진 것처럼 걸음이 뒤엉키더니 앞으로 고꾸라졌다. 어깨 위로 뒤집힌 가방에서 명함과 메모지가 쏟아졌다. 아세로라는 손으로 바닥을 쓸며 그것들을 끌어안고서 탕탕탕으로 달려갔다. 유리문을 밀고 들어가 소리쳤다.

"할머니, 남산하숙!"

아세로라는 흐느끼듯 숨을 내쉬며 할머니를 찾았다. 홀에도, 부엌에도 없었다. 발을 구르며 할머니를 찾다가 어떻게 해야 할지 몰라 유리문에 손을 댔다. 넘어질 때 접질린 손목이 욱신거렸다. 땀이 난 모양대로 유리에 손자국이 났다. 그 위에 이마를 댄 채 아세로라는 판탈롱 가방의 귀퉁이를 잡아 뜯었다. 잠깐의 정적, 다시 움직이는 중장비 소리. 포클레인이 발톱을 펼쳤다가 오므리며 떡갈나무를 갈기갈기 찢고 있었다. 혼자서라도 나가서 막아보려는데 국방색 앞치마를 두른 할머니가 낮은 부엌문으로 나왔다.

"남산하숙!"

아세로라가 소리쳤다. 그러고는 동거인이 메모지에 써 준 말을 크게 외쳤다.

"우리 집이 무너져. 나한테 진 빚 지금 갚아!"

아세로라가 소리치자 할머니가 턱을 씰룩였다.

"큰별이가 그러냐?"

아세로라는 가슴을 들썩이며 고개를 끄덕였다.

"저 뒤에 말통 하나 들고 따라와."

가물치가 허리를 숙여 바닥에 있던 흰색 통을 옮겼다. 통 안에 담긴 검은 액체가 찰랑였다.

"얼른, 하나 들고 오라니까."

"어디요?"

"저기 문 열고 나가면 있어."

아세로라가 부엌을 가로질러 녹색 쇠문을 열고 나갔다. 회색 담벼락 아래 '업소용'이라고 적힌 흰색 통들이 놓여 있었다. 사과식초, 양조간장, 물엿, 마요네즈…… 마요네즈와 케첩은 커다란 캔에 담겨 있었다. 아세로라는 어떤 걸 가져가야 할지 몰라 머뭇거리다 사과식초 통의 손잡이를 움켜잡았다. 양손에 힘을 주고 끌어당겨도 꼼짝하지 않았다. 조금 전 할머니가 했던 걸 떠올리며 손잡이를 잡고 옆으로 통을 굴렸다. 철벅철벅 통 안에서 식초가 흔들렸다.

"저거 입어라."

할머니가 못에 걸린 앞치마를 보며 말했다. 가물치가 입은 것과 똑같은 모양의 풀잎색 앞치마였다. 아세로라 는 비 오듯 땀을 흘리며 가물치를 뒤따랐다. 가물치는 바 퀴가 달린 선반을 밀고 갔다. 굴삭기의 포켓이 떡갈나무 의 밑동을 흔들고 있었다. 제일 굵은 나뭇가지는 오징어 다리처럼 찢겼지만 가운데 기둥은 여전히 버티고 있었다. 밑동과 뿌리는 아직 땅속에 박혀 있었다. 아세로라는 선 반에 놓인 특대 사이즈 바가지를 잡았다. 사과식초 한통, 양조간장 한통 그리고 소쿠리에 담긴 말린 배춧잎. 2층 선 반에 전투 물품을 챙긴 가물치가 보라색 고무 슬리퍼를 벗더니 양말만 신을 발로 아스팔트 바닥에 섰다. 간장과 식초를 바가지에 부어 무기를 제조하던 가물치가 아세로 라를 돌아보며 물었다.

"아까 설렁탕 맛이 없었나?"

아세로라는 자기도 모르게 고개를 끄덕이면서 가물치 가 좀더 빨리 공격을 개시하길 기다렸다. 가물치는 양손 에 바가지를 들고 화단으로 걸어갔다. 오후의 햇살이 가 물치의 등 뒤로 짧은 그림자를 만들었다. 굴삭기에 파헤 쳐진 화단, 그 위를 가로지르는 계단과 곰팡이가 슨 건물 벽. 화단 풍경을 눈으로 따라가던 아세로라가 숨을 멈췄다. 2층 교습소 창문이 보였다. 언제나 떡갈나무에 가려져 있던 교습소 창문이 훤히 들여다보였다. 그 유리창 하나에 남산이 비쳤다.

"나무 넘어간다!"

작업모를 쓴 사람이 소리쳤다. 특대 사이즈 바가지를 든 탕탕탕 가물치가 공중으로 점프했다. 포클레인이 반 바퀴를 돌아 목을 길게 뻗고서 가물치에게로 향했다.

토바올치 시간

복도 벽에 기대어 선 아세로라는 자신의 흙 묻은 운동화를 내려다봤다. 레몬색 야구모자로 짧은 머리를 감추고, 빳빳하게 다림질한 푸른색 셔츠를 입었지만 이 차림새도 동거인의 마음에는 들지 않을 것 같았다. 아직도 몸에서 식초랑 간장 냄새가 나는 것 같았다. 아세로라는 손목을 들어 살 내음을 맡아보고는 병실 안을 슬쩍 봤다.

기도하는 건가.

동거인은 침대 위에 엎드려 있었다. 벌써 몇분째 등을 구부리고서 이마에 베개를 댄 자세로 꼼짝하지 않았다. 아세로라는 어깨에 멘 판탈롱 가방의 줄을 잡고서 병실에서 멀어졌다. 가방 안에는 동거인이 좋아하는 토바올치와 아세로라가 쓴 관찰일지가 들어 있었다. 빵을 사기 전 아세로라는 동거인과 그랬던 것처럼 서울로로 올라가 장미가든을 지났다. 일회용 카메라의 필름이 남아 잎끝이 조금씩 시들어가는 아틀99와 블루바조의 사진을 찍고서 단골 사우나에 갔다. 쑥탕에 몸을 담근 채 향긋한 봄을 망칠 수 있는 백세가지 방법을 떠올렸다. 깨끗한 몸으로 나와 토마토와 올리브를 넣고 구운 빵을 산 다음 다시 수크렁과 억새풀 무덤을 지나 남산빌리지로 갔다. 화단 앞에는 굴삭기가 지나갔던 자리를 따라 검은 바퀴 자국이 찍혀 있었다. 빌리지의 개들이 오줌 싸던 향나무가 거꾸로 뒤집힌 문어처럼 뿌리를 위로 드러낸 채 흙에 처박혀 있었다. 뱀 여러마리가 얽힌 듯 자라난 나무 기둥은 허리가 잘려 울타리에 머리를 기대고 있었다. 느릅나무와 감나무도 발목이 부러졌고 철쭉은 꽃잎이 달려 있던 모가지가 분질러져 있었다. 가장 많은 공격에 시달린 떡갈나무의 가지는 이파리들에 뒤덮여 있었다. 더는 이 세상을 눈 뜨고 봐줄 수 없다는 듯. 갈기갈기 찢어진 나뭇가지 사이로 통통한 몸통에 쉼표 같은 꼬리가 달린 쥐 한마리가 오락가락했다. 난처하고 곤란하다는 듯 나무 주변을 배회했다. 아세로라는 계단을 따라 걷다가 바닥에 떨어진 배춧잎을 보고 발을 멈췄다. 거무스름한 걸 보니 간장에 적셔 던진 배춧잎이었다. 배춧잎이 웃는 입 모양으로 바닥에 달라붙어 있었다.

아세로라는 탕탕탕 할머니가 시키는 대로 말통에 든

간장과 식초를 바가지에 부어 인부들에게 뿌렸다. 말린 배춧잎을 간장에 적셔 바가지에 넣고 멀리 던졌다. 어릴 때 눈을 뭉쳐 힘껏 던지는 것 같았다. 주황색 형광 조끼를 입은 인부들이 처음엔 비웃다가 나중엔 떨어진 배춧잎을 들고서 아세로라에게 던졌다. 배춧잎과 배춧잎의 난장판이었다. 간장의 짠 내음이 진동하고 시디신 식초가 피부에 스몄다. 탕탕탕의 가물치는 바가지로는 성에 차지 않는지 말통을 어깨에 이고서 굴삭기 앞으로 갔다. 가물치는 커다란 고철 덩어리에 식초를 들이부었다. 화분에 물을 주는 것처럼 골고루 뿌려주었다. 운전석에 있던 사람이 기계를 멈추고 땅으로 내려설 때까지 멈추지 않았다. 짜고 시고 눅진한 향기가 바람을 타고 빌리지 안에 퍼졌다. 빌리지 사람들이 화단에 모여들었다.

"안 죽어! 바가지로 퍼먹어도 안 죽어!"

가물치가 인부들을 향해 소리쳤다. 그러고선 또다른 말통을 어깨에 짊어졌다. 그사이 사람들 틈에 숨어 있던 츱츱이가 달아났다.

"엔간히도 조져놨네."

가물치가 옆으로 누운 느릅나무 기둥에 걸터앉으며 말했다. 굴삭기가 완전히 물러갈 때까지 가물치는 말통을 손에서 놓지 않았다.

간첩 해고 통보

다시 병실 앞으로 돌아온 아세로라가 진동음이 울리는 병실 안을 살폈다. 테이블 위에 둔 휴대진화가 즈즈 즈즈 몸을 떠는데도 동거인은 침대에 엎드린 채 꼼짝하지 않았다.

"전화 와."

아세로라가 큰 보폭으로 병실에 들어섰다.

"로라니?"

엎드린 동거인이 고개만 비스듬히 들고서 말했다. 침대 발치를 지나가던 아세로라는 동거인을 보고 멈춰 섰다. 얼굴이 퉁퉁 부어 있었다. 한쪽 눈은 주먹보다 큰 안대를 했고 다른 쪽 눈도 시퍼렇게 멍들어 있었다.

"괜찮아. 의사가 이러고 있으래서 그런 거야."

동거인이 묻지도 않은 말을 해주며 다시 이마를 숙였다. 수술한 눈이 잘 아물려면 고개를 숙이고 있는 게 좋다고 했다. 아세로라는 녹색 의자에 앉아 판탈롱 가방을 무릎에 놓았다. 창 쪽으로 의자를 돌려 반만 열린 창문을 보았다. 말로 설명하기 힘든 감정이 가슴을 파고들어 심장을 잘게 부수는 것 같았다. 좋아하는 빵을 주면서 말하면 좀 나을지 모른다고 생각했지만, 장인이 만든 유기농 빵도 동거인에겐 위로가 되지 않을 것 같았다. 아세로라는 가방에서 빵을 꺼내 입구를 오므리고 있던 종이끈을 풀었다. 에둘러 말하는 대신 직진해 돌격하기로 했다.

경력 40년의 고정 간첩에게 가장 충격적인 소식이 뭘까.

아세로라는 의자에 앉은 채 바퀴를 밀며 침대로 갔다.

"오늘 뉴스 봤어?"

아세로라가 말했다. 말끝은 도로 짧아져 있었다. 동거인은 그 변화를 알아채지 못하고 발등을 엑스 자로 포갠 채 엉덩이를 움직였다.

"뉴스는 무슨, 거울도 못 보는 판인데."

동거인이 말했다. 아세로라는 하얀 각질이 일어난 동거인의 뒤꿈치를 보았다. 감정을 억누르듯 빵을 통째로 들고서 입으로 물어뜯었다. 아세로라가 입안 가득 빵을 우물거리며 말했다.

"김일성이 죽었대."

"뭐?"

동거인이 물었다. 한 단어의 짧은 말이었음에도 목소리에 짜증이 묻어났다.

"죽었대. 기차 타고 가다 심장마비로."

아세로라가 말했다. 입속에선 빡빡한 밀가루 덩어리가 침에 젖어 납작해졌다. 동거인이 신음을 뱉으며 가슴을 들었다. 한 손으로 조심스럽게 안대를 감싼 채 말했다.

"그게 언제 적 뉴스야. 죽은 지가 언젠데. 학교에서 안 배웠어?"

말끝에 하유하유 소리를 내며 동거인이 천천히 등을 폈다. 머리는 산발에, 연두색 줄무늬가 그려진 환자복이 꾸깃꾸깃했다. 아세로라는 빵을 든 채 침대에 걸터앉았다. 입을 대지 앉은 빵의 반대쪽을 손으로 뜯어 동거인에게 내밀었다. 자른 토마토와 올리브가 빵 속에 콕콕 박혀 있었다. 동거인이 짧게 고개를 저었다.

"화단은, 별일 없니?"

동거인이 물었다. 아세로라는 대답 없이 동거인에게 건넸던 빵을 입에 넣고 와구와구 씹었다. 그러면서 불분명한 발음으로 최대한 빠르게 말했다. 어쩔 수 없이 거짓말했다. 거짓말을 할 바엔 입을 다물겠다는 성미였지만, 그 순간엔 그게 거짓이 아닐지도 모른다고 생각했다. 단지 현실의 사건보다 먼저 도착한 뉴스랄까. 아니, 그저 아세로라가 꾸며낸 허술한 가짜 정보일 뿐이었다. 동거인의 부은 얼굴과 콧소리를 낼 수도 없이 지친 몸, 야윈 발목, 지저분한 발뒤꿈치를 보고 즉흥으로 떠올린 거짓말이었다. 누구도 속일 수 없지만, 그렇기에 누구도 아프게 하지 않는 말. 아세로라는 남은 빵을 모조리 욱여넣었다.

"깅병일이랑 깅병은도 주었대. 깅병일은 혀랍 올라 죽고 깅병은은 말에서 떠러졌대. 배뚜산에서 뱀마 타다가. 뱀마가 무거워서 던져버렸나봐."

"누가 뭘 던져?"

동거인이 물었다. 아세로라는 대답 없이 턱을 끌어당기며 물이 필요한 얼굴로 빵을 삼켰다.

"백두산에서 백마를 탔다고. 뉴스에 나오잖아."

또박또박한 발음으로 아세로라가 말했다.

"누가, 누가 그랬는데."

"거기 김씨들. 다 끝났어. 그러니까……"

아세로라가 다 먹은 빵 봉지를 우그러뜨리며 고개를 숙였다. 거짓말을 만드는 밀가루 덩어리가 벌써 바닥났다. 아세로라는 탱탱 부은 동거인의 손가락과 주삿바늘이 뚫고 들어간 마른 손목을 흘깃거렸다. 다 끝났으니까 그만해도 된다고. 왜 탕탕탕 할머니를 감시하는지 모르겠지만, 그게 할머니 간첩 활동이면 이제 그만해. 요즘 세상에 누가 소시지로 사람을 포섭해? 그러니까 이제 소시지 정보도 그만 모아. 나무도 그만 지켜. 어차피 지킬 나무도 없으니까. 할머니처럼 약해 빠진 간첩은 수령님도 필요 없대. 할머니는 해고야.

아세로라가 주머니에서 페퍼민트 스틱을 꺼내 코에 댔다. 슉슉 스틱을 들이마신 후 두 팔을 들었다.

"축하해. 이제 해방이야!"

그때 아세로라의 입에 남아 있던 빵 조각이 튀어나왔다. 동거인이 콧소리를 높여 쏘아붙였다.

"애, 하나만 해! 먹든가, 말하든가."

왜 자꾸 남산으로

  안대를 하지 않은 다른 눈마저 핏발이 가득 선 사귀자가 깨금발로 집을 나섰다. 몸을 추스를 때까지만 자기 집에서 지내라는 딸의 말에 아파트로 왔지만, 도저히 하루도 더 같이 있을 수 없었다. 마주칠 때마다 잔소리를 늘어놓는 딸도 못마땅하고 변호사니 증인이니 전화통을 붙잡고 땅이 꺼져라 한숨을 쉬는 사위도 불편했다. 엊저녁에 늦은 저녁을 먹고 나서 교습소로 돌아가겠다고 하니 딸은 사귀자를 향해 눈을 홉뜨며 여태껏 그런 데 숨어 산 것도 모자라 왜 자꾸 남산 밑으로 돌아가려 하느냐며 성질을 부렸다.

  "남산에 대고는 오줌도 안 싼다며!"

  사과를 깎던 과도를 접시에 던지며 딸이 말했다. 설거지하던 사위가 물이 뚝뚝 떨어지는 고무장갑을 낀 채 딸의 어깨를 붙잡지 않았다면 사귀자도 어디서 배운 버르장

머리냐며 소리를 빽 지르고 싶었다. 곧장 가방 챙겨 떠나고 싶었다. 그러나 사귀자는 잘 보이지도 않는 눈으로 바닥에 떨어진 사과 껍질을 줍고 나서 조용히 방으로 들어갔다. 경찰서를 오가는 자신의 신세가 고달파 저러는 거지. 딸의 처지를 헤아리면서도 캄캄한 방에 누워 딸이고 사위고 어서 날이 밝아 다 집을 나가기를 기다렸다.

쥐구멍이라도 내 집이 편하지.

사귀자는 교습소 소파에 발을 뻗고 누워 나초를 먹고 싶었다. 걸쭉한 치즈에 찍은 고소한 나초. 반달 모양으로 자른 레몬과 얇은 보랏빛 양파가 눈에 어른거렸다. 화단이 어찌 됐는지 가서 확인해야 했다. 아세로라는 굴삭기로 파헤쳤다고만 했지, 어디를 얼마나 망가뜨렸는지 속시원히 말해주지 않았다. 사진이라도 보여달라고 하면 틀림없이 정보를 쥐고 있으니 걱정하지 말라고만 했다. 그러면서 간도 안 맞는 소시지 부침을 만들어 먹어보라며 사람을 귀찮게 했다.

설마, 나무를 다 뽑진 않았겠지.

아파트를 나서는 사귀자는 발걸음이 빨라졌다. 단지를 빠져나와 길가에 서서 택시를 잡았다. 안대를 해서 사람이 심란해 보이는지 빈 차가 서지도 않고 지나갔다. 겨우 한대를 붙잡아 막 문을 열고 타려는데, 뒤에서 누가 소리쳤다.

"하이쎈스!"

아세로라였다. 학교에 가는 차림으로 가방을 메고 멀뚱히 서 있었다.

"남산 가?"

아세로라가 물었다. 사귀자는 택시 문을 잡고서 성가신 날벌레를 쫓듯 손을 휘저었다.

"상관 말고 너 갈 길 가."

"나도 갈래."

"너 데리고 다닐 정신 없어."

"그럼 택시만 같이 타. 기사님, 남산빌리지요."

아세로라가 사귀자의 팔 밑으로 머리를 쏙 들이밀어 택시에 올라탔다. 언제는 꼬박꼬박 '요'를 붙이더니 무슨 심사가 꼬였는지 또 말끝이 짧았다. 사귀자는 물고기가 파닥거리는 것처럼 규칙적으로 눈두덩이를 때리는 욱신거림에 턱을 들고 안대를 손으로 감쌌다. 앞으로 착실히 학교 다니며 보통 애들처럼 살라고 그리 말했건만, 농땡이를 피운 걸 알면 제 아빠가 또 애가 닳겠네. 사귀자는 좌석에 앉아 문을 닫고는 아예 신경을 꺼버렸다. 불을 끄듯 신경을 꺼버리자고 생각했지만 머릿속에 떠다니는 말들이 가슴을 조여왔다. 비탈길을 내려가는 끝차의 바퀴처럼 달달달 숨을 끊어 쉬며 창으로 고개를 돌렸다. 넉넉히 이주비를 쳐줄 테니 상가 사무실 짐을 빼라는 연락을 받은 게 사흘 전이었다. 경비원이 전화를 걸어와 남 일 같지 않아서 하는 말이라며 사귀자 처지를 걱정했다. 등기부가 없는 건물이라 법적으로 손 쓸 수 없다는 걸 알지 않느냐며, 주상복합이 들어설 때 화단 땅만 흉물스럽게 남아 있어 좋을 게 뭐냐고 사귀자를 어르고 달랬다. 남산 아래 그런 빌딩은 못 짓는다고, 시에서 허가 안 내줄 거라고 했더니, 경비원이 안쓰럽다는 투로 나지막하게 웃었다. 그런 건 장담하는 게 아니라고, 절차나 법이야 우리 같은 사람이 무슨 수로 다 알겠느냐고 말했다.

헤쳐나갈 앞날이 막막해 사귀자는 창문을 열고 바람을 맞았다. 남산하숙은 가게를 뺐을까. 나만큼이나 거길 못 떠날 위인인데. 택시는 지하차도로 들어갔다가 지상으로 나와 언덕을 돌아가는 굽잇길을 지나갔다. 오르막을 따라선 플라타너스가 보이고 익숙한 세갈래 길을 지나자 사귀자는 못 볼 데를 본 듯이 눈을 감았다. 택시가 가파른 산길을 오르다 신호에 멈춰 서자 기사가 라디오 볼륨을 높였다. 들뜬 아나운서의 목소리가 들렸다. 지구 반대편 어디에서 국가대표팀이 축구 경기를 하는 모양이었다. 사귀자는 멀미가 나서 속이 울렁거렸다. 앓는 소리를 내며 허리를 숙이자 옆에 있던 아세로라가 말했다.

"청심환 먹어."

"뭘 먹어?"

"청심환. 화단 보고 기절하지 말라고."

아세로라가 말했다. 사귀자는 가소롭다는 듯 픽 웃었다. 이 하이쎈스가 그깟 화단 망가진 거에 쇼크라도 받을 줄 아니. 해마다 달마다 원수를 마주하고 살아온 날이 얼만데. 남산타워의 철근보다 단단하고 질긴 게 이 사귀자 가슴에 박인 굳은살이다. 사귀자는 허리를 펴고서 괜찮다는 뜻으로 아세로라의 무릎에 손을 올렸다. 창밖으로 높이 선 나무를 따라 올라가는 케이블카가 보였다.

사나운 말년 운

"가서 하나 사와. 청심환."

택시에서 내린 사귀자가 지갑을 통째로 내밀며 아세로라에게 말했다. 언뜻 봐도 꼴이 말이 아니었다. 아세로라는 약국이 있는 시장으로 뛰어갔다. 사귀자는 물속에서 발을 내딛듯 천천히 화단으로 갔다. 노란 주차선을 그은 길이 눈앞에 출렁이는 것 같아 균형을 잡으려고 허공에 손을 뻗었다. 고꾸라진 감나무랑 느릅나무를 보자 이마에 망치질을 당한 것처럼 정수리부터 목뒤까지 욱신거렸다. 뽑을 거면 뿌리까지 온전히 뽑아주던가, 저렇게 죽죽 찢어놨나. 처참한 떡갈나무 상태를 보고 눈앞이 어질어질해진 사귀자는 무릎에 손을 얹고 숨을 내쉬었다. 40년. 40년 세월이었다. 그러나 사귀자는 고작 일주일쯤 지난 것처럼 몰려드는 회한이 새삼스러웠다. 북받쳐오르는 슬픔이 거북스러워 가슴을 펴고 머리를 매만졌다. 저런 꼴이 될 줄 알았으면 진즉에 뿌리째 옮겨줄 것을. 사귀자는 어느 길로 가나 자신의 탓으로 되돌아오는 익숙한 후회의 길을 허벙저벙 내디뎠다. 울타리를 따라 자란 장미넝쿨은 흙구덩이에 얼굴을 처박았고, 한창 싹이 돋아나던 해바라기와 베초향도 형체를 알아볼 수 없게 헝클어져 있었다. 목련이니 라일락이니 성한 애들이 없었다. 사귀자는 목구멍으로 핏덩이가 넘어가는 듯한 느낌에 입술을 깨물었다. 차라리 눈이 성치 않아 제대로 보이지 않는 게 다행이다 싶었다. 끝이 좋을 리가 없지. 내 팔자가 끝이 좋으면 그것도 말이 안 되지. 사귀자는 허리가 꺾인 모과나무를 붙잡은 채 너럭바위를 내려다봤다. 이렇게 되어버린 화단 꼴이 속상하면서도 바위는 다치지 않고 멀쩡한 게 꼭 제 운명에 얹힌 돌덩이를 보는 것 같아 쓴웃음이 나왔다. 여길 떠나면 저 돌덩이는 어쩌나. 사귀자는 고개를 들고 바람을 맞았다. 쓰러진 향나무 뒤에서 뭔가가 바스락거리더니 별안간 사람 그림자가 쑥 일어섰다. 놀란 사귀자가 가슴에 손을 얹으며 소리쳤다.

"어므나, 난 귀신인 줄 알았네."

나뭇가지를 헤치며 여자가 다가왔다. 꿀벌씨였다. 바지 무릎에 풀물이 든 꿀벌씨가 고양이 사료 그릇을 내려놓고서 안경을 들어올렸다.

"눈이 왜 그러세요? 다치셨어요?"

여자가 묻자 사귀자는 손을 내저으며 고개를 돌렸다.

"아니, 아니야, 그냥 뭣 좀 했어요."

손으로 한쪽 얼굴을 가리고서 뒷걸음치던 사귀자는 채 두걸음도 떼지 못하고 무른 땅을 밟아 휘청였다. 꿀벌씨가 다가와 사귀자의 팔을 붙잡았다. 이쪽에 앉으시라며 바위로 이끌었다. 엉겁결에 바위 끄트머리에 궁둥이를 댄 사귀자가 불 지핀 부뚜막에 앉은 것처럼 얼른 무릎을 펴고 일어섰다. 놀란 꿀벌씨가 다시 사귀자를 붙잡고서 바위에 모서리라도 있나 하고 내려다보았다.

"아니, 아니야."

난 신경 쓰지 말고 볼일 봐요. 사귀자는 그렇게 말하고 싶었으나 입안에서 단어들이 버석거릴 뿐 말이 나오질 않았다. 아니야, 아니야, 아니야. 어린애가 눈물 바람에 하는 말처럼 아니라는 말만 튀어나왔다. 저만치 빌리지 입구에서 머리를 짧게 깎은 아세로라가 개울을 건너는 갈색 말처럼 튼튼한 다리를 뻗으며 뛰어오는 게 보였다.

도끼 작전 직전

교습소로 들어서자 문이 열리며 불어온 바람에 연푸른 유리 새가 흔들렸다. 아세로라는 곧장 지류함을 열고 얇은 책들을 꺼냈다. 그러고는 깊숙한 서랍 안쪽에 노란 종이를 밀어넣었다. 그런 다음에야 전등불을 켜고서 소파 뒤를 보았다. 분명 동거인이 소파 뒤에 있다고 했는데 보이지 않았다. 벼락 맞은 지팡이, 지팡이. 아세로라는 속으로 중얼거리며 개구리 자세로 앉아 고개를 기울여 지류함 밑을 보았다. 지팡이가 거기에 드러누워 있었다. 아세로라는 손을 뻗어 지팡이를 꺼내 들었다. 불을 끄고 나가려다 자홍색 커튼이 달린 창가를 보았다. 떡갈나무가 사라지자 남산의 모습이 더 넓게 보였다. 하얀 솜털 구름이 타워 끝을 갉아먹듯 조금씩 바람에 밀려갔다. 창문의 방충망 사이로 비치는 햇살과 보얀 먼지가 내려앉은 자개 화장대, 지류함 위에 놓인 물건들. 아세로라는 바닥부터 층

층이 쌓인 수십년 된 가계부를 보았다. 그걸 보니 조마조마하게 움츠렸던 가슴이 조금 펴지는 것 같았다. 아세로라는 그동안 동거인이 나뭇잎을 그리고 꽃 핀 날과 꽃 진 날을 기록했던 이유를 알 것 같았다. 나무가 사라져도 나무의 일생이 거기에 적혀 있었다. 그건 마치 죽은 사람이 쓴 책과 죽은 지 백년도 더 된 누군가의 그림이 세상에 남아 있는 것과 비슷했다. 하지만 이 세상에 기록해서 남겨야 할 게 있을까. 쓰고 간직해야 할 것은 무엇일까. 아세로라는 교습소 문을 닫고 계단을 뛰어 내려갔다. 어서 화단으로 가 도끼를 휘두르고 싶었다.

"어디 갔어?"

호박색 지팡이를 든 아세로라가 꿀벌씨를 찾으며 말했다. 눈은 고양이 급식소 쪽을 향했다. 쓰러진 느릅나무 기둥에 걸터앉은 동거인이 말했다.

"장비 가지러 갔어. 이리 줘봐."

동거인이 아세로라를 향해 손을 뻗었다. 아세로라가 지팡이를 내밀었다.

"아니, 이거 말고. 사진 보여줘."

동거인은 이제 청심환도 먹었으니 숨기지 말고 보여달라고 했다. 아세로라는 동거인 옆에 앉아 판탈롱 가방에서 사진을 꺼냈다. 두 사람은 일회용 사진기로 찍고 인화

한 사진을 한장씩 넘겨봤다. 순서대로 찍힌 사진을 보자 그날의 상황이 차례로 이어졌다. 굴삭기 포켓에 떡갈나무가 나무젓가락처럼 분질러지는 사진을 보자 동거인이 몸을 움찔했다. 아세로라는 옆에 붙어 앉아 동거인의 표정을 살폈다.

"이거 뭐니, 푸르뎅뎅한 거, 이거 뭐야?"

동거인이 이마에 닿을 듯이 사진을 바짝 대고 보며 물었다.

"배춧잎."

"뭐?"

"식초랑 간장에 적신 배춧잎."

아세로라가 말하자 동거인이 사진 두장을 들고 번갈아 봤다. 탕탕탕 할머니가 말통을 들고 식초를 뿌리는 사진들이었다. 동거인이 고개를 끄덕였다.

"저 여편네가 여기 빌리지 들어설 때도 삭힌 청국장을 국자로 뿌렸어."

냄새가 얼마나 독했는지 건설사 직원들이 한동안 근처에 얼씬도 못 했다고.

"어쩐지 흙에서 쉰내가 난다 했어."

동거인은 자꾸 웃음이 나는지 입술이 벌어졌다. 왈강달강 짐차를 끄는 소리에 아세로라가 뒤를 봤다. 꿀벌씨가

오고 있었다. 꿀벌씨가 아세로라를 보며 웃었다. 몽실몽
실. 그 앞으로 한 남자가 휴대전화를 내려다보며 화단을
지나갔다. 남자의 전화기에서 고오오올! 하는 소리가 울
렸다. 짐차를 세운 꿀벌씨가 그 안에서 묵직한 기계톱을
꺼냈다.

엔진톱의 시동을 걸어라

꿀벌씨는 잠든 아기를 침대에 눕히듯 양손으로 톱을 들고서 풀밭에 내려놓았다. 아세로라는 그 옆에 서서 쏘우양이 된 꿀벌씨를 살폈다. 톱은 영어로 쏘우, 도끼는 뭐지? 아세로라는 도끼양과 쏘우양이 등을 맞대고 서 있는 모습을 상상했다. 쏘우양은 엔진 덮개를 열어 통에 담긴 파란색 액체를 조심스럽게 부었다.

"이건 윤활유예요. 톱날이 과열되면 안 되니까."

쏘우양이 말했다. 곁에 앉아 톱을 내려다보던 아세로라는 착실한 학생처럼 고개를 끄덕였다. 쓰러진 나무에 걸터앉은 동거인이 두 사람을 지켜보았다. 나무들을 어떻게 해야 할지 모르겠다고 동거인이 말하자 쏘우양은 자신이 돕겠다고 했다. 쏘우양은 동거인이 몰랐던 두가지 사실을 말해주었다. 하나는 쏘우양이 나무를 심는 것보다 자르는 일을 더 잘한다는 것이었고, 다른 하나는 그 이유가 산림

기사로 오래 일했기 때문이라고 했다.

"산림? 산에서 일하는 사람?"

동거인이 물었다. 쏘우양은 산에서도 일하고 책상에서도 일하지만, 가장 자주 하는 일은 숲이 병들지 않게 때마다 병충해를 막는 일이라고 했다. 그 말에 동거인이 뭔가를 떠올리는 듯 눈을 깜박였다. 쏘우양은 집에서 연장을 가져오겠다고 했다.

초보 나무꾼을 교육하는 선배처럼 쏘우양이 손으로 엔진톱을 짚으며 설명했다.

"여기 브레이크를 내리면 엔진을 켜도 날이 안 움직여요. 그리고 여기 초크를 닫고 공기를 막은 다음, 줄을 잡아당기면⋯⋯"

아세로라는 기름이 묻은 쏘우양의 손가락을 경이로운 눈으로 바라봤다. 콧등까지 내려온 도수 높은 안경에 푸석한 단발머리를 한 그녀가 위대한 공구의 신이라도 되는 듯 한마디 한마디 귀 기울여 들었다. 윤활유를 넣은 다음 엔진오일을 기계에 주입한 쏘우양이 일어서서 두툼한 작업 장갑을 꼈다. 화단 울타리에 서 있던 경비원이 동거인에게 물었다.

"뭐 하는 거예요?"

동거인이 몸을 돌려 울타리 쪽을 보았다.

"축구 다 봤어요?"

"전반전 끝나고 쉬는 시간. 일 대 빵. 우리가 일."

경비원이 울타리를 넘어 화단으로 들어섰다.

"그거 여자가 하기 힘든 건데."

경비원이 쏘우양이 들고 있는 빨간 톱을 보며 말했다. 안경을 벗고 작업 고글로 바꿔 쓴 쏘우양이 두꺼운 떡갈나무 밑동에 발을 올린 채 위를 올려다봤다. 거대한 우산처럼 드리워져 있던 나뭇가지들은 모가지가 잘려 아래로 달랑거렸고, 찢어진 가지들이 배쭉하게 솟아 있었다. 쏘우양이 작업화를 신은 발로 툭툭 밑동을 건드렸다. 그다음 기도를 드리듯 나무에 손을 대고서 눈을 감았다. 쏘우양의 오렌지색 헬멧이 햇빛에 반짝였다. 헬멧에 장착된 투명 가림막을 내린 쏘우양. 드디어 톱의 시동을 걸었다. 아세로라는 눈도 깜박이지 않은 채 그 모습을 지켜봤다. 쏘우양은 바닥에 놓은 기계톱의 몸체를 두 발로 단단히 고정한 다음 시동줄을 잡아당겼다. 한번, 두번. 와달달달.

단 두번 만에 체인톱의 시동이 걸렸다. 날카로운 톱날이 은색 바를 따라 돌아갔다. 거칠고 사납고 으르렁거리는 톱의 이빨. 쏘우양이 톱을 들고 손잡이에 달린 빨간 버튼을 연달아 누르며 톱날을 공회전시켰다. 즈잉 즈잉 즈

이이잉. 속력이 붙은 체인이 웅장한 소리를 내며 어금니를 갈았다.

　파워, 와일드……

　섹시.

　아세로라는 힘차게 펌프질해대는 자신의 심장박동을 느끼며 땀이 나는 손을 바지춤에 닦았다. 어느새 동거인이 아세로라 곁으로 다가와 팔을 붙잡았다. 사람들을 돌아보며 안전거리를 확인하는 쏘우양. 성난 황소의 뿌리를 부여잡듯 기계톱의 손잡이를 잡고서 떡갈나무의 밑동을 긁기 시작했다. 잘게 부서지는 나무의 섬유질과 짧은 포물선을 그리는 톱밥들. 사방으로 짙은 나무 향기가 퍼졌다. 한 방향으로 밑동을 베어나가던 쏘우양이 삼 분의 이 지점에서 멈추고서 반대쪽으로 가 마무리하듯 나머지를 잘라냈다. 떡갈나무가 우직끈 소리 내며 화단의 풀숲으로 천천히 쓰러졌다. 바람을 가르며 시원하게 드러누웠다. 맞은편 옹벽 난간에 앉아 있던 새들이 날아오르고 구경하던 사람들이 띄엄띄엄 손뼉을 쳤다.

　"이야, 공 차는 것보다 재밌네."

　경비원이 말했다. 쏘우양은 쓰러진 나무로 걸어가 기둥에 한 발을 올리더니 무참하게 뜯겨나간 잔가지들을 정리했다. 기둥에 톱날을 바짝 대고서 잘라나갔다. 앞으로 기울여 베고, 뒤로 눕혀서 자르고. 마치 가벼운 탁구채를 들고 앞면과 뒷면으로 번갈아 공을 튕겨내듯 부드러운 동작으로 가지들을 잘랐다. 떡갈나무를 끝낸 쏘우양이 뒤를 보았다. 동거인이 잘 보고 있다는 뜻으로 머리 위로 두 팔을 올려 동그라미를 만들었다. 곁에 있던 경비원도 엄지를 치켜세워 높이 들었다. 아세로라는 거의 숨도 못 쉰 채 매혹당한 눈으로 쏘우양에게 붙들려 있었다. 컵라면 익는 시간보다 빠르게 나무 한그루를 끝낸 쏘우양이 엔진을 끄고 소리쳤다.

"저것도 잘라서 가져 갈까요?"

동거인이 머리 위로 다시 동그라미를 만들었다. 이번에는 마주 모은 손끝을 약간 구부려 하트 모양이 되었다. 표정은 방금 쑥탕에서 반신욕을 하고 나온 사람처럼 개운해 보였다. 아세로라는 몸 어딘가에서 작은 모터가 돌아가는 것처럼 얼굴에 열이 났다. 덜덜거리는 기계톱 소리와 함께 아세로라의 힘줄이 팔딱였다. 쏘우양의 톱질에 따라 향나무와 느릅나무의 몸통이 팔 길이만 한 길이로 말끔하게 잘려나갔다. 나무의 향은 더 짙어졌고 사람들 앞으로 톱밥 비가 내렸다. 쏘우양이 톱질할수록 나무가 더 싱싱해지는 것 같았다.

와, 끝내주네.

나는 아세로라 누나와 할머니 사이에 서서 환호성을
질렀다. 손에 든 밀크초콜릿이 녹아내리는 것도 모른 채
주변에 퍼지는 축축한 냄새를 마음껏 들이마셨다. 쇠, 기
름, 흙, 푸릇한 식물의 향기. 아세로라 누나의 짧은 머리카
락 위에 하얀 톱밥이 내려앉았다.

점 밖으로

내 피부에 우리나라 지도가 생길 때면 나는 양배추 잎
을 머리에 뒤집어썼다. 양배추 잎을 머리에 쓰면 두피 열
이 내려간다고 했다. 나 혼자 쓰면 쪽팔릴까봐 아세로라
누나도 같이 양배추 모자를 썼다. 누나는 습도에 약한 나
를 위해 제습기를 틀고 땀에 젖은 내 노란색 잠옷을 벗겨
주었다. 나 혼자서도 충분히 벗을 수 있었지만 나는 누나
의 손이 이끄는 대로 팔을 뻗고 머리를 숙였다. 머릿속에
서 호박벌 삼백마리가 날아다니는 것 같았다. 입술이 가려
워 손으로 찰싹찰싹 때렸다. 긁고 싶을 땐 차라리 이렇게
때리는 게 피도 안 나고 시원했다. 하지만 눈알은 어떻게
때릴까. 혓바닥은? 목구멍은? 혓바닥이 두갈래로 갈라진
다이아몬드 눈의 독사가 내 목구멍에 숨어 혀를 날름거리
는 것 같았다. 차라리 뱀처럼 팔도 다리도 없었더라면. 그
러면 겨드랑이나 옆구리가 가렵지는 않을 텐데. 딸기잼이

들어간 초콜릿을 딱 열개만 먹으면 아픈 것도 다 날아갈 것 같은데. 나는 팬티만 입고 거실에 앉아 내 허벅지에 생긴 지도 점을 봤다. 울릉도랑 독도가 있나 찾아봤다.

"자, 마셔."

누나가 나에게 순록 피를 건넸다. 비트와 당근과 사과를 갈아 만든 주스였지만 나는 그걸 순록의 피라고 불렀다. 순록이란 발음이 어렵긴 해도 나는 그렇게 부르는 게 좋았다. 추운 땅에 사는 네네츠족은 순록을 죽여 배를 가르고 간을 꺼내 이빨로 뜯어 먹었다. 국자로 배에 고인 피를 떠 마시며 웃었다. 순록은 가족이고 가족을 먹는 건 고마운 일이기 때문에 네네츠족의 콧수염 난 아저씨는 피가 묻은 이빨로 웃었다. 누나와 나는 도끼로 순록 머리를 자르는 네네츠족 영상을 엄마의 아이패드로 봤다.

"나 같은 어린애가 보기에 너무 잔인해."

내가 말하면 누나는 잔인해도 깨끗하게 잔인한 거니까 괜찮다고 했다.

"더럽게 잔인한 건 뭐야?"

내가 물었다.

"나도 몰라. 근데 저건 깨끗해."

우리는 깨끗하게 잔인한 툰드라가 좋았다. 거기엔 알레르기가 없고 면역력 이상 세포도 없을 것 같았다. 비트와 당근과 사과를 갈아 만든 맛대가리 없는 주스도 없겠지.
초콜릿이나 과자는 귀해서 나 말고 다른 사람들도 잘 못
먹겠지. 그건 공평하고 안 치사했다. 나는 치사한 게 세상
에서 제일 끔찍했다.

"국자."

나는 누나에게 네네츠족처럼 국자로 떠서 마시겠다고
했다.

"그냥 마셔. 설거지 귀찮아."

누나가 날 보지도 않고 말했다. 나는 혼자 부엌 싱크대
로 가서 국자를 꺼냈다. 내 팔에 거북이 등껍질 같은 무늬
가 있었다. 엄마가 골라준 과일이랑 채소만 먹는데도 내
몸엔 그런 게 생겼다. 거북이 등, 코끼리 발, 혹등고래의
혹 같은 점. 얼굴이랑 가랑이랑 겨드랑이랑 모가지에. 내
대가리를 댕강 자르고 싶을 만큼 가려왔다. 나는 대가리
란 말이 좋았다. 겁대가리, 멋대가리, 맛대가리. 하지만 그
런 말을 쓰면 엄마 아빠가 싫어했다. 아세로라 누나는 상
관 안 했다.

"사과는 점이 아니지?"

나는 컵에 든 순록의 피를 국자에 따라 마시며 누나에
게 물었다. 국자에 담기는 것보다 바닥에 흘리는 게 더 많
았다. 그게 내가 노리는 거였다.

"아니지. 점을 뚫고 나온 거지."

누나가 말했다.

"씨앗을 뚫고?"

나는 다 알고 있는 얘기를 누나에게 물었다. 누나가 주
스를 흘린다고 뭐라고 할까봐 누나의 신경을 흩트려놓았
다. 컵에 반, 국자에 반, 그렇게 순록의 피를 나눠 누나와
건배하고 마셨다. 누나의 입술에 빨간 수염이 생겼다. 내
가 웃자 누나가 내게도 있다며 엄지로 내 윗입술을 문질
렀다. 나도 누나의 윗입술을 엄지로 문지른 다음 누나 옷
에 닦았다. 누나가 손으로 내 이마를 밀쳤다. 나는 발로 누
나의 다리를 밀쳤고 우리는 앞다리로 권투하는 캥거루처
럼 서로에게 주먹을 휘둘렀다. 누나와 나에게서 순록 피
와 땀 냄새가 났다. 양배추 냄새가 퍼졌다. 베란다에 널어
놓은 내 이불이 바람에 흔들렸다. 이끼가 돋아난 둥근 화
분 위로 벌레가 날아다녔다. 내가 순록이었다면 이끼가
맛있었을 텐데. 초록색 이끼는 어떻게 순록의 배 속에서
빨간 피가 되는 걸까?

나는 소파에 기대어 앉아 지도 모양의 점을 봤다. 내 몸
의 툰드라는 어디일까. 머리? 발? 배꼽? 꼬추? 누나는 무
릎 위에 책을 놓고 읽었다. 누나는 나를 위해 과학자가 되

어 내 몸에서 점을 없애는 방법을 알아내겠다고 했다. 나는 누나를 믿었다. 엄마도 믿고 아빠도 좀 믿고 지금보다 더 어릴 땐 예술임을 정말 많이 믿었다. 나는 예수님을 예술임이라고 불렀다. 내가 지금보다 더 어릴 때 그러니까 몸에 난 지도를 보며 울고 채소 주스가 마시기 싫다고 울고 그렇게 울다가 눈이 팅팅 부어 더는 울 수도 없었을 때. 나는 매일 아침과 자기 전에 예술임에게 기도했다. 아무도 없이 나 혼자 초콜릿 집에서 살게 해달라고. 그게 아니면 차라리 안 태어나게 해달라고. 예술임은 죽은 아이를 다시 살리셨다. 내 가려움과 두피 열도 없애주실 거라고 했다. 지금보다 내가 더 어렸을 때, 순진했을 때, 나는 그 말을 믿었다. 이제는 그렇게 말하는 어른들을 이해한다. 지렁이가 자신을 냠냠 먹는 두더지를 이해하듯이. 가려움이 참을 수 없을 땐 나는 두더지의 발톱과 이빨에 찍히고 싶다. 그렇게 먹혀 사라지고 싶다. 내가 이해하고 싶은 건 사탕, 과자, 음료수, 치킨, 피자, 라면, 이끼, 벌레, 햇빛, 축구공이다. 내가 내가 아니었더라면. 이끼, 순록, 캥거루, 청어, 옆새우, 바다사자, 바다표범, 바다코끼리라면. 지금보다 더 어릴 때 나는 바다사자와 바다표범과 바다코끼리가 헷갈렸지만, 이제는 안 보고도 세개를 다 다르게 그릴 수 있다.

"누나, 뭐 읽어?"

나는 누나의 발바닥을 내 발끝으로 건드렸다. 누나는 대답 없이 발만 까딱였다. 누나는 과학책을 읽고 나는 색깔 사인펜으로 부활절 달걀을 꾸몄다. 교회를 안 다니는 사귀자 할머니에게 선물할 달걀이었다. 흰 달걀 껍데기에 숫자 '4'를 쓰고, 사람의 귀를 그리고 그다음……

나는 사귀자의 '자'를 어떻게 더 멋지게 그릴까 고민했다.

"뭐 읽냐고!"

"아르키데스."

"지렛대?

내가 묻자 누나가 머리에 쓴 양배추를 잡고서 고개를 끄덕였다. 아르키데스의 원래 이름은 아르키메데스였지만 누나와 나는 마음대로 쉽게 불렀다. 아르키데스는 지렛대 원리를 발견했는데, 발견했다는 건 상상했다는 거였다. 아르키데스는 지구 밖으로 나가 아주 아주 아주 긴 지렛대로 지구를 들어올리는 상상을 했다. 나와 누나도 그 상상을 따라 했다. 누나는 그 상상을 벌써 삼백번도 넘게 했는데, 나는 같은 책을 여러번 읽고 상상이 진짜가 되도록 계속 계속 생각하는 누나를 믿었다.

"누나, 달걀은 점이지?"

"응."

"병아리는? 점을 뚫고 나왔어?"

내가 묻자 누나는 아무 말 안 했다. 내가 병아리를 먹고 싶다고 할까봐 고민하는 것 같았다. 점을 먹으면 점이 생기니까. 점을 뚫고 나온 걸 먹어야 내가 점을 뚫을 수 있으니까.

"안 먹어. 난 새끼는 안 먹을 거야."

나는 다시 달걀 껍데기에 그림을 그렸다. 연두색 사인펜으로 삼각자를 그리고 눈금을 그린 다음 내 사인 칭퉁이 그림을 그렸다. 머리에 쓴 양배추가 미지근했다. 나는 누나에게 기어가 누나가 읽는 책을 보았다. 아르키데스가 벌거벗고 목욕탕에서 방방 뛰는 장면이었다.

"왜 이러는 거야?"

나는 이미 누나에게 들어서 알고 있으면서도 또 물었다.

"알아냈거든."

누나가 말했다. 나는 그 말이 좋았다.

알아냈거든.

"기뻐서 이러는 거야. 알아내서."

"아, 쪽팔려."

내가 발가벗은 그림을 손으로 가리자 누나가 내 뺨을 꼬집었다.

누나, 나도 알아냈어.

나도 사과처럼 씨앗을 뚫고

병아리처럼 알을 깨고

점 밖으로 나왔어.

가끔은 아주 아주 아주 멀리 날아가서 점 같은 지구를 보기도 해.

그러면 책을 넘겨보는 것처럼 어른이 된 누나를 볼 수 있어.

나는 누나가 내 이야기로 영화를 만드는 장면을 읽고, 읽고, 또 읽고

복잡한 받침은 잘 못 읽지만, 사실 그건 책은 아냐.

그건 단지 누나야.

누나의 이야기야.

거기엔 어른이 되고 할머니가 된 누나가 있어. 나도 있어.

양배추 모자를 쓴 아이가 순록피를 마시면

사람들이 그걸 보면서 버터구이오징어를 먹고 캐러멜팝콘을 먹어.

누나는 사람들을 배부르게 해주는 이야기를 만들어.

이야기는 어떻게 사람들 뱃속으로 들어가

눈물이 되고 웃음이 되는 걸까.

나는 점 밖에서

점 안으로 들어가

이야기 속에서 살아.

안에서도 밖에서도, 나는 누나가 보고 싶어.

누나의 곁에서 의자가 되고 젤리쿠션이 되고
운동화에 붙은 진흙이 되었다가 지렁이가 되었다가
누나가 휘두르는 도끼가 돼.
그렇게 놀다보면 누나를 까먹어.

누나. 누나는 뭘 알아낸 거야?
뭘 알아내서 그렇게 신나게 빙빙 돈 거야?

점 안에서, 점을 돌며

동거인의 화단을 뒤엎은 뒤에도 공사는 시작하지 않았
다. 얼마 남지 않은 줄기에서 장미가 피고 그 꽃잎이 조금
씩 시들어가도 남산빌리지는 그대로 남아 있었다. 금시계
경비원은 새로 지은 아파트도 안 팔리는 마당에 누가 건
물을 헐고 돈을 쏟아붓겠느냐며 관리사무소 앞에 걸려 있
던 재개발 환영이란 현수막을 뗐다. 그러고선 아파트 게
시판에 구청에서 나온 공문을 붙였다. 확정되지 않은 재
개발사업으로 투기를 조장하는 업자들을 주의하라는 경
고문이었다. 돈맥부동산 유리에는 '임대문의' 광고지가
붙었고, 바로 옆 건물에는 새로운 부동산 중개업소가 들
어섰다. 탕탕탕 할머니는 여전히 가마솥에서 푹 끓인 진
짜배기 탕을 팔았다. 손님이 없어 가게에서 혼자 조는 날
이 많았지만 전처럼 츱츱이에게 욕을 퍼붓진 않았다. 츱
츱이의 검은 승합차는 남산빌리지에 오지 않았다. 미국

314

금리가 떨어지고 건축 자재 값이 회복되면 다시 오겠다는 말을 조합원들에게 남기고 떠났다고 했다. 경비원은 다 물 건너간 헛꿈이라고 했다.

"할머니한테 다시 나무 심으시라고 해."

이따금 빌리지 입구를 지날 때면 경비원이 아세로라를 불러 말했다.

"이제 늙어서 힘들대요."

아세로라가 말했다.

"나무 심는 게?"

"아뇨. 겨울에 화장실 물 터지는 거요."

아세로라는 경비원에게 꾸벅 인사하고는 교습소로 올라갔다. 지난번 왔을 때 이삿짐을 싼다고 했으면서 교습소 안의 물건들은 그대로였다. 아세로라가 가면 동거인은 풀메이크업에 올림머리를 한 얼굴로 뽀요 쁘리또를 먹자고 했다. 두 사람은 오래된 잉크병들 앞에 앉아 삭은 종이 냄새를 맡으며 온두라스 음식을 먹었다.

"오늘도 사포질하니?"

냅킨을 접어 입가를 톡톡 두들기며 동거인이 물었다.

"끝났어. 오늘은 오일 바를 거야."

주말마다 아세로라는 쏘우양의 목공 작업실로 가서 나무를 다듬었다. 교습소 화단에 있던 떡갈나무로 '오월의 기둥'을 만들었다. 목공용 앞치마를 하고서 마당에 친 차양 아래에서 쏘우양을 도왔다. 사포로 나뭇결을 곱게 다듬고 조각칼로 동물 모양을 나무에 새겼다. 부엉이, 뱀, 고래. 납작한 끌을 나무에 대고 망치로 살살 내리치기도 했고, 주걱 모양의 둥근 칼로 구멍을 파기도 했다. 마지막으로 목공 오일을 바른 다음 그늘에 잘 말리면 꿀벌의 날에 쓸 오월의 기둥이 된다고 했다.

쏘우양은 기계톱뿐 아니라 목공 도구도 잘 다뤘다. 향나무와 느릅나무의 토막을 쪼개 곡선 톱날이 달린 기계로 보름달과 반달을 만들었다. 그 둥근 조각을 또 세밀하게 다듬어 그믐과 초하루에 뜨는 달도 완성했다. 향나무를 깎을 땐 진한 나무 내음이 피부에 스몄다. 톱밥 가루가 날리는 마당에서 나무를 만질 때면 아세로라는 페퍼민트 스틱이나 니코틴 껌이 필요 없었다. 연장을 들고 나무에 집중하면 코가 뻥 뚫린 것처럼 가슴이 상쾌했다. 땀을 식히며 쏘우양과 나란히 앉아 얼음을 넣은 꿀물을 마시는 것도 좋았다. 다음 날 어깨와 목덜미에 퍼지는 뻐근한 근육통도 아세로라에겐 달콤하게 느껴졌다.

"그날 올 거야?"

접시를 치우고 소파에 앉은 아세로라가 동거인에게 물

었다.

"가야지. 초대받았는데."

동거인이 자개장 거울을 보며 입술 화장을 고쳤다. 아세로라는 거울에 비치는 동거인을 흘깃 보고는 교습소 벽에 걸린 족자로 시선을 돌렸다.

펜 바로 쥐는 법
사랑을 부르는 펜팔
영혼이 담긴 사인

아세로라는 그 문구를 다르게 바꿨다. 거꾸로 거슬러 올라가면 다른 말이 나왔다.

영혼을
부르는
펜 바로 쥐는 법

벽에 걸린 은색 종이 친, 하고 흔들렸다. 아세로라는 마치 교습소에 처음 온 듯 지류함 위의 물건을 하나하나 바라봤다. 별 모양 놋 촛대, 석고로 만든 천사 조각상, 크고 작은 브로치들이 담긴 유리병, 빈 유리병, 깨져 금이 간 유리병, 받침대 한쪽이 깨진 지구본과 미니 축구공 그리고…… 칭퉁이가 꾸민 부활절 달걀. 그 달걀이 연노란색 한지 위에 놓여 있었다. 마구 구겨서 둥글게 만든 종이가 새 둥지 모양으로 흰 달걀 세개를 품고 있었다.

퉁

퉁, 퉁

아세로라가 나무 벽을 두들겼다.

"왜, 벌써 가게?"

동거인이 아세로라를 돌아봤다.

"심심해."

그렇게 말하고서 아세로라는 고개를 숙였다. 할머니가 정말 간첩이야? 할머니는 왜 그렇게 비밀이 많아? 왜 아침마다 초에 불 켜고 천사 조각상 앞에서 기도해? 할머니도 내 동생이 그리워?

"얘, 너 꿀벌씨한테는 그러면 안 된다. 꼬박꼬박 존칭 써. 언니라고 부르고."

동거인이 라탄 의자로 옮겨와 앉으며 말했다.

"너울가지 좋게 언니, 언니, 하고 불러. 너울가지 뜻 아니? 알려줘?"

동거인이 독서대에 올려놓은 우리말 책을 펼쳤다. 아세로라는 판탈롱 가방을 들고 일어섰다. 쏘우양은 쏘우양일 뿐이었다. 동거인이 동거인인 것처럼. 같이 살든 안 살든, 동거인이 내 할머니인 것처럼.

"붙임성 좋게 다른 사람이랑 잘 사귀는 걸 너울가지라고 하는데……"

"왜 그렇게 생각이 경직됐어? 나이가 많으면 다 언니야? 내가 할머니한테 저기요, 할머니, 이러면 좋겠어? 경직은 사후에나 하는 거야."

아세로라는 교습소 문을 열고 나갔다.

*

오월의 어느 아침, 선들바람이 불어오고 차일구름이 하늘에 넓게 퍼져 있었다. 남산타워가 올려다보이는 널따란 공원에 꿀벌씨들이 모여 있었다. 밝은 노랑, 밝은 하양, 밝고 선명한 검은 줄무늬가 그려진 긴 가운을 입고서 꿀벌의 날 행사를 시작했다.

"어므나, 저거니?"

검은 레이스 양산을 쓴 사귀자가 가운데 우뚝 선 '오월의 기둥'을 보며 물었다. 꿀벌 옷을 입은 아세로라는 달아오른 얼굴로 고개를 끄덕였다. 화단의 떡갈나무는 축제의 중심이 되어 한가운데 서 있었다. 203호 창고에 있던 빈 장독은 나무 기둥을 세운 화분이 되었고 쓰러진 향나무와 느릅나무는 오월의 기둥을 둘러싼 달로 변신했다. 초승달에서 반달, 보름달에서 그믐달. 바람이 불자 달과 달이 연결된 오색실이 출렁였다. 잠시 후 호박색 지팡이를 든 쏘우양이 오월의 기둥 앞에 서서 소리쳤다.

"꿀벌이 돌아오길 바라며 우리가 여기 모였다."

쏘우양은 벼락 맞은 느티나무 지팡이를 땅에 세번 내리쳤다. 높은 깃대를 든 꿀벌씨들이 오색실의 둘레 안으로 입장했다. '아리아리 농동' '스리스리 동동'이라고 적힌 깃대를 보자 사귀자가 아세로라의 팔을 툭툭 건드렸다.

"얘, 저거 내가 쓴 거야."

사귀자는 네 방향으로 서 있는 또다른 깃대들을 올려다봤다. 물의 수(水), 사람의 손 수(手), 목숨을 뜻하는 수(壽) 그리고 제일 화려한 장식을 한 깃대에는 나무의 수(樹)가 멋진 붓글씨로 적혀 있었다. 사귀자는 선글라스를 약간 내리고서 그 깃대를 천천히 둘러봤다. 저 한자들을 옥편도 없이 자신이 다 쓰고 읽을 수 있다는 게 새삼 놀라웠다. 가슴에 뜨거운 바람이 퍼지며 누구에게 하는 인사인지도 모르게 고맙다는 입속말이 어른거렸다. 아세로라는 쏘우양이 입은 흰색 대장부(大丈夫) 망토에서 눈을 떼지 못했다. 쏘우양의 목소리가 공원에 퍼질 때마다 등이랑 옆구리가 간질간질했다. 대장부는 벌이 돌아오길 바라는 기도문을 소리 내 읽었다. 기도에 '꿀벌'이란 단어가 나올 때마다 둥글게 선 꿀벌씨들이 손뼉을 치고 발을 굴렀다.

"꿀벌의 혼이여, 돌아오라, 돌아오라, 돌아오라."

대장부가 지팡이를 들고 양손을 올렸다. 꿀벌씨 두 명이 팔을 엇갈려 가마를 만들었다. 목부터 이마까지 자두 껍질처럼 새빨개진 아세로라가 그 가마에 올라탔다. 가마를 탄 아세로라가 오월의 기둥에 노란 천을 묶었다. 청통이가 그린 큰 벌 그림을 프린트한 천이 너푼너푼 바람에 나부꼈다. 꽹과리를 든 꿀벌씨가 풍물의 문을 열자 징이 낮게 울리고, 북과 장구 소리가 어우러졌다. 꿀벌씨들이 손에 손을 잡고 커다란 원을 만들었다.

"강강술래예요?"

축제를 구경하던 노인이 사귀자에게 다가와 물었다. 사귀자는 손에 쥔 손수건으로 살짝 입을 가린 채 나긋한 콧소리로 말했다.

"지구를 도는 거래요. 벌처럼 빙빙 돌면서 꿀벌을 부르는 거라네요."

"뭘 불러요?"

"벌이요."

그렇게 말하며 사귀자가 오월의 기둥 앞에 쌓은 작은 유리병을 가리켰다. 똑같은 크기의 유리병들이 탑처럼 쌓여 있었다. 그 안에 노랗고 맑은 꿀이 담겨 있었다.

나무를 돌자, 나무를 돌자.
꿀벌이 돌아오게, 나무를 돌자.

손에 손을 잡은 꿀벌씨들이 합창하며 오월의 기둥을 돌았다. 밝은 노랑과 밝은 하양, 밝고 진한 검정 줄무늬가 돌아가며 원을 만들었다. 구경하는 사람들이 점점 더 모여들었다. 공원에 놀러 나온 아이들이 꿀벌씨들 사이에 들어가 손을 잡고 돌았다. 어른과 아이의 머리가 저마다 키가 다른 나무처럼 나란히 서서 한 방향으로 움직였다.

지구를 돌자, 달을 돌자.
꿀벌이 돌아오게
다 같이 돌자.

대장부가 선창하면 다른 꿀벌씨들이 따라 소리쳤다. 한 소절이 끝나면 한 사람씩 원 안으로 들어가 제단 앞에 허리를 숙였다. 꽃씨와 흙을 담은 사발, 유리병으로 쌓은 꿀탑 앞에 공손히 인사를 올린 다음 독무를 췄다. 어떤 꿀벌 씨는 오월의 기둥을 양팔 가득 끌어안았다. 어떤 꿀벌씨는 맨발로 바닥을 돌며 벌의 날갯짓을 흉내 냈다. 독무를 추는 동안 다른 꿀벌씨들은 멈춰 서서 휘파람을 불고 발을 굴렀다. 누군가를 진심으로 응원하는 그 소리에 아세로라는 등에 소름이 돋으며 가슴이 저릿했다. 잘하고 있다고, 널 지켜보고 있다고, 그렇게 알려주는 함성이나 몸짓이 아세로라에게 두렵고도 벅찬 순간으로 밀려들었다. 사람들 틈에 서 있던 사귀자는 선글라스를 벗고서 아세로라만 열심히 눈으로 따라갔다. 입술을 약간 벌린 채 손바닥에 고이는 땀을 닦으며 옆 사람에게 묻지도 않은 말을 했다. 저 애가 내 손녀예요. 저 기둥을 쟤가 만들었대요. 저 나무는 우리 하숙집에 있던 건데……

수술한 눈이 덜 아물었는지, 눈물이 차올라 손수건 끝으로 눈가를 찍어 눌렀다.

"우리 애 머리는 더워서 민 거예요. 내가 보기 좋다고 그랬어요. 요즘엔 봄에도 덥잖아요?"

사귀자는 아세로라를 놓칠세라 양산을 접고 이리저리 사람들 틈으로 고개를 내밀었다. 구경하는 사람들이 몰려들면서 꿀벌씨들의 강강술래 원이 더 커졌다.

"자, 나가요."

아세로라의 손을 잡고 있던 대장부가 말했다. 아세로라
는 눈을 질끈 감았다 뜨고는 원 안으로 성큼성큼 걸어갔
다. 춤이라고 하기엔 다리에 힘을 풀려 비틀거리는 걸음
새로 기둥을 한바퀴 돈 다음, 명필 교습소에서 쓴 족자를
아래로 펼쳤다.

붕붕
윙윙
굿바이

몰려든 구경꾼 사이로 사귀자가 크게 팔을 흔들었다.
아세로라는 뽕을 잔뜩 넣은 할머니의 머리가 사람들 사이
에서 뛰어오르는 걸 보고는 고개를 푹 숙인 채 꿀벌씨들
에게 달려갔다. 그러고는 손을 뻗어 양옆의 사람과 손을
맞잡는 순간, 아세로라는 알게 되었다. 하이쎈스가 했던
말을 그제야 알 것 같았다.
"우린 없는 사람이고, 여긴 없는 층이야."
없는 사람이란 다른 사람과 손을 맞잡을 수 없다는 뜻
이었다. 아세로라는 그 없는 층에서 살았다. 그리고 그곳
에서 함께 지낸 하이쎈스, 아세로라는 동거인 하이쎈스에
게 듣고 싶은 말이 있었다. 뭐라고 물어야 할지, 할머니가

그 얘기를 하고 싶어 할지 알 수 없지만, 하이쎈스와 자신 사이에 아직 못 다한 이야기가 있다는 것이 다행으로 느껴졌다. 궁금해하고 계속 아파한다는 것이 아세로라가 살아 있다는 증거였다. 그것만은 누구도 빼앗아갈 수 없고, 없다고 숨길 수도 없었다. 아세로라는 이마를 들고 봄이 끝나가는 남산을 바라보았다. 비정형으로 나는 큰 벌, 가려움을 참느라 눈물이 가득 맺힌 내 동생. 아세로라는 두 팔을 뻗고 나무를 돌면서 하이쎈스가 있는 곳을 지날 때마다 칭퉁이를 향해 웃어 보이듯 어렴풋하게 웃었다.

저의 외갓집은 서울의 남산이 보이는 곳에 자리한 하숙집이었습니다. 어릴 적 그 집 마당에서 할아버지가 찍어주신 사진속 모습은 지금도 제가 좋아하는 추억 중 하나입니다. 회양목과 주목이 자란 정원과 종일 옮겨 다니며 놀 수 있는 여러개의 방, 커다란 식탁에 차려진 수십가지의 반찬들은 언제나 외갓집의 풍경을 활기차게 만들었습니다. 그런데 한가지, 어린 저에게도 느껴지는 집 안에 드리운 그림자가 있었는데, 당시 대학생이던 삼촌의 존재였습니다. 어른들에게 물으면 '삼촌은 군대에 갔다'고 했지만 제가 느끼기에 그 말은 거짓말 같았습니다. 가끔 어른들이 조용히 주고받는 말을 엿들으며 저는 어쩌면 삼촌이 감옥에 있을지 모른다고 생각했습니다. 나중에 알게 된 바로는 그 시절 삼촌은 실제로 입대해 있기도 했지만, 감옥에 갇혔던 때도 있었습니다. 시간이 흐른 뒤에도 저는 그때 일을 자세히 듣지 못했는데, 식구들이 굳이 그 시절의 얘기를 꺼내고 싶어 하지 않았기 때문입니다. 저는 십대가 되어서야 외갓집에서 삼촌을 제대로 만났습니다. 그날은 명절 중 하루였고 저는 사촌들과 둘러앉아 새해 소망을 얘기했습니다. 우리 중 한명이 삼촌에게 물었습니다.

"삼촌은 소원이 뭐예요?"

삼촌은 곰곰이 생각하다 낮은 목소리로 쑥스러운 듯 말했습니다.

"조국 통일."

세상에나 소원이 조국 통일이라니, 신문에서나 보던 말을 실제로 들은 건 그때가 처음이었습니다. 그런 게 소원인 사람도 있구나, 신기했습니다.

다시 시간이 흘러 성인이 된 저는 혼자 자전거를 타고 전국을 여행했습니다. 지역마다 아는 사람을 만나고 돌아오는 저의 계획 중에 남쪽 도시에 사는 삼촌에게 가는 일정도 있었습니다. 삼촌을 만날 거라는 제 말에 할머니는 걱정스러운 듯 말했습니다.

"삼촌이랑 너무 많이 얘기하지는 마."

제가 이유를 묻자 할머니는 그저 삼촌의 말을 '너무 자세히' 듣지 말라고만 했습니다. 저는 할머니의 그 말이 어떤 의미인지 알 것 같았습니다.

이 소설은 너무 자세히 묻거나 듣지 못한 '삼촌의 말'을 제가 상상한 것입니다. 실제로는 용기 내 묻지 못했던 삼촌의 이야기, 삼촌처럼 어떤 시기에 세상으로부터 가려져야 했던 누군가의 목소리를 소설로 써본 것입니다. 하지만 사람들의 염려대로 저는 그 말을 '너무 자세히' 쓰지는 못했습니다. 다만 그 시절, 누구도 선뜻 소리 내 말할 수 없던 삼촌의 존재가 우리 사이에 언제나 함께하고 있었다는 것만은 기록해두고 싶었습니다.

그러니 이 소설은 말로 다 전할 수 없는 누군가의 기억이자 이제는 무너져 흔적도 없이 사라진 제 외갓집에 관한 이야기입니다. 추석이면 옥상에 올라 남산에 뜬 보름달을 보고, 성탄절 밤이면 타워 옆으로 불꽃놀이의 폭죽이 터져오르던 기억을 떠올리며 남산 언저리에 살던 사람들의 이야기를 썼습니다. 소설에 이런 군말을 덧붙이는 것은 이 글이 제가 온전히 담아내지 못한 많은 분의 삶에 빚지고 있기 때문입니다.

그 옛집이 무너진 후 수년이 흘러 저와 저의 연인은 우연히 남산이 보이는 어느 건물에 작업실을 구했습니다. 제 나이보다 오래된 건물의 2층이었습니다. 그해 여름 저의 연인은 원인 모를 통증으로 밤마다 응급실을 찾았습니다. 우리는 아픔의 이유를 알기 위해 영어로 쓰인 외국 논

328

문들을 찾아 읽었습니다. 자신의 고통을 증명하려면 세상과 싸워야 하는 이들이 있다는 걸 알게 되었습니다. 그들도 지워진 사람, 없는 존재였습니다.

없다고 여겨지는 존재들이 살아 있는 저를 움직여 글을 쓰게 합니다. 그렇게 있음과 없음을 넘나드는 질서와 힘에 의지해 하이센스, 높은 감각을 느껴봅니다. 다 떨구었다가 새봄에 다시 싹을 틔우는 산 위의 나무들을 바라봅니다.

소설 연재를 시작하기 전
가장 처음으로 써놓은 글을 책의 말미에 전하며
2023년 초여름
김멜라

| 도움받은 자료들 |

• 국가 기관에 의한 간첩 조작 사건에 관한 내용은『폭력과 존엄 사이』(은유, 오월의 봄 2017)『조작된 간첩들』(김성수, 드림빅 2021)『만들어진 간첩』(김학민, 서해문집 2017)을 참고했다.

• 소설의 '풍년 사업'과 '남산보고'가 적힌 '노랑 신문'에 관한 내용은『남산의 부장들』(김충식, 메디치미디어 2012)에서 아이디어를 얻었다.

• 소설 속 인천의 한 공장에서 일어난 시위에 관한 내용은 국사편찬위원회「사료로 본 한국사」(http://contents.history.go.kr)의 '동일방직 노동자들의 노동운동 탄압에 대한 호소'와「민주화운동기념사업회 사료관 오픈아카이브」(https://archives.kdemo.or.kr)의 '동일방직 사건' 자료를 참고했다.

• 그 외 70년대 시대상에 관한 것은 당시 신문기사와

영상기록들을 참고했다.

• 소설의 '칭퉁이'란 말은『자연 낱말 수집』(노인향, 자연과생태 2022)을 참고했다.

• 소설의 아래가 '츱츱'하다는 표현과 몇몇 구어체는 이문구의『관촌수필』(문학과지성사 2018)과『내 몸은 너무 오래 서 있거나 걸어왔다』(랜덤하우스코리아 2006)에서 도움을 받았다.

• 소설의 '오월의 기둥'에 관한 설정은『샤먼 문명』(박용숙, 소동 2015)에서 아이디어를 얻었다.

• 소설의 '잘린 지렁이는 배고픈 발톱을 이해해'라는 표현은 윌리엄 블레이크의 시「지옥의 잠언」(『블레이크 시선』서강목 옮김, 지만지 2012)의 "잘린 벌레는 쟁기를 용서한다"에서 빌려왔다.

없는 층의 하이쎈스

초판 1쇄 발행 • 2023년 5월 30일

지은이 / 김멜라
펴낸이 / 강일우
책임편집 / 이해인
조판 / 황숙화
펴낸곳 / (주)창비
등록 / 1986년 8월 5일 제85호
주소 / 10881 경기도 파주시 회동길 184
전화 / 031-955-3333
팩시밀리 / 영업 031-955-3399 · 편집 031-955-3400
홈페이지 / www.changbi.com
전자우편 / lit@changbi.com